本好きの下剋上
司書になるためには手段を選んでいられません
第五部　女神の化身XII
香月美夜
miya kazuki

TOブックス

N
クラッセンブルク境界門
ハルデンツェル
ヘルツフェルト
レーデ
キューネ
アスマン
ランセル
パウアー
クレマー
フーバー
ロウィン
ワルト
クラッセンブルク管理
旧ザウスガース境界門
国境門
ブロン
グレッシェル
グラーツ
キルンベルガ
エーレンフェスト
直轄地
ヒルシュ
フレーベルターク境界門
カルク
ダールドルフ
ハーゼナイ
ジョイソターク
ベッセル
ライゼガング
ゲルラッハ
フォルスト
ビュルス
ヴィルトル
ガルドゥーン
イルクナー
グリーベル
アーレンスバッハ境界門
エーレンフェスト

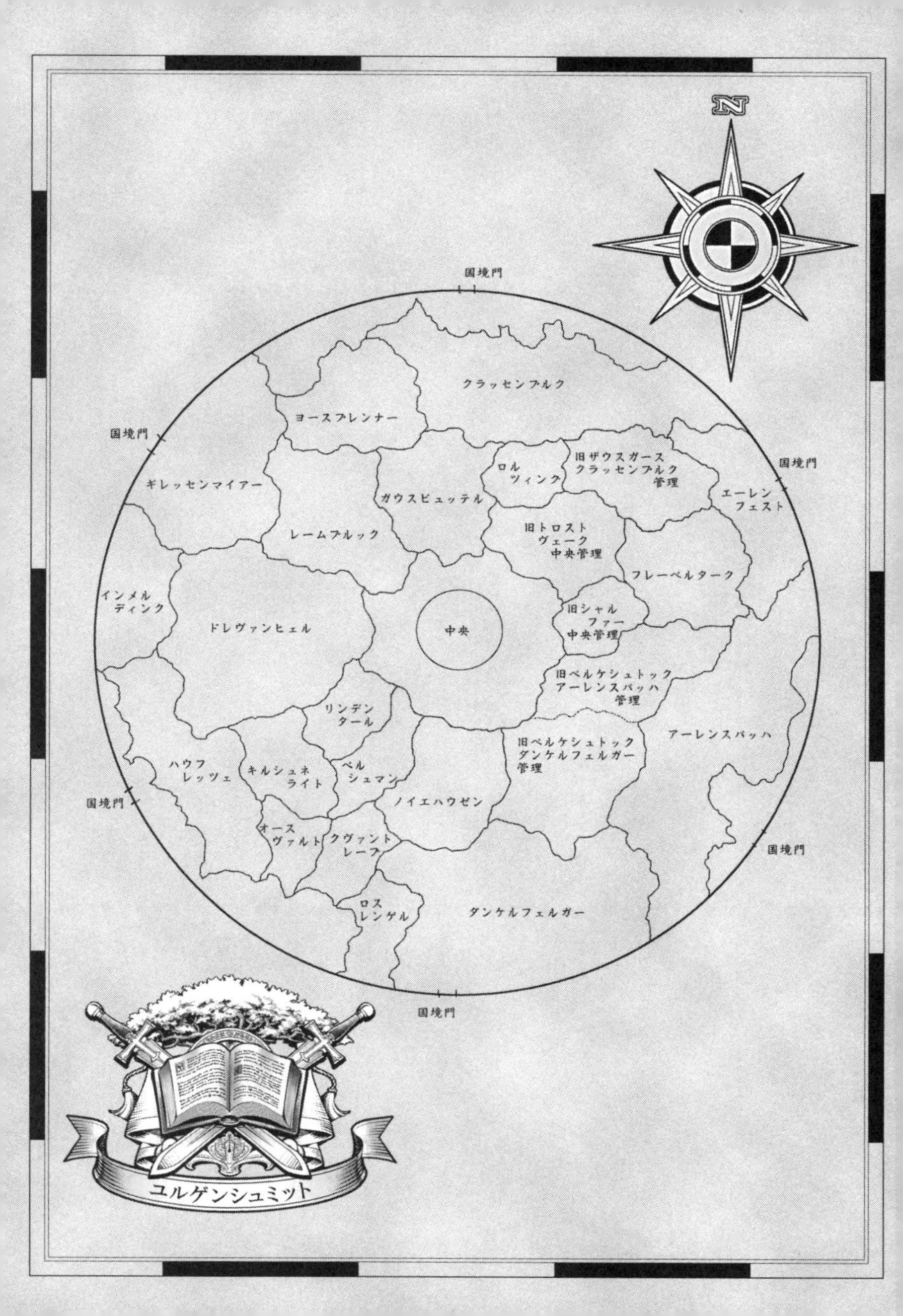
N
国境門
クラッセンブルク
ヨースブレンナー
国境門
ギレッセンマイアー
ロル
ツィンク
旧ザウスガース
クラッセンブルク
管理
国境門
エーレン
フェスト
ガウスビュッテル
レームブルック
旧トロスト
ヴェーク
中央管理
フレーベルターク
インメル
ディンク
ドレヴァンヒェル
中央
旧シャル
ファー
中央管理
旧ベルケシュトック
アーレンスバッハ
管理
リンデン
タール
アーレンスバッハ
旧ベルケシュトック
ダンケルフェルガー
管理
ハウフ
レッツェ
キルシュネ
ライト
ベル
シュマン
国境門
ノイエハウゼン
オース
ヴァルト
クヴァント
レーフ
国境門
ロス
レンゲル
ダンケルフェルガー
国境門
ユルゲンシュミット

第五部　女神の化身XII

イラスト：椎名　優 You Shiina
デザイン：ヴェイア Veia

登場人物

第四部あらすじ

貴族院におけるローゼマインは、最優秀で問題児。祝福で魔術具の主になったり、大領地とディッターをしたり、王族に恋の助言をしたり、黒の魔物を倒したり、採集場所を癒やしたり……。そんな中、フェルディナンドの出生の秘密を知る中央騎士団長の進言によって、婿入りの王命が出された。それを受け、フェルディナンドはアーレンスバッハへ旅立った。

フェルディナンド
エーレンフェストの領主一族。王命の継続によりローゼマインの婚約者になる予定。

ローゼマイン
主人公。神様の力で成長して成人前後くらいの見た目になったが、中身は特に変わっていない。アウブ・アレキサンドリアになる予定。

エーレンフェストの領主一族

ヴィルフリート
ジルヴェスターの息子。ローゼマインの兄で貴族院四年生。

フロレンツィア
ジルヴェスターの妻で、三人の子の母。ローゼマインの養母様。

ジルヴェスター
ローゼマインを養女にしたエーレンフェストの領主でローゼマインの養父様。

ボニファティウス
ジルヴェスターの伯父。カルステッドの父。ローゼマインのおじい様。

メルヒオール
ジルヴェスターの息子。ローゼマインの弟。

シャルロッテ
ジルヴェスターの娘。ローゼマインの妹で貴族院三年生。

オティーリエ
ローゼマインの筆頭側仕え。ハルトムートの母。

ベルティルデ
上級側仕え見習い一年生。ブリュンヒルデの妹。

リーゼレータ
中級側仕え。アンゲリカの妹。

グレーティア
中級側仕え見習いの五年生。名を捧げた。

ハルトムート
上級文官で神官長。オティーリエの息子。

クラリッサ
上級文官。ハルトムートの婚約者。

ローデリヒ
中級文官見習いの四年生。名を捧げた。

フィリーネ
下級文官見習いの四年生。

コルネリウス
上級護衛騎士。カルステッドの息子。

レオノーレ
上級護衛騎士。コルネリウスの婚約者。

アンゲリカ
中級護衛騎士。リーゼレータの姉。

マティアス
中級護衛騎士。名を捧げた。

ラウレンツ
中級騎士見習いの五年生。名を捧げた。

ユーディット
中級護衛騎士見習いの五年生。

ダームエル
下級護衛騎士。

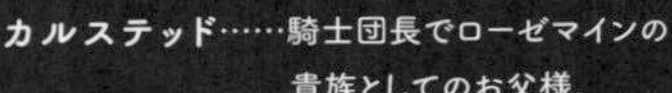

ブリュンヒルデ
元ローゼマインの側近でジルヴェスターの婚約者。

リヒャルダ
元ローゼマインの側近でジルヴェスターの上級側仕え。

カルステッド……騎士団長でローゼマインの貴族としてのお父様。
エルヴィーラ……カルステッドの妻。ローゼマインの貴族としてのお母様。
ランプレヒト……カルステッドの息子。ヴィルフリートの上級護衛騎士。
アウレーリア……ランプレヒトの妻。旧アーレンスバッハ出身。
ジークレヒト……ランプレヒトの息子。
ミュリエラ……ローゼマインの元側近。エルヴィーラに名を捧げた。
カジミアール……メルヒオールの上級文官。神官長。
ディルク……中級貴族で青色神官見習い。デリアの弟。
エックハルト……フェルディナンドの上級護衛騎士。カルステッドの息子。
ユストクス……フェルディナンドの側仕え兼文官。リヒャルダの息子。
ラザファム……フェルディナンドの下級側仕え。

エグランティーヌ
ツェント。

アナスタージウス……元王子。エグランティーヌの夫。
トラオクヴァール……元ツェント。
マグダレーナ……トラオクヴァールの妻。
ヒルデブラント……マグダレーナの息子。
ジギスヴァルト……元王子。ラルフリーダの息子。
ナーエラッヒェ……ジギスヴァルトの妻。
アドルフィーネ……ジギスヴァルトの元妻。
ヒルシュール……エーレンフェストの寮監。
ソランジュ……貴族院図書館の中級司書。

旧アーレンスバッハの貴族

レティーツィア……前領主一族。先代領主の孫で養女。
シュトラール……フェルディナンドの上級護衛騎士。元騎士団長。
ゼルギウス……フェルディナンドの上級側仕え。
フェアゼーレ……レティーツィアの上級側仕え見習い。シュトラールの娘。
ライムント……フェルディナンドの中級文官見習い。

神様

メスティオノーラ
風の眷属神で英知の女神。

エアヴェルミーン
元神様。始まりの庭の白い木。

グーテンベルク達

ベンノ……プランタン商会の店主。
マルク……プランタン商会のダプラ。
ルッツ……プランタン商会ダプラ見習い。
ハイディ……インク職人。ヨゼフの妻。
ヨゼフ……インク職人。ハイディの夫。
ホレス……インク職人。
ザック……鍛冶職人。発想担当。
ヨハン……鍛冶職人。技術担当。
ディモ……木工職人。

神殿関係者

フラン……神殿長室の筆頭側仕え。
ザーム……神殿長室担当。
ギル……工房担当。
フリッツ……工房担当。
ヴィルマ……孤児院担当。
モニカ……神殿長室と孤児院長室の側仕え。
ニコラ……神殿長室と孤児院長室の側仕え。
ロータル……メルヒオールの側仕え。
ギード……神官長室の側仕え。
イミル……神官長室の側仕え。
クルト……神官長室の側仕え。
デリア……灰色巫女。ディルクの姉。
コンラート……灰色神官見習い。フィリーネの弟。
バルツ……灰色神官。

下町の家族

ギュンター……マインの父親。
エーファ……マインの母親。
トゥーリ……マインの姉。専属髪飾り職人。
カミル……マインの弟。

その他の下町関係者

フリーダ……商業ギルド長の孫娘。
ディード……ルッツの父親。
カルラ……ルッツの母親。

犯罪者達

ジェルヴァージオ……元ランツェナーヴェの王。
ラオブルート……元中央騎士団長。
ゲオルギーネ……ジルヴェスターの姉。故人。
ディートリンデ……元アーレンスバッハの領主一族。
アルステーデ……上級貴族。ゲオルギーネの娘でディートリンデの姉。
マルティナ……元ディートリンデの側仕え見習い。

第五部　女神の化身XII

プロローグ

本来ならば礎の魔術しか存在しないはずのアレキサンドリアの礎の間に、今は多くの魔術具や薬の入った箱など様々な物が並んでいた。これから行うのは古代魔術の復元であり、領地全体を覆う大規模魔術だ。礎の魔術の近くには大規模魔術に使用する盆状の魔石が置かれている。虹色に光っているそれにはエアヴェルミーンの白い枝が突き刺さっていた。

「始めよう」

フェルディナンドが声をかけると、ローゼマインは盆状の魔石に手を置いて魔力を注ぎ始めた。空だった盆に液状の魔力が溜まって水鏡のようになり、真っ白だったエアヴェルミーンの枝が虹色に染まる。全属性の光が真っ直ぐに天井へ向かって上がると、礎の上で軌道を描きながら回っているそれぞれの属性の魔石が光を吸収しているようにフェルディナンドの目には見えた。

「フェルディナンド様、これ……」

ローゼマインの声で、フェルディナンドは天井付近の魔石から床に置かれた盆状の水鏡に視線を移す。そこには外の様子が映っていた。大勢の貴族達がシュタープを光らせて振っているところから、明かりが多い貴族街を経て平民達の下町へ、魔法陣の展開と共に光景が変わっていく。

……ここで行った魔術が供給の間を経てから展開されるのは間違いないようだな。

領主が礎の間で行う魔術は供給の間を経て城を中心に展開される。そのせいで礎の魔術が神殿にあると、今まで貴族達に知られることがなかったのだ。領主会議で礎の魔術の場所を教えることになっているが、どれほどの混乱が起こるだろうか。

面倒なことになるのは目に見えているが、フェルディナンドはわずかに眉(まゆ)を寄せることで未来について考えることを止(や)めた。大事なのは今だ。この大規模魔術を成功させ、ローゼマインを魔力枯渇(こかつ)に導き、彼の魔力で染め直さなければ、彼女は生きていけない。

……ようやくここまで来たのだぞ。

エーレンフェストでの居場所を失ったローゼマインは、礎の魔術を奪うことでどのように改造しても文句を言われない自分の領地を手に入れた。そして、フェルディナンドは不愉快(ふゆかい)な王命を逆手にとって、家族同然から本物の家族になれる立場を得た。

……それなのに、神々に翻弄(ほんろう)されたまま終わらせて堪(たま)るか。

「そのまま魔力を注ぎなさい。まだ魔法陣は完成していない」

貴族院を覆う古代魔術を少々改変した大規模な癒(いや)しの魔術が無事に発動したことにフェルディナンドは胸を撫(な)で下ろす。同時に、まだ発動しただけだ。魔法陣が完成するかどうかわからないと気を引き締めた。

計算上では可能でも、練習なしの一発勝負だ。失敗する可能性は決して低くない。ローゼマインの身の内にある神々の御力(おちから)が完成前に尽きる可能性、魔力枯渇による死を恐れて回復薬を使うことで神々の御力を消費しきれない可能性、回復薬を使うことで神々の御力が薄れて古代魔術の成立条件から外れる可能性など、考えれば切りがない。

……ローゼマインが魔力枯渇の飢餓感に耐え切れれば、神々の御力を限界まで使うことはできるはずだが……。

「あ！　一人、空を見上げて神に祈りを捧げている騎士がいますよ。ちょっとハルトムートの教育が行き届きすぎではありませんか？」

ローゼマインは水鏡を覗き込み、各境界門の様子を見ながら明るい声を出している。そんな彼女の様子をフェルディナンドはじっと見つめる。呑気そうな表情や明るい声に騙されてはならない。彼女は以前よりずっと貴族らしくなり、表情の取り繕い方が上手くなっている。魔力回復を恐れて眠りたくないと言っていた顔や声を忘れるなと、フェルディナンドは自分に言い聞かせた。

大規模魔術は彼女を魔力枯渇という死に限りなく近付ける行為だ。些細な変化を見逃した時点で手遅れになってもおかしくない。フェルディナンドは彼女の様子を観察しながら、間違いなく魔術具や薬が揃っているか、すぐに手に取れる位置にあるか何度も確認する。

……本当に忌々しい。

ローゼマインをこのような目に遭わせた英知の女神の言い分を思い出し、フェルディナンドは眉間に深い皺を刻んだ。

◆

先日の継承式で、祭壇から始まりの庭に駆け上がったフェルディナンドは、ローゼマインに再度降臨した英知の女神と睨み合うことになった。

「神々がローゼマインに何をしたのか、神の御力の影響を完全に消すためにはどうすれば良いのか、魔力を流す以外に断たれた記憶を取り戻す方法があるのか教えてくださいい。その代わりに私はエアヴェルミーン様に解毒薬を与えます」

英知の女神を相手に一歩も譲らず、お互いに睨み合いながらフェルディナンドは解毒薬と同時に銀色の短剣や筒をちらつかせる。女神を脅すこともエアヴェルミーンを攻撃することも、彼は厭わなかった。

「事情説明をしている間に、エグランティーヌに解毒させなさい」

エアヴェルミーンを傷つける複数の手段がフェルディナンドの手にあると知って、英知の女神は渋々譲歩して事情を説明し始めた。どうにも会話が成り立たないエアヴェルミーンよりよほどわかりやすい。

自力で礎の魔術にたどり着いて、少しだが魔力供給をしたローゼマインがツェントになるべきだとエアヴェルミーンが考え、英知の女神が降臨して協力しようとしたところ、フェルディナンドのお守りに妨害されたのが事の発端。妨害を前提に神々が多めに御力を送ったところ、妨害は発動せず、御力は過ぎた力となってローゼマインを襲い、英知の女神を再降臨させなければ死ぬような事態に陥ったらしい。

「何ということを……」

説明がわかりやすいだけで、その内容は到底受け入れられるものではなかった。神話の中にしかないような出来事が、現実に起こると誰が考えるだろうか。

……想定外にも程がある。

神々の御力の影響で光っているローゼマインの体が、フェルディナンドにとっては不愉快極まりない。継承式で初めてローゼマインを見た他領の者達は「何という幸運」「羨ましいことだ」と口々に言っていたが、フェルディナンドとしてはできるだけ早急に英知の女神を追い出したいし、その影響を消したいと思う。

「神々による軽率な祝福は、時に呪いと化します。それがまさかローゼマインの身に降りかかるとは……」

「神々にとっても本意ではないから、こうしてわたくしが来たのです。全ての神々の御力を調整するのは、最高神と全ての大神から神具を借りられるわたくしにしかできませんもの」

神殿や貴族院の地下書庫にあった神話の数々にも同様の記述があった。英知の女神メスティオノーラは父親である命の神エーヴィリーべに命を狙われていて、それを防ぐために最高神と全ての大神から神具を借りられることになった、と。

……風の眷属でありながら、全ての属性に通じる女神か。これはまた面倒な……。

フェルディナンドは英知の女神に関する神話を思い出し、陰鬱な気分になった。神話にあった神の呪い返しを試そうにも、相手が英知の女神では条件を整えることが容易ではない。

「神々の御力を消す方法ですけれど、今のように神々の御力が溢れそうになっている状態では不可能です。より強い一柱の神力で完全に塗り替えて、神力に適応するように体の方を変化させれば苦痛を消すことはできますよ。人ならざる存在になりますけれど」

呪いのような過度の祝福を打ち消したいのであって、本物の神に近付く方法などフェルディナンドは聞いていない。「ふざけるな」と言いたい気持ちを呑み込んで、彼はギリギリ不敬にならない笑顔を浮かべた。

「人の魔力に戻す方法を教えていただきたいのですが……」

「枯渇直前まで魔力を減らせば、人の魔力で染めることも可能になるでしょうね。自分の元の魔力に戻すことはできないけれど、貴方の魔力で染めれば良いだけですもの。それほど難しくはないでしょう？」

それは普通の貴族ならば簡単には受け入れられない提案だった。魔力の染め替えや他者に魔力を流すことは親子や夫婦でなければしない行為で、赤の他人から魔力を流されることには苦痛や不快感が伴い、強い忌避感がある。フェルディナンドはそのことを知識として知っている。

けれど、アダルジーザの離宮で魔石になる存在として育てられた彼は、薬を使って体内の魔力を調整することに大した忌避感がない。人とは最終的に魔石になる存在であり、他者に魔力を流されて染められるものだと心のどこかで思っているからだ。

……染め直すこと自体は構わぬ。

だが、枯渇寸前まで魔力を減らすことは簡単ではない。ディートリンデによって供給の間で魔力を奪われ続けたフェルディナンドはその苦痛をよく知っている。あの苦痛をローゼマインにも経験させたいとは思わない。

「魔力枯渇による死の危険性があります。他に方法はございませんか？」

「枯渇寸前まで一気に使って他者の魔力で染め直すことが嫌ならば、自分の魔力が戻るのを待つしかありませんね」

「ローゼマインが一度使えば、神々の御力は消えるのですか？」

「まさか。少し薄れるだけで魔力と共に神々の御力も回復します。神々の御力の影響力が完全になくなるまで苦しみが続くし、ずいぶんと長期戦になるでしょうね。この短時間が耐えられなかったマインには無理だと思うけれど……。早くて確実なのは染め直しです」

最後の言葉にフェルディナンドは納得せざるを得なかった。複数の神々の属性が体内で反発して苦痛を生み出すのだ。染め直すのに時間はかけられない。

……それに、ローゼマインは特殊な身食いだ。

魔術具のグルトリスハイトを作製する過程でローゼマインから英知を流し込まれて知ったことだが、身食いはただでさえ他者の魔力の影響を受けやすい。それに加えてローゼマインは死にかけた時にできる魔力の塊が体内にいくつもあったせいで、魔力器官自体がフェルディナンドの魔力に染まっていたのだ。他の普通の貴族より神々の御力の影響を受けやすく、普通のやり方では薄れない可能性も考慮しておかなければならない。

「神々の御力を消す方法は理解しました。ローゼマインの断たれた記憶についても教えてください。魔力のない平民の記憶も断たれています。魔力を流すことができない者達の記憶を繋げる方法はございますか？」

フェルディナンドの質問に、英知の女神は腕を組んでゆるりと視線を巡らせた。思い出そうとしているようにも、言い逃れをしようと考えているようにも見える。

「……記憶を共有している者に魔力を流されながら、何かしらきっかけを与えれば戻るかもしれませんね」

視線の動きがどうにも怪しくて、何か重要なことを隠しているような気がした。だが、神は嘘を吐かない。正確には厳しい罰があるので吐けない。「そんな方法はない」と言い切らなかった以上、何らかの方法はあるということだ。

……おそらく英知の女神にとってあまり好ましくない方法であろうな。

フェルディナンドは冷静にそう判断した。それを調べる時間があるか、本当に見つかるかわからないが、手を尽くさなければならない。

下町の記憶はローゼマインの根幹を成す重要な要素だ。その記憶を断たれた彼女は、家族への執着や期待が希薄になっている。他者との関係や距離の取り方が以前と違っていて、無関心の割合が大きい。

……私を一番大事と言う割に、以前のような鬱陶しいほどの熱量がないのだ。

その変化がローゼマインから下町の家族の記憶が断たれたせいなのだから、相手が神であっても非常に腹立たしく、許し難い。本人の意思や成長による変化ではないのだ。

……失われたままにはさせぬ。

「クインタは難しい顔をしているけれど、ユルゲンシュミットの礎を満たせば良いのですよ。記憶はあってもなくても生きていけるけれど、早急に染め直さなければマインは生きられないもの」

フフッと英知の女神が笑う。確かに国の礎を満たせば、かなり多くの魔力を一気に使えるはずだ。だが、それはツェントにならないローゼマインの責務ではない。それに、神々の御力で満たされた礎の魔術を領主会議までに染め直して領地の境界線を引き直すことがエグランティーヌに可能とも思えない。

しかし、英知の女神は反論を許さなかった。

「今は他の神々の御力を分けて固めているだけです。時間が経(た)てば魔力が回復するように神々の御力も増えるので、なるべく早く授(さず)けられた力を使わなければ苦痛が戻ってくるはずです。マインが戻ったら急いでくださいね」

解毒薬を与えられたエアヴェルミーンがある程度動けるようになった様子を見て、英知の女神はふわりと空中を滑るようにそちらへ移動する。

……ローゼマインの命を救うためには譲歩するしかないのか。

英知の女神は何が何でもローゼマインにユルゲンシュミットの礎の魔術を満たさせるつもりだ。女神の感覚での「早く」がどのくらいかわからないが、なるべく早くローゼマインを礎の魔術へ連れていかなければならない。エグランティーヌが光の女神を始めとした神々に誓いを立てる様子を見ながら、フェルディナンドは先の予定を立てた。

ところが、礎の魔術を満たすだけではローゼマインの身の内にある神々の御力は消えなかった。

おまけに、神々の御力は回復するのが早いらしい。

……何故礎の魔術を満たしても神々の御力が枯渇に近付いていないのだ？　これでは英知の女神が私に嘘を吐いたことになるのではないか？　もしや女神にも不測の事態か？

フェルディナンドの魔力で染め直すことも考えたが、以前と違って反発がひどい。フェルディナンドが彼女の手を握って魔力を流そうとしても、反発で押し返される。ローゼマインは流そうとしたことさえ気付かないほどの拒絶だった。魔力枯渇の寸前まで減らさなければ、人の魔力で染め替えられないという言葉は嘘ではないらしい。

……本当に魔力を減らせば染め替えられるのか？

そんな疑いを消せないまま、フェルディナンドはローゼマインの魔力を枯渇させるために様々な調整をして、神具で領地内に魔力を撒くことにした。

枯れていた土地が癒され、目撃した平民は大喜びで、女神の化身としての名声は高まっていく。だが、肝心の魔力の減りは期待したほどではなく、体力だけが減っていき、ローゼマインが刻一刻と萎れるように弱っていく。

「祝詞さえ唱えれば神具を使うことは誰にでもできることですから、あれを皆に使ってもらうのはどうでしょう？　他には……フェルディナンド様やハルトムートは採集場所の癒しの魔法陣を描けますよね？」

自分は動かずにできるだけ魔力を使う方法をローゼマインが次々と提案する。このように色々と思いつくのはかなり追い詰められている時だ。そのくらい魔力が減ってきたのだと判断してフェルディナンドは同調薬を少しだけローゼマインに与えてみた。

しかし、ものすごく苦くて舌が痺れそうな味だと拒否された。同調薬さえ飲めない状態で液状魔力を飲めるわけがない。まだまだ魔力枯渇には遠いと判断するしかなかった。

……果たしてローゼマインの体力は魔力枯渇までもつのか？

眠るだけで魔力が回復する。そうすると神々の御力も増えて苦痛も増えるらしい。それが嫌なのだろう。ローゼマインは段々と睡眠時間が短くなり、寝台へ入ること自体を躊躇うようになった。

リーゼレータからは「空腹感はあるけれど、食べられないようです」と報告を受けた。もしその空腹感が魔力の減少によるものならば、これから先は非常に辛い時間がローゼマインを襲うことになる。

……こちらの予想以上に時間がない。

じりじりとした焦燥感の中、ローゼマイン以外の者が動いて神具の魔力を使い、極力ローゼマインを動かさないようにして魔力を減らしていく。その甲斐はあったようだ。ローゼマインがフェルディナンドの魔力を感知した。

……まだ神々の御力が強いな。私からはローゼマインの魔力を感知できぬ。

それでも同調薬を口に含める程度には神々の御力が薄れてきたようだ。そろそろ魔力の染め直しができるかもしれない。一条の光が見えた気分だった。

◆

だが、今その光は消えようとしていた。

「誇れる主は難しいですね。わたくし、最低限の義務以外は図書館と本に全力を尽くしたいので」

声だけはいつもと同じような呑気な響きをしているが、その顔色は蒼白で血の気がない。フェルディナンドは即座にまずいと判断して回復薬に手を伸ばそうとした。

「もう少しですから」

ここで魔力を回復させてはならない。フェルディナンドを見つめるローゼマインの金色の瞳には強い意志がある。当人が望まないのに回復薬を飲ませることはできない。フェルディナンドは奥歯を噛み締めながら、回復薬から手を離した。

水鏡に映る景色はフレーベルタークとの境界門からエーレンフェストとの境界門へ変わっていく。フェルディナンドは少しでもローゼマインの気持ちが軽くなるように軽口を叩くが、彼女の口からは声になり損ねた、掠れた吐息が漏れるだけだった。浅くなる呼吸を隠せていない。魔石に触れている手が小刻みに震え始めた。「大丈夫」という声が途切れ途切れに聞こえる。

「もう少しだ、ローゼマイン」

励ますように声をかけているが、エーレンフェストとの境界門から城までは距離がある。ただひたすら暗い海だけを映し続ける水鏡をフェルディナンドはもどかしい気持ちで睨む。

……まだ完成しないのか。あとどれだけかかるのだ？

ローゼマインの頭がぐらりと揺れた。彼女の手から力が抜け、片手が盆状の魔石から外れて落ちそうになる。フェルディナンドは彼女の体を抱え込み、その手をつかむと、魔石から離れないように押さえ込んだ。

「体の力を抜いて私にもたれかかっても構わぬから手は離すな」

魔法陣の完成を前に意識を失いかけるローゼマインを支えながら、フェルディナンドは彼女の手に魔力を流していく。反発があるにもかかわらず、ローゼマインは魔力を流されることにさえ反応を示さなくなった。

……間に合え！

ローゼマインの体がカクリと完全に力を失った瞬間、終点となる城が見えた。魔法陣の完成と同時に、フェルディナンドは彼女の手を通して魔力を流しながら早口で祝詞を唱える。

「癒しと変化をもたらす水の女神フリュートレーネよ　側に仕える眷属たる十二の女神よ　我の祈りを聞き届け　聖なる力を与え給え……」

祝詞を唱えながら、フェルディナンドは薬を飲ませやすいようにローゼマインの体の位置を調節して抱え直す。手探りで器具を手に取った。中にはすでに同調薬が入っている。

「……広く浩浩たる大地に在る万物に　清らかなる御加護を賜らん」

祝詞を唱え終わると、水鏡が水の女神フリュートレーネの貴色に染まった。大規模魔術の成功だ。だが、それを喜んでいる場合ではない。成功を確認するや否や、フェルディナンドはローゼマインの口をこじ開け、手にしていた器具を入れると同調薬を流し込む。次はフェルディナンドの液状魔力だ。こうして彼の魔力に染め替えれば、魔力を回復させても神々の御力が増えないようにできるはずだ。

……落ち着け。今まで何度もしてきたことだ。

次々と薬を飲ませる動きに無駄は全くない。当然だ。主治医をしていたフェルディナンドは意識のないローゼマインに薬を飲ませることに慣れている。冷静そのもので作業を行っているように見えるが、緊張で彼の神経は張り詰めていた。

普段と違って時間がない。ローゼマインが魔力枯渇で死ぬ前に、神々の御力が回復する前に、染め替えなければならない。染め替えるだけならば魔力の少ない時が望ましい。だが、回復薬の投入が遅れると死ぬ。

……急げ。手を止めるな。

緊迫(きんぱく)した状況にフェルディナンド自身の息が浅くなる。自分の脈動がうるさくて、ローゼマインの脈を測れない。

フェルディナンドはローゼマインの手を握って魔力を流し込んだ。同調薬が効いてきたのか、どんどんと魔力の反発が少なくなっていく。それを見計(みはか)らって、今度は回復薬を流し込む。

……これで少し待てば意識が戻るはずだ。

だが、予想していた時間が経ち、魔力枯渇の状態を脱しても腕の中にいる彼女の意識は戻らない。ぐったりとしたまま身動(みじろ)ぎ一つしない。

フェルディナンドはゴクリと息を呑んだ。冷や汗で背中が冷たい。喉の奥がカラカラに乾いていて、唾(つば)を飲み込むと痛いほどだ。

「ローゼマイン、目を覚ましなさい。ローゼマイン！」

フェルディナンドは手を握って流し込む魔力の量を更に増やした。死によって魔力が固まるのを防ぐために、ローゼマインの体内にある魔力を強制的に循環(じゅんかん)させる。

それでも何の反応もない。魔力にはまだ少しばかり反発があるし、反発のある他者の魔力で強制的に体内の魔力を動かされるのは多少の苦痛や不快感を伴うはずだ。

しかし、ローゼマインはそれに抵抗するどころか、ピクリとも動かない。まだ呼吸しているが、今にも消えそうに微かなもので、首元の脈動も弱い。

「……まさか間に合わなかったのか？」

神々の御力を消すために、フェルディナンドもローゼマインもできるだけのことをしてきた。それでも足りなかったのか。ひたりひたりと絶望が足音を立てて近付いてきている。

途中で回復薬を飲ませるべきだったのではないか。ローゼマインにどれだけ嫌がられても手足を撃ち抜いてジェルヴァージオに使った回復薬を使うべきだったのではないか。ああしていれば、こうしていれば……そんなどうしようもない後悔が次々とフェルディナンドを襲う。

……だが、まだ終わっていない。

フェルディナンドは手のひらに感じる微かな息を認めて顔を上げる。今までの人生で何度死にかけてきただろうか。もう駄目だと思ったことが何度あるのか。

ディートリンデに陥れられて、フェルディナンドはもう駄目だと諦めたことがある。しかし、そんな時でもローゼマインは諦めなかった。

ならば、フェルディナンドも諦めるべきではない。何もかも、できることは全て試してみるべきだ。ローゼマインの覚醒に繋がるならば、信憑性が怪しい神話の中の手段であっても使う。

……呪い返しを。

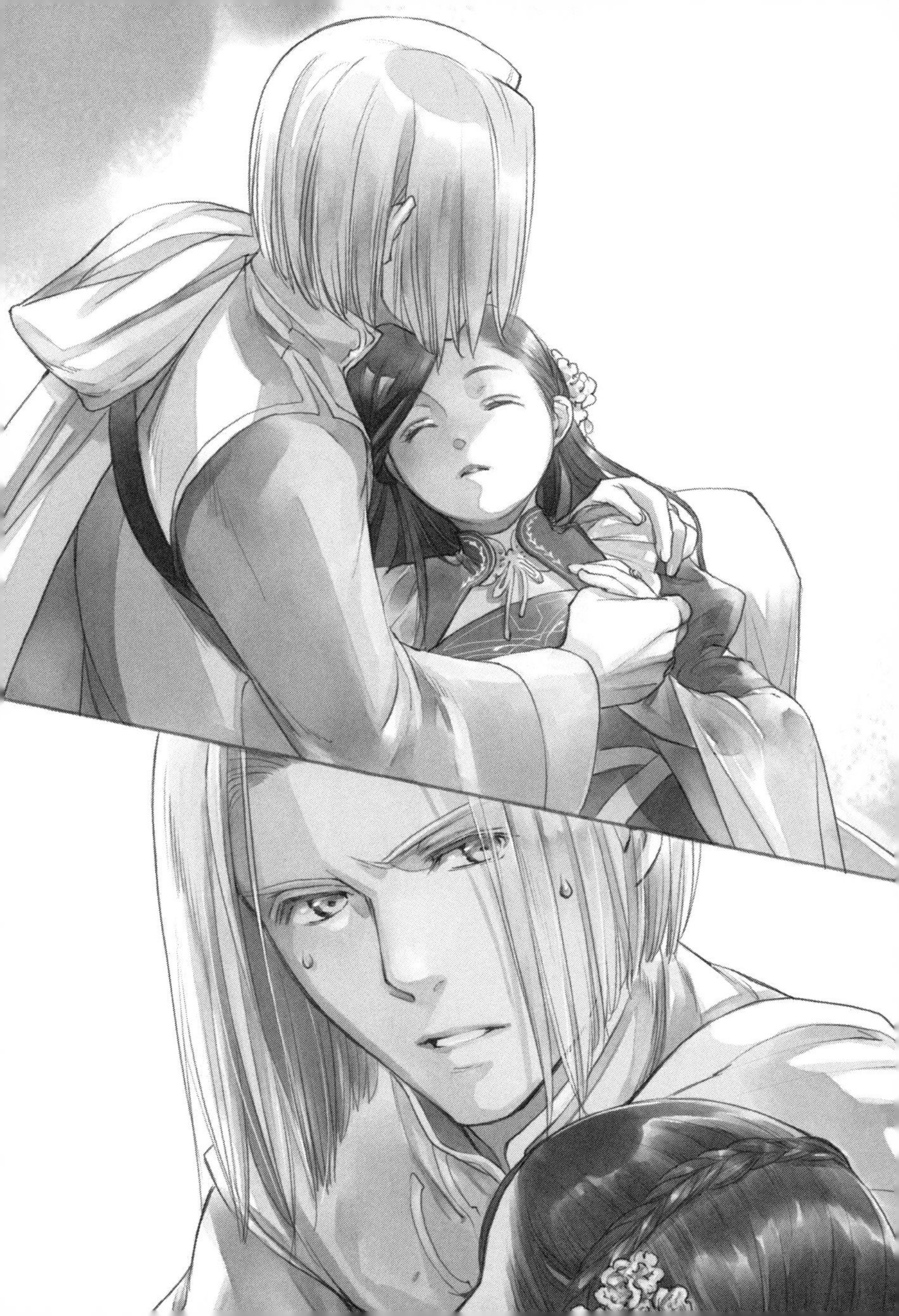

「スティロ」

フェルディナンドはシュタープをペンに変化させた。

「神々よ、英知の女神は私に嘘を吐いた。ユルゲンシュミットの礎を満たしてもローゼマインから神々の御力は消えなかった。これは神々が望んだ結末か？」

恨み言を交ぜながら、フェルディナンドの手は彼が知る中で最も美しい魔法陣を反転して描き始める。他者に祝福を与えるためだけに存在する、かつて彼がローゼマインから与えられた魔法陣だ。

「最も神々に祈りを捧げてきたローゼマインこそ、最も生きる価値がある。呪うならば私にすべきだった。これより呪いと化した祝福を返す。神々に翻弄されたローゼマインに正しき祝福を」

眷属神の呪いを受けたならば大神に祈れ。

大神の呪いを受けたならば最高神に祈れ。

複数の神々からの祝福によって苦しむローゼマインに全属性の祈りを。

それが神話の中で神による呪いを打ち消すために使われた方法だ。神の呪いを破るためには、上位の神の祝福が必要になる。ただの祝福ではない。呪われた対象者が他者に贈った祝福を、他者の手によって返してもらわなければならないのだ。

ローゼマインから得た祝福を、フェルディナンドの手で彼女に返すことで呪いと化した祝福の打ち消しを行える。ただし、打ち消せるのは彼が彼女から得た祝福の量だけだ。

……私がローゼマインから得た祝福を、ローゼマインを救うために使う。

「高く亭亭たる大空を司る　最高神は闇と光の夫婦神　広く浩浩たる大地を司る　五柱の大神　水

の女神フリュートレーネ　火の神ライデンシャフト　風の女神シュツェーリア　土の女神ゲドゥルリーヒ　命の神エーヴィリーベよ　我の祈りを聞き届け　過ちを正し給え　御身に捧ぐは彼の者より受けし祝福　祈りと感謝を捧げて　正しき御加護を賜らん」

フェルディナンドが描き上げた魔法陣に反応し、かつて彼女から得た祝福が光となって彼の体に浮かび上がる。その光が礎の魔術の上にあるそれぞれの魔石に吸い込まれていき、全ての魔石が光り始めた。

そんな現象に目もくれず、彼はローゼマインの意識に直接呼びかけるために、記憶を繋げる魔術具を手に取った。本来ならば彼女が回復してから使うはずだったが、順番などどうでも良い。

魔力を繋ぎ、魔術具を使って記憶を繋ぎ、意識を繋ぎ、命を繋ぐ。

記憶を覗く魔術具をつけると、フェルディナンドはローゼマインの体を抱え直し、お互いの額の魔石をカチリと合わせた。魔力をゆっくりと流し込みながら意識を同調させていく。

白い壁に囲まれた礎の間には、反転された祝福の光が浮かんでいた。フェルディナンドの体から放出される色とりどりの光はそれぞれの属性の魔石に吸い込まれていく。

しばらく経つと、全ての光を吸収した属性の魔石から光が降り注ぎ始めた。フェルディナンドが望んだ通り真っ直ぐにローゼマインに向かって祝福が返される。

それは薄い黄色の光で、かつてフェルディナンドが受けた青色巫女（みこ）見習いの最後の祝福に酷似（こくじ）していたが、記憶を繋げていた彼の視界には入っていなかった。

記憶

暗闇にゆらゆらと漂う意識の中で、わたしが一番に感じたのは口の中が甘いということだった。グレーティアにうがい液を準備してもらわなきゃ……と考えていると、どこからかわたしを呼ぶ声が聞こえてくるようになってきた。何度も何度も繰り返し「ローゼマイン」と呼びかけている声は、耳に馴染みがある。

「……フェルディナンド様、ですよね？」

「遅い。もっと早く答えなさい」

呼びかけに答えたらいきなり文句を言われた。理不尽だと思うのはわたしだけだろうか。

「これでも一応気が付いた時点で答えたので、これより早く答えるのは無理です。……姿が見えないのですが、フェルディナンド様はどこにいらっしゃるのですか？」

辺りを見回してみるが、黒一面の視界の中にフェルディナンドの姿は見えない。わたしにはそれが何とも不安に思えて仕方がなかった。

「記憶を探る魔術具を使って意識を繋げているだけだ。落ち着きなさい」

「そうでした。魔力を染め終わったら記憶を繋げる予定でしたね。こうして意識が繋がったということは、わたくし、もうフェルディナンド様の魔力に染まったのですか？」

「君に魔力を流してみたが、ほとんど抵抗がない。まだ完全とは言えぬが、ほとんど私の魔力に染まっていると思われる」

それはよかった。フェルディナンドの魔力に染まったならば、もうあの神々の御力に振り回されることもないし、元の魔力に戻ったと言える。口の中が甘いのは、魔力を染めるために飲まされた薬のせいだとようやく気付いた。

「ローゼマイン、これから私が覚えている限りの、君にとって大事な者達の記憶を見せる。だが、私に与えられるのはきっかけだけだ。彼等は平民で、君に魔力を流すことはできない。君にとって女神の図書館より大事な存在が誰で、どのような存在だったのか、彼等をどれほど大事にしていたのか、今の君と当時の君がどれほど違うのか……。思い出しなさい」

命令口調のフェルディナンドの声には懇願が交じっていた。声は普段通りに淡々としているのに、何とも言えない焦りとわたしが記憶を取り戻すことを切望している気持ちが伝わってくる。

失った記憶を取り戻したいと思うのは、わたしも同じだ。絶対に取り戻すのだと強く心に誓ったところで、記憶を探る魔術具を使うと五感や感情に同調することを思い出した。以前使用した時はわたしの記憶や感情にフェルディナンドが振り回されていたけれど、わたしは自分の記憶を鮮明に思い出しただけだった。彼の記憶が見えたわけではない。

「今回はわたしがフェルディナンド様の感情や記憶に同調するのですよね？　以前と逆ですか？」

「非常に不本意だが、そういうことだ」

すでに感情は同調しているらしい。ものすごい拒否感と躊躇いと諦めが伝わってくる。できることならば見せたくないとフェルディナンドが考えていることがわかる。普段あまり感情を見せないフェルディナンドが一体何を考えて、どんな記憶を見せてくれるのか、不謹慎ながらちょっと楽しみになってきた。

「では、始めるぞ」

真っ暗だった視界が突然神殿になった。まるで神殿に転移してきたような気分だ。視界に映る物から神殿の廊下を歩いて神殿長室へ向かっていることがわかる。背が高すぎるフェルディナンドの視界から見る神殿の光景は、自分の目で見る神殿の風景と少し違ってとても新鮮だ。きょろきょろと周囲を見回したいけれど、フェルディナンドの視界が固定されているために自分の見たいところは見えない。

「フェルディナンド様、あちこちを見たいです」

「記憶をそのまま流し込んでいるので無理だ」

神殿長室の前に見覚えのない灰色神官が立っていて、アルノーが取り次ぎを頼んでいる。部屋の中へ通されると、ボテッとした大きなお腹の前神殿長が視界の中で動いていた。好々爺そうな表情の中に抜け目のない嫌らしい目がギラギラとしている。

「前神殿長は嫌いな人ですけれど、こうして見ると何だか懐かしいくらいですね。……あ、わたくしが来ましたよ！」

ギルベルタ商会の見習い服を着た幼いわたしが、見覚えのない男女と一緒に部屋へ入ってきた。

フェルディナンドの視点から見ると、平民時代のわたしの頭は彼の腰くらいの位置にある。少し動くと袖に隠れて見えなくなる身長だ。

「ちっちゃい！　わたくし、めちゃくちゃちっちゃかったんですね！　フェルディナンド様から見たら、こんな感じだったのですか。うわぁ、うっかり踏みそうだと思いませんでしたか？」

「自分を見た感想が、踏みそうとは……。ハァ、君が注目すべきは過去の自分ではなく、共にいる者達だ。彼等は君の両親で、名前はギュンターとエーファ。父親の職業は兵士で、ハッセへの護衛として同行していた。母親はルネッサンスの称号を与えられた君の専属の染色職人だ」

あ、と思った。今のわたしに下町の記憶がほとんどないのは、下町の家族の記憶がないからだと、やっと気付いた。ベンノやマルクと交わした契約や商売関係の記憶はあるのに、下町で生活をしてきた記憶がほとんどない。

……彼等がわたしの両親？　本当に？

フェルディナンドが嘘を吐いているとは思わないけれど、記憶がないせいで実感がない。二人を両親と思えないまま、わたしは目の前の状況に意識を向けた。警戒を露わにした二人が幼いわたしを庇うようにして、「マインを差し出せ」と言う前神殿長と対峙している。

「お断りします。孤児と同じ環境ではマインはどうせ生きられない」

「そうです。マインは身食いでなくても、非常に虚弱です。洗礼式で二度も倒れ、その後何日も熱が引かないような子供なんです。神殿で生活などできません」

明確な拒絶に、その後の展開が容易に想像できた。血の気が引く。平民が前神殿長に反抗するなんて一体何を考えているのだろうか。

……処刑されてもおかしくないよ⁉

息を呑んだ途端、案の定、平民に反抗されて激昂した前神殿長が「神官に手を上げたら、神の名の下に極刑にしてやろう」と灰色神官達を部屋に招き入れて、幼いわたしを捕まえるように命じた。さすがに二人も諦めてわたしを差し出すだろう。そんな流れでわたしは神殿に入ったのかと思ったが、予想は覆された。

「マインを守ると決めた時から、それくらいの覚悟はできている」

突然視界の中で灰色神官達が殴る蹴るの暴力にさらされる。あまりにも乱暴な振る舞いが怖くて、わたしは思わず一歩引きそうになった。その途端、フェルディナンドの声が響いてくる。

「相手が神殿長であろうが、他領の貴族であろうが、どんな脅しにも一切の迷いを見せず、娘を守る男が君の父親だ。……君達家族を見た時の私の驚きがわかるか？」

フェルディナンドの声には懐かしさと羨望が交じっている。感情を隠すことに長けた彼が見せる珍しい感情の発露にわたしは目を瞬いた。

「わたくしは現在形で驚いています。ビックリするほど命知らずですよね」

「誰に何を言われても私の命を諦めず、ダンケルフェルガーまで巻き込んでアーレンスバッハに殴り込みをかけた君の父親らしいであろう？」

クッとフェルディナンドが笑う。怖いはずの暴力を振るっている男なのに、フェルディナンドの目を通してみると、その光景はひどく眩しいものになった。我が子を守って上位者に盾突く二人の姿に驚愕と称賛の入り混じった感情が向けられている。

……ここまで子を愛し、守る親がいるのか。

そんなフェルディナンドの心情が掠めると同時に、ちらりと別の男女が視界に映った。ジルヴェスターによく似た容貌で、もっと年上のもっと優しげな男が「時の女神のお導きだ」と少し困った顔で告げ、淡い色合いの髪をふんわりとまとめた穏やかそうな女性が「グリュックリテートの試練でしょうか」とそっと溜息を吐く。

……誰だろう？

自分の視点が二人を見上げているので、フェルディナンドが幼い時の記憶だろうか。そう思った次の瞬間には視界が神殿の光景に戻っていた。気のせいと流すには、やけにはっきりと見えた。

「……先程の男性は先代のアウブ・エーレンフェストですか？」

「今は目の前の光景に集中しなさい。君の記憶を取り戻すためだぞ」

あからさまに質問への回答を避けて、フェルディナンドが意識を今の光景に戻していく。

「君もギュンターと同じで、家族に降りかかる理不尽を呑み込める子供ではなかった」

「わたくし、これでも結構理不尽を呑み込んできたと思うのですけれど……」

そう反論した途端、幼いわたしが前神殿長を威圧し始めた。瞳は油膜がかかったような複雑な色合いに変色し、ゆらりと体全体から淡い黄色の靄のようなものが見え始める。幼いわたしは自分の両親らしい男女を庇って全身で怒りを表していた。

「ふざけるなはこっちのセリフ。父さんと母さんに触らないで」

……父さんと母さん。

その呼び方が頭の中でこだまする。その呼びかけを知っているはずだ。ひどく懐かしいと感じる響きに胸が痛くなる。それなのに、わたしの記憶は繋がらない。

前神殿長を相手にしても躊躇いなく立ち向かっていくほど大事にしてくれる両親がいて、二人を庇って目を変色させて怒る幼い自分を見つめているのに、わたしには当時の自分の感情が理解できないのだ。むしろ、何故ここまで敵対して家族を庇うのか疑問に思う。自分から家族と離れた方が結果的には家族を守れるはずなのに……と考えてしまう。

フェルディナンドが、小さな体で必死に家族を守ろうとしているマインの姿を見つめて感嘆し、自分では庇えないレベルの罪に足を踏み入れることに危機感を覚えている。今のわたしにはフェルディナンドの心情に共感する方がよほど容易い。

「フェルディナンド様、記憶が繋がりません。知っているはずなんです。父さんと母さんという呼び方が懐かしいのに……わかりません」

歯痒くて悔しくて泣きたくなってくる。思い出さなければならない人達だとわかる。できることならば思い出したい。でも、繋がらない。

「……ならば、別の人物も見てみるか？」

フェルディナンドがそう言った途端、神殿長室から神官長室に景色が変わる。神官長室は見慣れているけれど、部屋の中は見慣れた家具の配置ではなくなっていた。テーブルを真ん中に、椅子が四角に設置されている。正面には見覚えのない金髪の男の子がいて、左右にラルフの両親とベンノとマルクがいた。

「これは一体何の集まりですか？」

「ここにいる者は全て記憶にあるか？」

「目の前の男の子だけがわかりません。他は知っていますよ」

ベンノとマルクはわかるのか、とフェルディナンドが呟いた。その二人には植物紙を売り込んだり、紙作りに必要な道具を準備してもらったりした記憶がある。

「彼の名前はルッツ。右手に座っている男女が彼の両親だ」

「ラルフの両親だということがわかるのにルッツだけわからないってことは、わたくしにとって大事な相手なのですね」

「……あぁ。君の代わりに紙を作り、ベンノの店に勤め、神殿の工房に出入りして孤児達を森へ連れ出し、グーテンベルクとしてエーレンフェスト内に印刷を広めてきた者だ。印刷に関しては君の手足であり、君にとっては非常に大事な、家族同然の存在だ」

「家族同然？」

フェルディナンドが「見なさい」と言った。目の前では口下手なディードが一生懸命に言葉を探し、自分の発した言葉の意味を説明している姿がある。

「自分の夢を否定され、行動を縛られ、家出したルッツを君が庇った。できれば彼を家族と和解させたい。和解できなければ孤児院で一旦引き取り、ベンノと養子縁組をさせたいというのが当時の君の希望だった」

「どうしてフェルディナンド様が関わっているのですか？」

平民の家族問題にフェルディナンドが首を突っ込んでいるのが不思議で仕方がない。

「孤児院長である君が幼いため、ベンノが養子縁組を行うならば私が手を貸す必要があった。職務の一環だ」

フェルディナンドの口はそう建前を教えてくれたけれど、別の感情も流れ込んでくる。マインの家族以外の、普通の平民の家族関係について知りたいという動機もあったらしい。

話し合いの間、フェルディナンドはじっとディードとカルラを見ていた。ぶっきらぼうで粗野な言動だが、その端々から息子に対する思いが感じられる。その思いがルッツには見えていないことがすぐにわかったようで、フェルディナンドからルッツに向けられる感情は「これだけ親に心配され、愛されているのに一体何が不満なのだ？」という呆れと妬みがその大半を占めていた。

それでも、フェルディナンドは親側の心情がなるべく歪まずルッツに届くように思いやりながらその場を取り仕切っていた。そのおかげか、話し合いが進むにつれてルッツの顔が強張った表情から力の抜けた表情へ変わっていく。

「私は、今後の店の展望とルッツの能力を考えた結果、ルッツを跡取りとして教育したいと考えています」

話題は養子縁組に関することになった。ベンノの申し出をディードはハッキリと断る。

「アンタは経営者としては立派だろうし、商売人としても有能だろうよ。ルッツのことで面倒をかけても、それに付き合うだけの度量も寛大さもある。だが、親にはなれん」

ベンノに対するディードの言葉に、フェルディナンドの心に少し波が立った。親にはなれないと断言されるベンノへの警戒心に加えて、平民の親子関係への興味が交じっている。

「ベンノが親になれないというのはどういう意味か説明しなさい。何か悪い評判でもあるとでも言うのか？」

「いくら仕事の評判が良くても、養子にする理由の一番に店の利益を上げるようなヤツが親にはなれん。親になるというのは利益で考えることじゃない。違うか？」

ディードの言葉にハッとしたのはベンノだけではなかった。フェルディナンドも軽く息を呑んでいた。その頭の中に蘇って響いたのは「領地のため」「時の女神のお導き」という男の声だ。

誰の声なのかわたしにはわからない。けれど、予想外にディードの言葉がフェルディナンドの中に深く刺さり、諦めと似た感情が広がっていくことはわかった。その反応から考えると、言葉を発したのは先代のアウブ・エーレンフェストではないだろうか。

……領地のためにアダルジーザの離宮から引き取ったと、正面から言う先代領主はフェルディナンド様にとって良い父親じゃなかったってこと？

ゆっくりと息をして、わずかに乱れた呼吸を整えるフェルディナンドを誰も見ていない。皆が注目しているのはディードとベンノのやり取りで、親の愛情を確かに受け取ったルッツの涙だ。

「ほれ、帰るぞ、バカ息子」

ゴンとゲンコツを落とされても嬉しそうなルッツがひどく眩しくて羨ましい。自分には絶対に手に入れられないものを生まれた時から手にしている平民の子供を、フェルディナンドは羨望の目で見つめている。

何だかすごく胸が痛くなった。わたしは「先代のアウブはフェルディナンド様が必要だと思って引き取ったし、養父様やわたくしは現在進行形でフェルディナンド様が必要なのですよ」と言ったことがあるけれど、それは彼が望んだ言葉ではなかったのかもしれない。

……わたし、利益とか関係なしにフェルディナンド様のことが大事なつもりなんだけど、ちゃんと伝わってるのかな？

疲れた気分で家具の位置を戻す側仕え達の仕事を眺めていたフェルディナンドは、自分の隣にも平民の子供がいることを思い出した。見下ろせば、最初に命じた通りにまだ盗聴防止の魔術具を握っているマインがいる。

「あの家族が壊れなくてよかったな。家族と和解させて、ルッツを家に戻す。それが君にとって最良の結末だったのだろう？」

盗聴防止の魔術具を握ってマインにそう言えば、マインは「よかった」と言いながら大粒の涙を流し始めた。感情の赴くままに泣いたり笑ったりするのは優雅ではない。フェルディナンドが泣き止むように注意しても、嬉し涙だからいいのだとマインは笑みを浮かべて泣き続ける。

「ルッツ、よかった……」

まるで自分のことのようにルッツを案じていたマインをじっと見下ろす。赤の他人にここまで肩入れし、血を分けた家族でなくても深い情を交わせるマインをフェルディナンドが本気で不思議に思っていることが伝わってきた。

……どうすれば君は……。

「ローゼマイン！　ルッツのことは思い出せたか？」

「へっ⁉」

突然思考を掻き消すような大声で問われて、わたしは目を丸くする。フェルディナンドが何を考えていたのか、わたしが何を考えていたのか一気に霧散した。

「な、何の話をしていましたっけ？」

「ルッツのことを思い出せたかどうかを尋ねている」

「いいえ、思い出せません。ただ、泣いて喜ぶほど当時のわたくしがとても大事に思っていた相手だということはよくわかりました」

より理解したのは、フェルディナンドが家族や親という存在にとても思い入れがあることだ。今のわたしには記憶にないルッツの言動よりも、同調しているフェルディナンドの心情の方がよほど気にかかる。フェルディナンドが口にする「家族同然」はわたしが考えていたよりずっと重い意味を持つ言葉なのではないだろうか。

「ルッツに関しては全く記憶にないせいか、どうにも記憶の中にあるマインの心に同調できないのです」

「記憶が全くない？　姿を見ても、声を聞いても思い出さないということか？」

「そうですね。さっきの両親の記憶はもう少しで繋がりそうだったのですけれど、ルッツはあまりそういう兆しもありませんでした」

フェルディナンドの感情に驚愕と困惑とジリジリとした焦燥感が交じり込んだ。「それほどルッツは大事な存在か」という苛立ちに加えて、どの記憶からならば繋げやすいのか、必死に考えているのが伝わってくる。

……ここで「せっかく見せてくれたのにルッツじゃなくてフェルディナンド様のことばっかり考えていました」とは言い難いよね。

「夢の世界の記憶はあったな？　あれからならば少しは繋げやすいか？」

今のわたしにも麗乃時代の記憶はあるから、別に繋げる必要はないと思う。けれど、フェルディナンドにとっては何か思い入れがあるのかもしれない。フェルディナンドの心情が知りたくて、わたしはその記憶も見せてもらうことにした。

……あ、ウチのリビングだ。懐かしい。

風景が神官長室から帰りたくても帰れない麗乃時代のリビングになった。

「せっかくですから書庫や自室みたいに本が大量にあるところへ行きたいです」

「残念ながら、そこには案内されていないので私の記憶にない」

「ああぁぁ、どうして前回連れていかなかったのでしょう？　前回行った図書館や書店でもいいですよ。本があるところへ行きましょう」

「嫌だ」

わたしが麗乃時代の本に囲まれたくてうずうずしているというのに、フェルディナンドは「本を読むだけで時間が無駄に過ぎそうなので知らなくてよかった」と考えていた。ひどすぎる。

本のあるところへ行こうと誘ったわたしの言葉を完全に無視したフェルディナンドは、おかんアートのある棚へ向かい、レース編みを指差した。

「前回、君から説明を受けたが、これが君の髪飾りの元になったレース編みであろう？」

「その通りですけれど、一度見ただけなのによく覚えていますね」

何をどんなふうに見せて説明したのか、わたしがほとんど覚えていないのにフェルディナンドはしっかりと覚えている。頭の構造が違うのだろう。感心していると、彼の感情が少しざわついた。

何というか、少し緊張しているような感じになった気がする。視線や眉の些細な動きを注視しなくても感情が勝手に流れてくるのが不思議な感じだ。

「どうかしましたか、フェルディナンド様？」

「ローゼマイン、君はベンノに売り込んだ最初の髪飾りをどこで誰が何のために作ったか、覚えているか？」

「え？」

じっとわたしの回答を待っているフェルディナンドの気配を感じて、わたしは記憶を探る。紙作りが一段落して、新商品として髪飾りをベンノに売り込んだことは覚えている。ギルド長がフリーダの洗礼式のために新しい髪飾りが欲しいと言って、あの頃にしてはかなりの大金を稼いだはずだ。

……あれ？　でも、最初はどうして作ったんだっけ？

「わかりません」

「トゥーリのためだそうだ」

「髪飾り職人ですよね？」

「私がトゥーリと顔を合わせた回数は多くないが、髪飾りの納品に居合わせたことがある」

ふっと光景が変わった。孤児院長室でエグランティーヌのために作られた髪飾りの納品が行われることになり、フェルディナンドが同席することが会話からわかる。

「わたくし、エグランティーヌ様の髪飾りの注文を受けたことは覚えているのですよ」

「そうか。では、何故ここまで不満顔でこちらを睨んでいたのか覚えているか？」

「そんな理由は記憶が繋がっているかどうか関係なく覚えていないと思います」

記憶の中のローゼマインが警戒心と不満たっぷりの顔でこちらを睨んでいる。忙しい中で王族に贈る物の検分をしなければならないフェルディナンドも「面倒事を抱え込んできたくせにその顔は何だ」と不満たっぷりだ。半べそになるまでぐにっと頬(ほほ)をつねって溜飲(りゅういん)を下げている辺り、フェルディナンドは意外と子供っぽい。

……半分は八つ当たりだったよ！

「彼女がトゥーリだ」

青緑の髪を後ろで三つ編みにした少女が、ギルベルタ商会の面々と一緒にやってきた。トゥーリを見て少し強張った顔になるローゼマインを、フェルディナンドはじっと観察している。その心の中ではユレーヴェから目覚めて最初の顔合わせにローゼマインがどの程度衝撃(しょうげき)を受けるのか、二年間の空白で家族との関係にどれほど変化があったのか、不安と警戒に満ちている。ローゼマインが衝撃や感情の波で魔力を暴走させることがないように、何かあればすぐにでも魔石を取り出せるように、彼の手は革袋に添えられていた。

そんなフェルディナンドの心配を余所に、トゥーリは視線を交わして微笑むだけでローゼマインの強張りを解した。ニコリと微笑む青い瞳には一目でわかる愛情が籠もっている。大事な、大事な相手を見る目。それは、思い出せない父さんと母さんの目と共通していた。

……わたし、この目を知ってる。

「こちらはローゼマイン様にお納めしたく存じます」

トゥーリはユレーヴェに浸かっている間に春の髪飾りを作っていたらしい。ローゼマインが本を前にした時のように嬉しそうに微笑んで、「着けてくださる？」とトゥーリが髪飾りを着けやすいように体の向きを変える。

トゥーリは一度フェルディナンドに視線を向けてから、丁寧な仕草で今着けている髪飾りをそっと外した。少し乱れて肩にかかっていた髪を指先で整えて背中へと流しながら新しい髪飾りを着ける。その手の触れ方がとても優しい。

「似合うかしら？」

「わたくしがローゼマイン様のために作った髪飾りですもの。とてもよくお似合いですよ」

ローゼマインがトゥーリと視線を交わして笑う。ほんのわずかな触れ合いが大切な時間なのだと二人の表情から読み取れる。

……あぁ、もっと見ていたい。

そんな憧憬に似た思いを感じたのはわたしなのか、フェルディナンドなのか判別が難しいくらいだった。引き離されてもほんのわずかな触れ合いのために必死に手を伸ばすローゼマインと、その手を取ろうとしている家族の細い繋がりがフェルディナンドには眩しくてならない。同時に、他に方法がなかったとはいえ、平民の家族から引き離した自分の行いや二年間の空白を作ることになった襲撃に苦い思いを噛み締めている。

……フェルディナンド様の後悔がめちゃくちゃ重いよ。

まさか自分に接するフェルディナンドがそんな思いを抱えているなんて知らなかった。今のわたしには彼に助けられた記憶ばかりが残っているからだろうか。「そんなに思い詰めなくていいですよ」と言ってあげたくなる。けれど、家族と言われている人達の記憶を取り戻した時に同じことを言えるかどうかわからない。わたしは慰めの言葉を呑み込んで、髪飾りについて質問する。

「フェルディナンド様は最初の髪飾りが何のためにできたのか、ご存じなのですか?」

「ベンノから聞いたことだが、姉のトゥーリのために君が作ったそうだ。洗礼式のお祝いに家族全員で作った、と……」

フェルディナンドがベンノとの会話を思い出したのだろうか。風景が孤児院長室から神官長室に変わり、目の前にいる人物がトゥーリとローゼマインからベンノとマルクになった。

「こちらでいかがでしょう?」

ベンノがそう言って開けた木箱にはわたしが貴族の洗礼式で着けた髪飾りがあった。

「ご注文通り、最高級の糸を使って華やかに仕上げました。髪飾りは、私の店に売り込んできた子供が姉の洗礼式の祝いに作った物が始まりです。ですから、ローゼマイン様の洗礼式の祝いにはとても相応しいと考えています」

「ほう」

それならば、貴族の教育を頑張っているローゼマインも喜ぶだろうとフェルディナンドが考えているのがわかる。それをもらったわたしは泣いた。泣いたことは覚えているのに、その理由がわからない。

「……ずっと巫女見習いの髪飾りを作ってきたトゥーリとその母親が糸を編み、父親がこの木を丁寧に削って作られました。ローゼマイン様にはお喜びいただけると存じます」

ベンノの笑みは勝利を確信している時のものだ。そのベンノの笑みが消えると、また麗乃時代のリビングの光景に戻った。

「思い出せないか？　君が髪飾りをどんなふうに作っていたか。本以外には興味が薄い君のことだ。始めたは良いものの、刺繍と同じようにすぐに飽きたのかもしれない。君が思いつきで何か始める時に私が警戒するように、君の両親や姉も何を始めるのか恐々と見守っていたのかもしれない。もしくは、あの家族のことだ。最初から乗り気で皆で協力し合ったのかもしれないな」

フェルディナンドの言葉で、脳裏に何かが浮かんだ。「糸が欲しい」とねだる自分の声が響き、丁寧に削られたかぎ針で編み始めた自分の手が映る。周囲に人影がいて、自分が一人ではないことがわかる。

「……います。いました。でも、できあがった小花に触れた指先が誰のものかわかりません。すごい、と褒(ほ)めてくれたのは誰だったのでしょう？」

小さな糸口を見つけたように、フェルディナンドの感情に期待が芽吹く。

「君の家族であろう。ここにあるような籠(かご)やバッグも一緒になって作っていたかもしれぬ」

フェルディナンドの視線が置かれている籠に向いた。麗乃時代のお母さんは何を作っても途中で飽きる人だったから、最後まで完成させたのはわたしだ。だが、平民時代に作っていた時には隣で一緒に作っていた人がいる。脳裏に浮かぶ人影をつかもうと、わたしは必死に記憶の糸を手繰(たぐ)る。

「リンシャン、蝋燭(ろうそく)、石鹸(せっけん)、膠(にかわ)、インクの類も作ったと言っていたが、君一人だけで作れるはずがない。共に作った者がいるはずだ。すぐに体調を崩して寝込む君の看病をして、虚弱な君を支えて共に作っていた者がいたであろう？　どのように作っていた？　誰が手伝ってくれた？　心配して小言を言う者も多かったのではないか？」

フェルディナンドの言葉にいくつもの影が頭の中を過(よぎ)っていく。「こら、マイン！」「おとなしくしていなさい」「マイン、何してるの!?」「ほら、行くぞ」と何人もの声が同時に喋(しゃべ)っている。頭が痛いくらいだ。その全てを知っているのに、わからない。

「わたし、すごく怒られていて心配されていて……虚弱で力もなくてお手伝いも満足にできなくて……。だから、周囲に人がいっぱいいいたんです」

そんな話をしているうちに、目には熱いものが込み上げてきて視界が歪む。大事な記憶がそこにあることがわかる。

「でも、わたし、薄情なことに家族を大事にしていた記憶がないんです。本が一番大事で、本より大事なのは、フェルディナンド様くらいしか……」

「今の君に本より大事な存在が私しかいないのは、英知の女神に記憶の繋がりを断たれた後、魔力を流した者が私しかいないせいだ。家族に対する君の情は溺れるほど深いぞ」

　フェルディナンドの感情にほんの少しの歓喜と諦めと悲嘆が入り交じり、早く思い出してほしいと懇願が加わる。そんな彼の焦燥でわたしまで胸がざわざわしてきた。

「親や家族を思う君の気持ちは、記憶を覗いて同調するまで私が知らない感情だった。自分が父親やジルヴェスターに向けていた感情とは全く違う思慕の念。薄情と言うならば、私の方がよほど薄情だったと思う。君の感情は強くて深すぎる」

　フェルディナンドの言葉と共に、麗乃時代のダイニングテーブルが出てきた。目の前にお母さんが座っていて食事が並んでいる。炊きたての白いご飯、豆腐とわかめのお味噌汁、ぶりの照り焼き、肉じゃが、五目ひじき、お漬け物……フェルディナンドが記憶を覗いた時のメニューだ。

「私自身はこれらを食べたことがないのに、おいしくて懐かしいと感じたのだ」

「フェルディナンド様にとってもお母さんの料理が懐かしい味になりそうですか？」

「いや。君に同調したからそう感じただけであろう。私が懐かしくておいしく感じるのは君の考案したエーレンフェストの料理だ。……それをアーレンスバッハで知った」

　毒が入っていないと安心できるだけでも素晴らしいと考えていることが伝わってくる。果たしてそれは褒められているのだろうか。結構食いしん坊でおいしい物好きだと思っていたフェルディナンドの食事に対する基準が意外と低かった。

「毒入りかどうかが基準だなんてどういう生活をしていたんですか？」

わたしがそう言った途端、目の前にある食事が和食ではなくなった。ローストビーフのような肉料理があり、年を取ったディートリンデに似た女が酷薄な笑みを浮かべ、冷たい深緑の目でこちらの手元を見ている。息苦しくて、吐き出したいのを必死に堪(こら)えるフェルディナンドの苦痛が一瞬で全身に広がった。

「この馬鹿者」

フェルディナンドの怒声と共にすぐに女の姿は消えて麗乃のお母さんの姿に、そして、目の前の料理は和食に戻る。

「口に出す言葉は選ぶように。余計な物を見ることになるぞ。君は自分の記憶を取り戻すことだけを考えなさい。家族の記憶を取り戻さなければならない時にあのような記憶はいらぬ」

フェルディナンドの感情が苛立ちと憎しみで波立つ。もしかすると、あれが彼の幼い頃の日常的な食事風景だったのだろうか。

「先程の女性がヴェローニカ様なのでしょうけれど、ちらりと見えただけでも価値はありましたよ。自分がどれだけ家族に愛されているのか、よくわかりました。フェルディナンド様が見せてくれるわたしの家族とは目が全然違います」

「……あぁ、そうだ。君は本当に大事に育てられて愛されてきた」

目の前に座って一緒に食事を摂(と)る母親の目には深い愛情が見て取れる。幸せだな、と思った。こうして一目でわかるくらいに愛情を注がれて育てられたのだ。胸の中に喜びと幸せが降り積もっていく。

同調した時の記憶だからだろうか、母親から真っ直ぐに向けられる愛情に当時のフェルディナンドが戸惑いを感じていたのも伝わってきた。当時のわたしが感じていたのは、後悔と反省と懐かしさ。それに家族への愛情だった。複雑に絡み合った自分の想いの中、最も強い感情は家族への想い。すでに失ってしまった麗乃の家族、自分が共に過ごしている家族、両方への愛情が渦巻いている。

……皆、大好き。

「フェルディナンド様、家族の記憶が上手く繋がらないのに、気持ちだけが戻ってきたような気分です。家族のことがすごく大事なんです、わたし。皆のことが大好きで、大好きでたまらない。……大好きなのに、わかりません……」

顔も見た。声も聞いた。名前もわかる。すぐそこにあるのだ。大事な人達と過ごした記憶まで本当にあと少しだと思うのだ。それなのに、薄い膜の向こうにあるような記憶がつかめない。

「ねぇ、フェルディナンド様。わたし、きちんと皆に愛情を返せていましたか？　もらいっぱなしではありませんでしたか？　どんなふうに大好きでしたか？」

わたしの問いかけでフェルディナンドの中には苦痛に近い思いが広がっていき、目の前の光景が変わった。

……神官長室だ。養父様とお父様がいるけど、いつの記憶だろう？

パッと思い出せなくてわたしが訝っている間にアルノーに来客を告げられ、フェルディナンドは客を迎え入れる定例の言葉を告げる。フランによって案内されて神官長室へ入ってきたのは、トゥーリと手を繋いだ父さん、赤ちゃんをスリングに入れた母さんだった。

「マイン！」

トゥーリが父さんの手を振り解き、輝くような笑顔で青色巫女見習いの服を着たマインに駆け寄る。飛びつくように抱きしめた後、バッと離れてマインに怪我がないか確認し始めた。それがとても慣れた動きで、いつも同じようにしていることが伝わってくる。

「父さんはすごくひどい怪我をして、怖い顔で迎えに来るし、母さんとカミルまで一緒に神殿へ行くことになるなんて、マインに何かあったんじゃないかって、ホントに怖かったんだよ。マインが無事でよかった」

トゥーリは無邪気にマインの無事を喜んでいるし、わたしは自分の中にある「大好き」がトゥーリから発せられている愛情と噛み合った気がして何だか嬉しくなってきた。

けれど、二人を見つめるフェルディナンドは悲哀に満ちている。これからあの家族を引き離さなければならないのだ。貴族に逆らった平民達の命を救う道があることは喜ばしいが、フランやダームエルから報告を聞く度に微笑ましさや羨ましさを感じ、マインが貴族院へ入る十歳までは何とか守ろうと思っていた繋がりを自分で断ち切らなくてはならない。

マインの両親は状況を理解しているようで、辛そうに顔を歪めながら跪く。同じように跪くように言われたトゥーリが周囲を見回して慌てて跪く。マインが跪いていない状況に気付いたようで、彼女が顔を強張らせたのがフェルディナンドの視点からは見えた。

人払いがされて、シンと部屋の中が静まる。ジルヴェスターの行動にも躊躇いが見て取れるが、彼は領主らしい顔で跪いている家族に着席と直答を許した。それからマインが貴族となり、養女になるという話をする。

「わたしのせい!? わたしが迎えに行ったから、襲撃されたんでしょ?」

「違うよ、トゥーリ。襲撃してきた犯人は神殿にいたから、トゥーリが迎えに来なくても、わたしは襲われたんだよ。むしろ、巻き込んでごめんね。トゥーリ、怖かったでしょ?」

トゥーリにとっての負い目とならないように、危険だったから貴族相手に攻撃してしまったこと、その罪が家族や側仕えにも波及(はきゅう)することを防ぐために貴族になる、とマインが一生懸命に説明している。

……違う。私の教育が行き届かなかったせいだ。

俯(うつむ)いてぽろぽろと涙を零(こぼ)すトゥーリの頭をマインが手を伸ばして撫でて慰める様子を見ながら、フェルディナンドがギリと奥歯を噛みしめている。アルノーがフランの伝言や前神殿長の訪れを正しく伝えていれば、事前に防ぐことが可能だった。

……このような予定はなかったのだ。

後悔と屈辱(くつじょく)感に苛(さいな)まれる中、マインの家族が一人ずつ約束と抱擁(ほうよう)を交わしていく。フェルディナンドは深い家族の情に胸を締め付けられ、引き離される家族の姿に悔恨(かいこん)と罪悪感で押しつぶされそうになっていた。

「約束、するよ。絶対にマインの服を作ってあげる」

「大好きだよ、トゥーリ。わたしの自慢のお姉ちゃん」

「無理だけはしないで。元気でね。……愛しているわ、わたしのマイン」

「わたしも母さん、大好き」

「カミルは覚えていられないと思うけど、カミルのために絵本だけはいっぱい作るから、ちゃんと読んでね」

「父さんはいつもわたしを守ってくれたよ。わたし、いつか結婚するなら、父さんみたいにわたしを守ってくれる人がいいもん」

「マイン、そういう時は、父さんのお嫁さんになりたいって、言うんだ」

「うん。……わたし、父さんの、お嫁さんになりたい」

家族から胸が痛くなるような愛情をもらっているのにわたしから返せているものがないように思える。

「わたし、愛情をもらってばかりじゃないですか」

泣きたいのにフェルディナンドの記憶の中なので泣けない。早く全部思い出したい。こんな大事な人達との記憶を失ったままではいられない。

「わたし、名前も変わるし、もう父さんのこと、父さんって呼べないけど……父さんの娘だから。だから、わたしも街ごと皆を守るよ」

そう言ったマインの指輪が光った。感情が昂(たか)ぶり、魔力が溢れていくのがわかる。フェルディナンドは即座にシュタープを握って立ち上がった。マインの魔力で彼女の家族を傷つけるようなことがあってはならない。抑えるように言ったけれど、マインは止まらなかった。「家族を思って、溢れた魔力だから、家族のために使わなきゃダメなんだよ」と溢れる感情のままに祈り始める。

「高く亭亭たる大空を司る　最高神は闇と光の夫婦神　広く浩浩たる大地を司る　五柱の大神　水の女神フリュートレーネ　火の神ライデンシャフト　風の女神シュツェーリア　土の女神ゲドゥルリーヒ　命の神エーヴィリーべよ　我の祈りを聞き届け　祝福を与え給え」

マインが神に祈りを捧げながらゆっくりと両手を上げれば、神の名と同時に指輪からゆらゆらとした薄い黄色の光が溢れ始めた。補助する魔法陣も神々の記号を描くこともない、ただ純粋な思いと祈りだけで祝福の光が舞う。

……体に負担がかかりすぎる！

止めるべきかどうかフェルディナンドが迷う間にもマインは祈り続ける。自分だけの言葉と溢れる魔力で、神々にひたむきに祈る。

「御身に捧ぐは我が心　祈りと感謝を捧げて　聖なる御加護を賜らん　痛みを癒す力を　目標に進み続ける力を　悪意を撥ね退ける力を　苦難に耐える力を　我が愛する者達へ」

家族への愛情だけで紡ぎあげた祝詞によって部屋中に祝福の光が舞う光景はあまりにも美しく、フェルディナンドは言葉を失っていた。わたしもただフェルディナンドの視界から祝福の光が降り注ぐ様子を見つめる。

「ひゃっ！」

「ローゼマイン、どうした？」

祝福の光が降り注いだ瞬間、突然記憶の数々が繋がり始めた。熱に浮かされて目覚めたところから次々と繋がっていく。家族と過ごした日々、ルッツに糾弾（きゅうだん）されて受け入れられた時、紙ができた喜び、印刷機の完成に興奮した時、ベンノやマルクやフェルディナンドの記憶も一部が欠けていたらしい。

繋がり始めたことで初めてわかる。消えていたのは大事な人の記憶だけではなかった。悪い意味でも感情が振り切っていた時の記憶が消えていたらしい。孤児院の地階で蠢（うごめ）いていた幼い子供達の姿が脳裏に蘇る。トロンベ討伐（とうばつ）でナイフを向けて脅してきたシキコーザ、トロンベに巻きつかれて死ぬかと思った時、光の帯でレッサー君ごと捕らえられて妙な薬を飲まされた時、エグランティーヌとアナスタージウスに祠（ほこら）を巡るように言われた時、祠巡りを終えてグルトリスハイトを手に入れて助けられると思ったのに扉に阻（はば）まれた時、フェルディナンドが毒を受けて倒れた姿、殺された瞬間魔石になった男の記憶などが次々と繋がっていく。

「……ローゼマイン、ローゼマイン！」

フェルディナンドの呼び声が聞こえてきた。早く返事をしなければ怒られる。返事をしようとしたものの躊躇ってしまうのは、すでに声が怒っているからだ。

……まだ頭の中がぐるぐるしてるから、ちょっと待って。

わたしは周囲の様子を窺（うかが）うために恐る恐る目を開けてみた。フェルディナンドの顔が間近にある。

目が合った瞬間、眉間に皺をくっきりと刻んでいたその顔が安堵（あんど）に緩んだ。そのまま抱きしめられ、溜息に混じるような「よかった……」という囁（ささや）きが耳に響く。

……え？　誰？　本人？　何があったの？　もしかして、フェルディナンド様が壊れた？

何が起こっているのかわからなくて、わたしはゆっくりと目を瞬かせた。

選んだ未来

……ぎゅーされてるね。

一気に繋がった記憶のせいで頭がぐらんぐらんしているし、同調して家族の記憶を掘り返していたせいか、ひどく下町の家族が恋しくてならない。一体何が起こっているのかよくわからないけれど、フェルディナンドからぎゅーしてくれるのは非常に珍しいことだ。せっかくなので便乗（びんじょう）してわたしも背中に手を回す。その途端、フェルディナンドがビクッとしてバッと離れた。

「何をするつもりだ？」

そんなに嫌そうな顔で言わないでほしい。それに「何をするつもり」はこちらのセリフだ。わたしの目覚めと同時に抱きしめてきたのは一体誰なのか問いただしてもいいだろうか。一瞬だけそう思ったけれど、余計なことを言ったらどうでもいい言い争いが始まるだけだし、頭が動かない今のわたしでは全く勝ち目がない。

「フェルディナンド様だけぎゅーして落ち着くのはずるいので、わたくしが落ち着くまでぎゅーの延長を要求します」

「……延長だと？」

「同調した上に記憶が一気に繋がったので、頭の中も感情的にもぐちゃぐちゃなのです」

問いただすのを止めて自分の要望を述べたところ、わたしはものすごく嫌そうな顔をしたフェルディナンドから「仕方がない」とぎゅーの延長の同意を得た。ここでようやく周囲を見回す余裕ができて、わたしは自分達が未だに礎の間にいることと、片膝を立てて座るフェルディナンドに抱え込まれていることを知った。道理で体が冷たくないわけだ。

「よいしょっと……」

ぎゅーしやすいように少し体を捻って、フェルディナンドの背中に手を回す。慣れた匂いと人の温もりが心地良いけれど、フェルディナンドの鼓動がとても速くて、心なし呼吸も浅い気がする。

「……こうしている内に落ち着きますよね」

「私は全く落ち着かぬ」

溜息混じりの声と共に引き剥がされそうな気配を察知したわたしは、背中に回した手に急いで力を入れてしがみついた。

「落ち着かないのはフェルディナンド様にもまだまだぎゅーが足りないせいです、きっと。いっぱいぎゅーしていいですよ」

「そういう意味ではない」

フェルディナンドは疲れ切った声で面倒臭そうに言うくせに、わたしの背中に回された片方の腕に力を込め、もう片方の手でわたしの髪をいじり始めた。絶対にぎゅーが足りないくせに相変わらず素直ではない。

「じゃあ、どういう意味があってフェルディナンド様からぎゅーしてきたのですか？」

「……あれは……突然同調を切った上に、いくら呼びかけても全く目覚めなかった君が悪い」

本当に嫌そうな声でそう言われた。今度こそはるか高みに続く階段を上がっていたのではないか、とフェルディナンドは気が気ではなかったらしい。

「……わたくし、それほど危険な状態だったのですか？」

「ここ数日間ずっと魔力枯渇という生死の境に向かって進んでいた君がどうしてそこまで呑気なことを口にできるのか、私には本気で理解できぬ」

礎の魔術で減らした魔力が通常状態に戻ると、神々の御力の苦痛に耐えられず死んでいただろう。魔力を減らさなければならないが、回復薬を使うこともできないわたしは、体力と魔力のどちらが先に尽きるかという危険が常に付きまとっていた。それに加えて、枯渇と同時にわたしの魔力を染めてできるだけ迅速に魔力を回復させなければ今度は魔力枯渇で死ぬ可能性が高かった。この数日間はいつどこで死んでもおかしくない状態だったと言える。

「生死の境に向かっていたことは知っていますよ。眠るのも、魔力が回復するのも怖かったですから。でも、フェルディナンド様が何とかしてくれると思っていたので、わたくしはそれほど悲観的でもなかったのですけれど……」

魔力さえ枯渇させたら何とかなるだろうと、わたしは比較的楽観的に考えていたが、後を任されたフェルディナンドは大変だったようだ。

「君の魔力が枯渇するや否や同調薬を飲ませ、私の魔力を液状化させた薬を飲ませ、更に記憶を覗く魔術具を使って魔力を流し込み、意識を同調させて呼びかけたにもかかわらず、君はなかなか反応を示さなかった。おまけに記憶はなかなか戻らず、やっと糸口がつかめてきたと思えば、全属性の祝福が降り注ぐと同時に突然同調が切れたのだぞ」

一体何があったのか、とフェルディナンドも意識を戻したけれど、先に同調を切ったはずのわたしは意識が戻らないまま無反応だったらしい。全属性の祝福の記憶から、わたしの中にわずかに残る神々の御力に何か反応があったのではないかと絶望的な気分になっていたそうだ。

そんなフェルディナンド側の話を聞くと、「全属性の祈りと一緒に記憶が一気に繋がったみたいです。こちらから同調を切ったつもりはありません。意識が戻ると何故か抱きしめられていたのでわたしはフェルディナンド様が壊れたのかと思いました」とはちょっと言い難い。

「おかげさまでわたくしの記憶は戻りました。もう心配しなくても大丈夫ですよ」

トントンと背中を軽く叩きながらそう言っているのに、フェルディナンドの鼓動は少しも落ち着かない。わたしの髪を弄ぶように動いていた指が止まり、抱きしめる腕には更に力が籠もる。心地良いから痛いくらいになってきた。何だか様子がおかしいことが心配になってわたしはフェルディナンドを見上げる。

「フェルディナンド様、どうかしましたか？」

「ローゼマイン、君は……」

掠れた声が途切れて聞こえない。わたしが「何ですか？」と聞き返すと、しばらく躊躇いの色を滲ませていたフェルディナンドが腕を緩めて少し体を離した。

「君は平民に戻りたいか？」

「はい？」

フェルディナンドが突然何を言い出したのかわからなくて、わたしは目を瞬いて首を傾げる。

「今ならば神々の魔力が枯渇したために、君がはるか高みへ上がったように見せかけて平民に戻すことができるかもしれぬ」

ドキリとした。同調したことで平民時代の記憶が色濃く蘇っている今のわたしにとって、ものすごく魅力的な提案ですぐさま飛びつきたくなった。けれど、女神の化身と認識されているわたしが今更平民に戻るなど不可能だ。わたしより貴族の事情をよく知っているフェルディナンドの提案とは思えない。何か事情があるのかと考えてハッとした。

「……あの、フェルディナンド様。もしかして遠回しな余命宣告ですか？　死ぬまであとわずかな時間しかないので、その間だけでも家族とって感じの……？」

「そうではない。記憶を繋げれば嫌でもわかる。君の幸せは、あの家族と共にあるではないか」

……フェルディナンド様、本気で言ってる？

喉がひりひりとしてきて、鼓動が速くなる。わたしの呼吸まで浅くなってきた。

「平民に戻すって具体的にどうするおつもりですか？　わたくし、マインとしてはすでに死んだことになっているのですよ⁉それに女神の化身として貴族達に認識されています。アレキサンドリアの礎や図書館都市計画だって……」

「君が領主会議で一度アウブ・アレキサンドリアとなり、私が正式な婚約者となる。対外的に私がアウブ・アレキサンドリアになれるように形式を整え、その上で、ここしばらくの無理がたたって亡くなったことにすれば比較的すんなりと平民に戻せるのではないかと思われる。礎も図書館都市計画も私が実行すればよかろう」

グーテンベルク達の移動に合わせてアレキサンドリアの平民としてマインに戻るならば可能だとフェルディナンドは言う。マインが七歳で死んでいた事実をアレキサンドリアの平民は知らない。ローゼマインの顔を知っているグーテンベルク側に口を噤ませるのはそれほど難しくない。裏事情をよく知る家族やプランタン商会は隠蔽に協力してくれるだろう。

「エーレンフェストでは不可能でも、アレキサンドリアであれば私がアウブとして君達家族を守ることが可能になるかもしれぬ。先程同調して思いついただけなので、詳細については色々と考えなければならぬが、一考の価値はあろう」

全く実現できないことをフェルディナンドが口にするはずがない。躊躇いを見せていたことから考えても、難しいが全く実現不可能ではないということだろう。

家族の顔が次々と浮かぶ。仕事上でしか繋がれないけれど、ほんの少しでも顔を合わせて言葉を交わすためにハッセまでの護衛をしてくれた父さん、ルネッサンスの称号を得てくれた母さん、髪飾りの専属職人としてずっと髪飾りを作ってくれているトゥーリ、洗礼式でチラリと姿を見ただけのカミル。

……また下町で家族として暮らすことができる？

頭の中で「フェルディナンド様が戻せるって言うんだから戻ればいいじゃない！」と家族の元に戻りたいわたしが叫び、「フェルディナンド様に全部背負わせるつもり⁉　そんな無責任なことしたくないよ！」と今まで貴族として生きてきたわたしが心の中でぶつかり合う。

……今度はわたしが全部フェルディナンド様に押しつけるの？

家族の元に戻れるかもしれないという期待と共に脳裏に浮かぶのは、わたしの家族を守るためにたった一人でアウブとして戦い続けるフェルディナンドの姿だ。誰にも弱味を見せずに全部の責任を自分だけで抱え込むこの人がどうなるのか、すぐに見当がつく。

……胸が痛い。

わたしは自分の胸元を押さえる。何に対して胸が痛いのかわからない。

「フェルディナンド様のおっしゃる通りですよ。わたくしは家族と少しでも一緒にいたかったし、今でも一緒にいられればいいと思っています。……でも、同じくらいフェルディナンド様にも幸せになってほしいのです」

アーレンスバッハの礎の魔術を奪ったのはわたしだ。それなのにアウブとしての責任も果たさずに自分が家族のところへ戻ることが許されるのだろうか。その後の全てをフェルディナンドに押しつけるのは、彼の事情に配慮せず執務を押しつけていたジルヴェスターや、フェルディナンドに全ての執務を押しつけて好き放題していたディートリンデより尚ひどいのではないか。

「フェルディナンド様はわたくしに対して罪悪感とか責任感を背負い込む必要はないのですよ？　十分にお返ししていただいています。わたくし、自分が平民に戻るために、フェルディナンド様を犠牲(ぎせい)にするつもりはありませんからね」

わたしがキッと睨むと、フェルディナンドが表情を消して緩く首を横に振った。

「記憶が全て繋がったのならば、君の魔石恐怖症も戻っているかもしれぬ。魔石を扱うことができなければ貴族として生きることさえ難しい。アウブならば尚更だ。おそらく魔力がほぼ同じの私がアウブとしての調合を行うことになる。君にできるのはお飾りのアウブだ。君がいてもいなくても変わらぬ」

フェルディナンドの言葉は大半が正しいけれど、一部は正しくない。女神の化身がアウブとなり清めるという前提があるからこそ、アーレンスバッハは反逆の領地から新しくアレキサンドリアに生まれ変わることが許された。わたしがアウブでなければ、アレキサンドリアが他領の貴族達からどのように思われるか、どう扱われるのか。フェルディナンドにわからないはずがない。

「どんなに役立たずなお飾りアウブでも、女神の化身の肩書は必要でしょう？　わたくしを平民に戻すためにどこまでの負担を背負い込むつもりなのですか？　わたくしがそれに気付かないほど愚(おろ)かで無責任だとお考えなのですか？」

「……愚かで無責任だとは思わぬが、君は自分の家族といるべきだ。同調したことで理解したが、君にとって最重要な存在はルッツであろう？　今しかないのだぞ？」

家族やルッツは確かに大事だ。だからといって、わたしはフェルディナンドを犠牲にするつもりはないのだ。もし彼が地位や権力が欲しくて堪らない野心家で、アレキサンドリアを安定させるために第一夫人どころか、第三夫人まで得ることに何の躊躇いもなく、果ては愛人まで囲い込みたいような男だったら、わたしだって何の心配もなく家族の元に帰っただろう。

「フェルディナンド様が心配すぎて戻れるわけがないでしょう！　他人に頼るのが下手で、全部自分で仕事を抱え込んで薬漬けの毎日なんて、あっという間に過労死確実ですよ」

「だが、今ここで決意して平民に戻らねば、君がルッツと添い遂げる芽はなくなり、私と結婚することになるぞ」

顔を顰めてそう言うフェルディナンドに、わたしはそれまでの勢いを削がれてしまった。家族の元に帰りたいという話が何故ルッツと添い遂げるという話になっているのだろうか。

……あれ？　何かずれてない？

「あの、フェルディナンド様。一体いつの間に結婚話になったのですか？　わたくしが平民に戻ったところでルッツと結婚できるわけがありませんよ。わたくし、貴族の間では魔力も地位もあるのでそれなりの嫁候補になるかもしれませんけれど、平民から見れば不健康な上に魔力差が大きすぎて子供を望めない時点で嫁候補から完全に外れますから」

貴族と平民では妻に求めるものが全く違う。家族の元に帰りたいとは思うけれど、別にルッツと結婚したいと思ったことはない。ルッツはわたしをここに繋ぎとめてくれた大事な人だが、結婚相手としてはもっと他の女の子が相応しいと思う。わたしが相手では可哀想だ。

ちなみに、社交や刺繍が苦手なわたしは、多分貴族としての嫁の基準も満たしていないと思う。

政略結婚でもなければ、わたしに言い寄ってくるような変わり者はいない。

「それにしても、フェルディナンド様と結婚することになるというのは何ですか？　嫌ならば結婚しなければ良いだけではありませんか」

アウブの結婚はアウブ自身が相手を決めて、ツェントの承認を受けるのだ。フェルディナンドがそんなに嫌そうな顔でわたしと結婚する必要はない。

「……そうだな。嫌ならば、結婚しなければ良い」

フェルディナンドが一度目を伏せてゆっくりと息を吐く。それから、指を三本立てた。

「ローゼマイン、今の君には三つの選択肢がある。一つめは平民に戻って自分の望む者と結婚する。二つめは今までの計画通りに事を進め、私と結婚する。三つめはエグランティーヌ様に命じて王命を解消させ、私との婚約を破棄し、アウブ・アレキサンドリアに相応しい他の男と婚約する。……君はどの選択肢を選ぶのだ？」

……はい？

いきなり突きつけられた選択肢にわたしは目を丸くした。

「フェルディナンド様、大変申し訳ないのですが、意味がよくわかりません。フェルディナンド様の言い方ではまるでわたくしとフェルディナンド様がすでに婚約しているようではありませんか。一体いつの間にわたくしは婚約していたのでしょう？」

「君がアーレンスバッハの礎を得た時点だが？」

「へ？」

ポカンとするわたしにフェルディナンドはトラオクヴァールから下された王命について教えてくれた。

「執務経験のない次期アウブ・アーレンスバッハに婿入りして執務を全面的に補佐すること。それから、星結びと同時にレティーツィア様を養女とし、次期アウブとするために教育すること」というものだったらしい。

「大領地アーレンスバッハが潰れないように次代を支えられる者が必要という理由で、次代の女性アウブに婿入りし、執務を担うように命じられた。当時は次期アウブがディートリンデだったが、今は君だ。そして、現在も王命の取り消しはされていない」

そんな当たり前みたいな顔で言わないでほしい。相手が変わっただけでフェルディナンドに対する王命が現在も続いているなんて知らなかったし、まさか礎の魔術を得たら王命の婚約者がついてくるなんて誰が考えるだろうか。

「そんなこと、誰も一言も……」

「戦いの最中にわざわざ言うようなことでもないし、一連の戦いが終わった時には女神の御力で君の感情を不用意に揺らさないようにした方が良い状態だったではないか」

「あ……。だから、側近達の態度も変わったのですね」

救出した直後はフェルディナンドに近付いたら文句を言われていたのに、側近達がいつの間にか何も言わなくなった。不思議に思っていたが、その謎が解けた。ポンと手を打つわたしを見ながら、フェルディナンドがそっと溜息を吐いた。

「エーレンフェストで君が政略結婚の相手として私を理想的だと言ったから、側近達がそのように動き始めたのだ。君の迂闊（うかつ）な言動が全ての原因ではある」

「えぇ⁉」

そんなことになっていたとは知らなかった。

「わたくしが迂闊なせいで大変なことになるところでしたね。フェルディナンド様は責任感が強いですけれど、そこまでわたくしの面倒を見なくていいのですよ。ですから、王命の解消を……」

「ローゼマイン、勘違いするな。これは私が望んで計画したことだ」

フェルディナンドが何を言い出したのかわからなくて、わたしはすぐ近くにある顔を見つめる。何の計画があったのだろうか。

「貴族と平民になって離れても細い繋がりを大事にする君と、君が伸ばした手を取ろうとしている家族のやり取りを私はずっと見てきた。そんな君が私を家族同然だと言ったのだ。その言葉通り、アーレンスバッハへ離れても、繋がりを途切れさせることなく君は手を伸ばしてくれていた。私の家族観を作ったのは君だ。同調して嫌でも知ったであろう？　私がどれほど君の家族のような繋がりを渇望していたか」

わたしはコクリと頷（うなず）いた。フェルディナンドが見せてくれた記憶は、家族への憧れと羨望。それから、わたし達家族を引き離すことになった後悔と苦渋（くじゅう）でいっぱいだった。

「エーレンフェストでいたままならば感じなかったかもしれぬ。君と君の家族の細い繋がりを陰で守っていければ、それで満足できたであろう。だが、エーレンフェストを離れると、君との繋がりは周囲の声で断たれていく。私は君との繋がりを失いたくなかった。……だから、君を得るためには王命の婚約を利用するのが最も効率的で実現性が高かった」

するりとフェルディナンドの手がわたしの頬を撫でる。ぞわりと背筋が震えた。

「王命を下したトラオクヴァール様をツェントの地位から落としたのだから、すでに王命を下した当人にも私の計画は邪魔できぬ。新ツェントにも君からの命令がない限りは余計なことをするな、と脅してある」

「脅すって……フェルディナンド様」

わたしの言葉を封じるように、頬を撫でていたフェルディナンドの指先がわたしの唇を押さえた。大して力は入っていない。ほんの少し触れているだけだ。それでも、反論は完全に防がれたし、何だか息をするのも躊躇ってしまう。

「女神の化身となった君の伴侶として周囲に異論を唱えさせないように、私は全力を尽くした。君の本物の家族という立場を他の男に渡したくなかったからだ」

ゴクリと喉が鳴った。フェルディナンドの目にある熱を感じて怖くなってきた。そこまで熱望するものを、わたしが差し出せると思えない。落ち着かなくて今すぐにここから逃げ出したくなってくる。けれど、わたしの背中にある手がそれを許してくれない。

「私の計画を崩せるのは、新ツェントの名を受けている君だけだ、ローゼマイン。平民に戻ることで君が家族と幸せな時間を過ごす姿を見せてくれるのか。このまま私との婚約を受け入れて、私を君の家族にしてくれるのか。それとも、新ツェントに命じて王命を排するのか。……君が選べ」

じっとわたしの反応を窺っているフェルディナンドの薄い金色の目から目が離せなくて息が詰まる。そんなふうに選択を迫られても困るのだ。この期に及んで、わたしは恋愛感情というものが理解できない。フェルディナンドがわたしを求めているのはわかる。

でも、それと同じだけの感情を返せない。わからない感情を求められても困る。差し出したくても差し出せない焦燥や望まれていることができない自分に対する苛立ちが生まれることは目に見えていて、フェルディナンドの隣にいるだけで消しようのない罪悪感を覚えるからだ。

「……どうする、ローゼマイン？」

フェルディナンドに答えを促され、何とも答えられないわたしはその場から逃げ出したくなって思わず身を捩った。けれど、わたしを抱え込んでいる彼の手に阻まれてほとんど動けない。顔を上げると、わたしの反応をじっと観察している薄い金色の瞳と目が合った。

しばらくの沈黙の後、フェルディナンドが一度目を伏せた。そっと息を吐いてから目を開く。

次に視線が合った時、薄い金色の目にあるのは諦めだった。背中にあった手が下ろされ、唇に触れていた手がすっと離れていく。自分の希望が叶わぬことには慣れている。何よりも雄弁にそれを語る手の動きと、全てを諦めたような目に、わたしは思わず首を横に振った。

……ダメ。

恋愛感情は理解できないけれど、このまま離れることだけは許容できない。滅多に自分の望みを口にすることがないフェルディナンドが諦めるのを見たくなくて、わたしはフェルディナンドに手を伸ばす。自分から抱きついた。

「ローゼマイン、何を……」

「この期に及んで何ですが、わたくし、男女間の恋愛感情なんてわかりません！」

「……男に抱きつきながら言うことではないと思うが、知っている。私の望みは君の家族になることだ。今更君に男女間の機微など期待しておらぬ。家族同然だったこれまでと同じであればそれで良い」

フェルディナンドの呆れた声が響く。別に恋愛感情を求めているわけではないと言われたことで、わたしの体から力が抜けた。彼が求めるものが家族同然としての感情であれば、わたしでも与えられる。婚約した相手をガッカリさせることはない。

「私が手に入れたはずの家族同然の立場さえ失い、他の男が本物の家族としての情を得る。それが不快で堪らないだけだ。相手を心配することさえ、外聞に配慮しなければならない関係を厭わしく思ったことがないか？」

フェルディナンドが呟きながら、わたしの髪に挿された虹色魔石の髪飾りに触れた。心配もできないことに苛立ちを感じたのは、わたしも同じだ。

……そっか。フェルディナンド様の婚約者になったら、わたし、いくら心配しても周囲に文句を言われたり外聞を気にしたりしなくていいんだ。

「……今までと同じで、本当に良いのですか？」

「構わぬ」

あまりにも平然と言われて、わたしの方が少し及び腰になった。後からやはりダメだと言われると困る。

「わ、わたくし、魔石恐怖症が戻る可能性が高いのでしょう？　できる限り努力するつもりですけれど、アウブとしても伴侶としてもお荷物になりますよ。それでも良いのですか？」

「君が平民に戻ることを選択すれば、お飾りのアウブさえいなくなるのであろう？　私に異論はない。君こそ、この機会を逃せば平民に戻ることは叶わぬぞ」

「家族の元には帰りたいですけれど、わたくしには難しいですね」

抱えているものが多すぎる。わたしがいなくなれば、フェルディナンドはレティーツィアに配慮する必要がなくなる。アーレンスバッハの貴族に対する処分は今よりずっと厳しくなるだろう。

それに、わたしは何人もの側近から名を受けている。「ローゼマイン」が死ぬ時、彼等はどうなるのか。もちろん事前に名を返すだけならば簡単にできる。だが、自らの意思で家族を切り捨てたローデリヒやグレーティアが実家へ戻されて幸せになれるとは思えない。処刑を免れるために名を捧げたマティアスとラウレンツの扱いはどうなるのか。ハルトムートとクラリッサが名を返すことに納得するのか。フェルディナンドの行動を怪しむのではないか。

……何となくだけど、名捧げ側近達は「ローゼマイン」に殉死させられる可能性が高そうって思うんだよね。

フェルディナンドは目的を達成し、邪魔する者を排除するためならば手段を選ばない一面がある。「ローゼマイン」の死を完璧に偽装するためならば、誰かを犠牲にすることを厭わない。英知の女神やエアヴェルミーンに攻撃することさえ躊躇わない彼が、貴族相手に躊躇うとは思えない。必要であればやる。そういう人だ。

「家族の元に帰ることが難しいとはどういう意味だ？」

フェルディナンドの苛烈で冷酷な一面を考えると、貴族として生きていく中で得たものを全て放り出して戻れないとは言わず、わたしは穏便な返答を口にする。こちらも嘘ではない。

「平民になるのであれば、おそらくシュタープは封じられるでしょう？　フェルディナンド様や側近達が作ってくれる回復薬も使えなくなるし、自分で作ることもできなくなります。魔力を放出できる場所も神殿くらいしかありません。こう言っては何ですが、平民に戻るとあまり長く生きられないと思います」

元々貴族がいる神殿に近付いたのは生きるためだった。体力はないくせにツェントにもなれる量の魔力を持つわたしが平民に戻って生きていくのは、現実的に考えると難しい。

もし魔力を放出するために神殿に出入りすれば、神事の重要性を知った貴族と顔を合わせることが増えると予想できる。そこで妙な貴族に目を付けられても平民の立場では逆らえない。わたしはすでに経験済みだ。

「……それに、今のわたくしに平民の生活ができるとは思えないのですよ。当時も水汲み一つできませんでした。家事が碌にできないし、平民の常識を知りません」

わたしが平民として暮らしたのは幼い時の二年くらいだ。寝込んでばかりいたので、近所付き合いを始めとして、平民の冠婚葬祭にもほとんど接していない。生活に根付く常識が足りない。

「たまに会うくらいならばともかく、一緒に暮らすとなれば相当お荷物になりますよ。フェルディナンド様が家族と会える場を時々準備してくださるのであれば、それで良いのです」

ふふっと笑えば、フェルディナンドの腕が背中に再び回された。そのまままきつく抱きしめられる。

「……私を選んで良いのか、ローゼマイン？」

「その言葉、そっくりそのままお返しします。フェルディナンド様こそ、わたくしと結婚することになるのに後悔しないでくださいね」

そうして居心地の良い温もりに身を委ねているうちにハッとした。神々の御力が消えたら、人がいないところで早めにしておかなければならないことがあったのだ。

「フェルディナンド様、名捧げ石をお返ししておきます。神々の御力が消えたので、もう必要ないですよね？」

神々の御力をまとっているわたしに触れられないのは困るという理由で、フェルディナンドはわたしに名を捧げていた。あれは返しておかなければならない。ごそごそとフェルディナンドから預かっている名捧げ石を取り出す。

白い繭のようになっている名捧げ石を差し出したけれど、フェルディナンドはそれを手に取ろうとはせずに、少しだけ視線を逸らした。

「……私の名は必要ないのか？」

どことなく落ち込んだ雰囲気を感じて、わたしは内心で焦る。「もう必要ない」という言い方はまずかったらしい。

「必要ないというか、フェルディナンド様の名はわたくしが持っているべきではないのですよ」

「何故だ？」

「家族関係の中に主従関係が入るのは嫌じゃないですか。家族は対等でなくちゃダメなのです」

いずれ夫婦になるのだとすれば、尚更名捧げなんて必要ないと思う。だが、フェルディナンドは名捧げ石とわたしを見比べるだけで、受け取ろうとはしない。

「何かご不満ですか？」

「……別に私の名を返さなくても、対等になれる方法はあるはずだが？」

フェルディナンドにそう言われて、わたしは首を傾げた。

……何かあったっけ？　うーん……。

しばらく考え込んでいたわたしは、レオノーレの言葉を思い出した。確かヴェローニカ派の子供達の名捧げを受け入れるかどうかについて話をしていた時に、「愛する方に名を捧げ、捧げられ、永久の想いを誓うことには憧れます」と言っていた。

「わたくしもフェルディナンド様に名を捧げれば……ということですか？　確かに対等にはなれるかもしれませんね。物語ならば感動的かもしれませんけれど、現実的ではないですよ。レオノーレはそう言っていましたし、わたくしも同じように思います」

「現実的ではない、か」

「はい。だって、残される者が困るでしょう？」

「残される者とは誰の話だ？」

よくわからないというようにフェルディナンドが眉間に皺を刻んで先を促す。

「残される者というのは……えーと、その、わたくし達がいずれ……結婚したら、ですね。こ、子供が、生まれる可能性も、全くないわけではないでしょう？」

まずい。何だろう。「結婚」とか「子供ができる」ということを考えたり、それをフェルディナンドと話をしたりすることがどうにも恥ずかしい。自分に全く関係がないと思っていた事柄が急に身近になったせいだろうか。

……うぅ、平常心。平常心。

「わたくしはアウブですから、血を分けた子ができなくても養子縁組などで跡継ぎは必要になるでしょうし……まぁ、そういう感じの、そう、図書館都市を守っていってくれる子達のことですよ。レティーツィア様も入るでしょうか？　王命を利用してわたくし達が婚約するのでしたら、王命の養子縁組も行いますよね？」

わたしの言葉にフェルディナンドがフンと鼻を鳴らした。

「王命だからな。レティーツィアを領主候補生として置いておくためには先にアーレンスバッハの慣習を廃する必要があるが、君が成人して星結びの儀式を終えたら養子縁組をすることになる。ランツェナーヴェ戦で孤児になった貴族の子という意味ではレティーツィアも同様なので、養子縁組を終えるまでは基本的な生活を神殿でさせるつもりだが……」

フェルディナンドの言葉にわたしはホッと胸を撫で下ろした。被害者であるフェルディナンドの判断に任せることにしていたが、レティーツィアの罪を隠すことに同意してくれただけでわたしは安堵する。利用されたとわかりきっている子供にきつい罰を与えずに済んでよかった。

「……それで、子供と我々の名捧げに一体どんな関係があるのだ？」

「ですから、その、わたくし達はふ、夫婦になるわけですよね？　片方がはるか高みに向かった時に名を捧げていたことで、もう片方まではるか高みへ向かうのですよ？　残された子供はとても苦労すると思います。片親を亡くしただけでも大変なのです」

麗乃時代のわたしは父親を交通事故で亡くしている。母親が仮に名を捧げていて一緒に亡くなっていたらと考えると、とても怖いではないか。こちらの世界でもベンノ、ギーベ・イルクナー、ジルヴェスターのように若い時に親を亡くして苦労している者は少なくない。

「養父様も早くアウブを継ぐことになって大変だったのでしょう？　成人していても苦労するのに、その子が未成年だったらどうなりますか？　アレキサンドリアにはおじい様のような引き継ぎのできる成人の領主一族がいません。今のところはわたくし達だけですよ。レティーツィア様を入れても三人です。碌に引き継ぎもできないまま、領主夫妻が共に亡くなる危険性は排除しておかなければならないと思いませんか？」

フェルディナンドが意外そうなというか、考えていない部分を指摘された時の顔でわたしを見下ろす。

「なるほど。君の言いたいことは理解した。正直なところ、図書館が関わらぬ自分の将来など全く関心のなさそうな君が、そのように将来を見据えた発言をするとは思わなかったので少々驚いた」

フェルディナンドはひどいことを言いながら、わたしに立ち上がるように促す。そのくせ、名捧げ石を手にしようとしない。わたしは「早く立ちなさい」と言うフェルディナンドを軽く睨みながら立ち上がった。

「フェルディナンド様、名捧げ石を……」

わたしが差し出した名捧げ石を拒否するように軽く手を振りながら立ち上がると、フェルディナンドは周囲に散らばっている薬入れや様々な器具を見下ろし、「片付けは明日だな」と呟いた。

「フェルディナンド様」

「こちらへ来なさい。体調はどうだ？　魔力は落ち着いているか？」

わたしの額や首筋に触れて健康診断を行う。睡眠前にどの薬を飲ませるのが適当かと思案し始める様子を見れば、名捧げ石を受け取る気が全くないことは嫌でもわかる。

「フェルディナンド様！」

「……二年ほど後に返してもらうので、それまでは持っていなさい。君がシュツェーリアの盾を手放す必要はなかろう」

そう言いながらフェルディナンドは当たり前のようにわたしを横抱きにして歩き始めた。

「え？　シュツェーリアの盾？　名捧げ石で作れるのですか？」

頭の中に疑問符が浮かんでくる。首を傾げてみたけれど、フェルディナンドはそれ以上何も言わずに礎の間を後にした。

「ローゼマイン様、フェルディナンド様。なかなかお戻りにならないので心配しておりました」

礎の間から出ると、グレーティアとユストクスが駆け寄ってきた。

「魔力が枯渇した後、ローゼマインの意識がなかなか戻らなかったのだ。今はもう心配ない」

連絡を受けたらしい他の側近達も急ぎ足で次々と入室してくる。先を争うように駆け寄ってきたハルトムートとクラリッサはいかに古代魔術の再現が素晴らしかったのか教えてくれる。光る魔法陣が夜空に出現し、広がっていく様子はまさに女神の化身に相応しい大魔術だったそうだ。

「境界門へ行った騎士達はまだか？」

「そろそろシュトラール達が戻ると思われます」

「そうか。……アンゲリカ、ローゼマインを頼む」

フェルディナンドはわたしをアンゲリカに渡すと、側仕えに指示を出し始めた。

「グレーティア、リーゼレータ。ローゼマインにはこちらのブレンリュース入りの回復薬を飲ませ、ゆっくりと休ませることを最優先にしてほしい。今日は入浴させずにヴァッシェンで済ませ、体調を見た上で明日以降にするように」

他の側近達にも次々と指示を出していくフェルディナンドには疲労の色が濃い。わたしは思わず手を伸ばした。

「フェルディナンド様、シュラートラウムの……」

「ローゼマイン、頼むから今日くらいは神々に祈るのを止めてくれないか？」

ジロリと睨まれて、わたしは自分が迂闊だったことを悟る。

「……わかりました。明日にします」

わたしはアンゲリカに抱き上げられて寝台へ運ばれていく。天蓋(てんがい)の中はすぐに休めるように準備されていた。わたしを着替えさせようと近付いてきたリーゼレータが嬉しそうに顔を綻ばせる。

「畏怖を感じる神々の御力は完全に消えたようですね。銀色の布がなくても近付けます」

「ほんのりと光り輝いていらっしゃったローゼマイン様はとても神々しかったのですけれど、こちらの方が落ち着きます」

グレーティアにもそう言われ、わたしはようやく神々の御力が消えたことを実感できた。

忙しい日々

朝起きたら気分爽快だった。全て終わったと思えばよく眠れたし、久し振りに薬を使うこともできた。何より、魔力が回復しても苦痛がないのだ。最高である。髪を結うリーゼレータの手付きには震えもない。何というか、普通の人間に戻れた気分だ。

「ローゼマイン様。朝食を終えたらフェルディナンド様が体調を確認したいそうです」

「わかりました、グレーティア。今日は読書の時間を取れるかしら？」

せっかく回復したので、思う存分に読書をしたい。そんな気分で尋ねてみると、グレーティアは答えを求めるようにクラリッサに視線を向けた。

「どうでしょう？　ローゼマイン様の体調次第と思われますが、たくさんの予定が詰まっていますから……」

わたしの予定はどうやらクラリッサが把握（はあく）しているようだ。お任せください、と大きく頷いたクラリッサが書字板を開く。

「領主会議までは本当にお忙しくなりそうですよ。早急にエントヴィッケルンを行って新しい城や街を造り、新ツェントを迎えて罪人の処罰を行い、婚約式を終わらせなければならないので、読書の時間はしばらく取れません。エントヴィッケルンの準備で貴族街は大変なことになっていますし、文官達は設計図の作成に駆り出されています」

「え？　ちょっと待ってください。どうしてそのようなことに……？」

昨夜、礎の間で婚約を了承したけれど、婚約式の話は聞いていない。昨日の今日でどういうことなのか。わたしが目を丸くすると、クラリッサも青い目を丸くして首を傾げた。

「できるだけ早くエントヴィッケルンを行わなければローゼマイン様の専属であるグーテンベルク達の住まいや戦いの中で生まれた孤児達の居場所に困りますし、ランツェナーヴェの者達が暴れた街並みに新ツェントをお迎えするのは不敬ではございませんか」

エントヴィッケルンを急ぐ理由はわかった。今日の住まいに困る者達がいるならば、確かに急いだ方が良いだろう。領主会議で正式にアウブが承認されると同時にグーテンベルクやフラン達をアレキサンドリアに呼び寄せようと思えば、エントヴィッケルンで作った建物に扉や窓をつけておく必要がある。木工工房への注文を大急ぎでしなければならない。

「この街のエントヴィッケルンはともかく、突然ツェントに決まったエグランティーヌ様も領主会議の準備でお忙しいでしょう？　今お招きする必要があるのでしょうか？　罪人の処分や引き渡し後でも良いのでは？」

名捧げ石を作って、継承の儀式をするだけでも大変だと言っていた。それなのにアレキサンドリアに招かれるのは相当の負担になると思う。

「これからツェントがお住まいになる離宮と繋がっていたランツェナーヴェの館が確かに消されたことを確認する意味もあるようです。一番重要なのはローゼマイン様とフェルディナンド様の婚約を承認することだそうですけれど……」

「ツェントによる婚約の承認は領主会議の時に行うことですよね？　この忙しい時期に前倒しにする必要があるのですか？」

婚約式を行うには心の準備が必要だと思いながらわたしが唇を尖らせると、側近達が目を見開いてわたしを見た。リーゼレータ、クラリッサ、グレーティアが口々に婚約式の必要性を説く。

「領主会議前に婚約式を行い、ローゼマイン様の正式な婚約者になっていなければエーレンフェスト籍のフェルディナンド様は領主会議へ同行できませんよ？」

「婚約式をしなくて困るのはローゼマイン様ではございませんか？　未成年のローゼマイン様がお一人で領主会議へ向かうのは少々荷が勝ち過ぎていると存じます」

「他に領主一族がいらっしゃいませんし、ローゼマイン様はアレキサンドリアで一月も過ごしていませんせん。以前のアーレンスバッハの事情に疎く、全ての貴族と顔を合わせたこともないのですからフェルディナンド様のご協力は必須ではございませんか？」

わたしは息を呑んだ。そんな不都合があるなんて全く考えていなかった。確かに婚約式をしなければれば困るのはわたしだ。大勢の貴族達の前で魔石の交換をしたり、神々の名前が次々と出てくるような壮大な愛の告白をしたりするのが恥ずかしいとか、ちょっと心の準備をする時間が欲しいなんて躊躇っている場合ではない。

「今後の予定とそれらの事情を理解しているならば話は早い。君にはこれからアウブとしてやるべきことをしてもらう」

健康診断の後、フェルディナンドはわたしを領主執務室に連れていった。そこはガランとしていて、人の気配が全くない。

「領主執務室なのにここで仕事をしている文官は一人もいないのですね。領主会議まで忙しいと聞いていたのですけれど……」

「彼等には私の執務室で作業をさせている。ここはしばらくの間、資料を置く以外にほとんど使われていないのだ」

最初は領主執務室で執務をしていたディートリンデだったが、移動を面倒がって自室で執務できるようにサインすべき書類を持ち込ませていたらしい。そのくせ執務をするフェルディナンドの出入りを拒んだので、よく使う資料の多くはフェルディナンドの執務室に移動しているそうだ。

「これから君にしてもらうことは領主執務室でなければできない。緊急用の水鏡でジルヴェスターに連絡を取ってくれ。その後で貴族院の寮を開く」

そう言いながらフェルディナンドはアウブにしか使えない緊急連絡用の水鏡の前にわたしを立た

せる。

「君の魔石恐怖症の方はどうなのだ？」

　わたしは通信用の水鏡を見る。そこにある魔石を見た途端、すぅっと頭から血の気が引いていき、体が小刻みに震える。震える指先で魔石に触れて魔力を流しながら、へらりと笑ってみせた。

「ほ、ほら。へ、平気ですよ。記憶が繋がる時に嫌な記憶が怒涛のように一気に押し寄せたせいでしょうか？　個々の衝撃は少しずつ和らいだ感じですから……」

「腰が引けた涙目で震えながら言われても全く説得力はないが、気を失うことはなさそうな分、確かに以前よりはマシか。無理はするな」

　フェルディナンドはそう言いながらわたしの視界に入る魔石に布をかけて見えないようにしてくれる。

「ローゼマインか。……この水鏡で連絡が来たということは無事に神々の御力が消えたのだな？　体に異常はないのか？」

　水鏡から声が聞こえ、顔が映るや否や、ジルヴェスターはわたしの体調を問う。とても心配をかけていたことがわかる。わたしは水鏡のジルヴェスターに向かってニコリと笑って手を振った。

「フェルディナンド様のおかげで神々の御力は消えました。もう大丈夫ですよ」

　ジルヴェスターはホッとした顔で「ならば良い」と言った。ボニファティウスやエルヴィーラにも伝えておいてくれるらしい。

「フェルディナンド、事前に決めていた通り、エーレンフェストのブローチを持っている者達の寮への出入りを許可する。そちらの寮から連絡があり次第、ローゼマインの側近に設計図を持たせるので受け取れ」

……事前に決めていた通り？　え？　いつの何の話？

わたしには全く話が見えないが、フェルディナンドは「助かる」と当然の顔で頷いた。

「領主会議までの流れも問題ないか？」

「そちらに問題がないならば、エーレンフェスト側に問題はない。正式にアウブになった後の方が忙しくなることは、私が一番良く知っているからな。アウブが若いと周囲の貴族に舐められやすい。私にできるだけの後押しはするつもりだ」

ジルヴェスターの言葉の意味はよくわからないが、わたしの後押しをしてくれるつもりであることはわかるので、お礼を述べておく。

「婚約式の日取りが正式に決まったら連絡しろ。何とか都合をつける」

「それはツェントの来訪の翌日に行うつもりだ。詳細が決まったら、またこの魔術具で連絡する」

「この水鏡はやめてくれ。会議中でも食事中でも関係なく呼び出されるのは困る。誰のせいで忙しいと思っているのだ？　元気そうなローゼマインの顔も確認した。これから先の連絡は手紙にして寮を経由させろ。私も忙しいのだ」

フェルディナンドとジルヴェスターの短い会話で連絡は終わった。水鏡からジルヴェスターの姿が消える。

「フェルディナンド様、養父様と話をする前にわたくしにも予定などを教えてくださいませ。事前の情報共有が重要だといつもおっしゃるのはフェルディナンド様でしょう？」

わたしが睨むと、フェルディナンドは「では今後の予定を移動しながら話す」と側近達に合図して領主執務室を出る。

「体力が落ちているはずだ。アンゲリカ、ローゼマインを抱えなさい」

アンゲリカに抱えられ、まだ城の造りを理解していないわたしはどこに向かっているのかわからないまま移動させられる。

「君と図書館都市計画について話をした後、ジルヴェスターの協力を得て境界門経由で物を送る転移陣を使い、グーテンベルク達にエントヴィッケルンの設計図に問題ないか確認を取った」

「え？　設計図の確認がもう終わっているのですか？」

わたしが神々の御力に翻弄されている間に、フェルディナンドが城に戻って執務もしていたことは知っていたが、まさかエーレンフェストに設計図を送っているとは思わなかった。

「あぁ、急がせたからな。君から神々の御力が消えたのだから、今後はその設計図を受け取ったり、荷物の移動をしたりするために寮を使いたい。そのためにエーレンフェスト籍の側近達の出入りを許可してもらったのだ」

境界門を経由する場合はアレキサンドリアの城から境界門へ送り、境界門内でアレキサンドリアからエーレンフェストの騎士に渡され、境界門からエーレンフェストの城へ送られる。信用できる旧アーレンスバッハの貴族がまだ少ないため、何人もの手が必要になる方法は極力避けたいとフェルディナンドは言う。それには同意する。

「それから、婚約式が終わったら君にはエーレンフェストへ戻ってもらう。君が正式にアウブに就任するまで旧アーレンスバッハの貴族達が近付くのを防ぐため、君の護衛を容易にするため、就任後の方が忙しくなるので引っ越し作業を領主会議までに終わらせるためだ」

「領主会議までに覚えることが多いのでしょう？　正式にアウブになるわたくしがエーレンフェストに戻ってしまって良いのですか？」

「領地の地理や産業は覚えてほしいが、貴族やその派閥を今すぐに覚える必要はない。今後、誰を重用するかは試験で決めるつもりだ。試験に合格した者から覚えていけば良いであろう。ディートリンデが冷遇していた貴族の中には私もよく知らない者がいるからな」

　冷遇されていても城で働いていれば目に留まるが、そもそも地方の貴族は接触が少ないし、視界に入るなと遠ざけられた者は、婚約者としてディートリンデの近くにいたフェルディナンドの視界にも入らなかったらしい。

　わたしも「礎を使って試験だ」と突然言われる立場なので、突然試験を課される貴族達には同情するし、気持ちはわかる。だが、そこに不満を言ってもフェルディナンドが聞いてくれるわけがない。合格に向けてお互い頑張りたいものである。

「それから、君には領主会議までにエーレンフェストで作製してほしい物がいくつかある」

「エーレンフェストの素材や人や設備を使う気満々ですね。領主会議までって、忙しい養父様が困りませんか？　すでに色々と押しつけているでしょう？」

「後押しするとジルヴェスターから言質を取ったので問題ない。君はアレキサンドリアの紋章とマントの染料を作ることに専念しなさい」

フェルディナンドは何食わぬ顔でそう言った。エーレンフェストに側近を残してきている今のわたしは、ただでさえ少ない側近が更に少なくなっている。周囲の貴族を警戒しなければならないので、エーレンフェストに帰って素材採集や調合する方が容易なのは間違いない。

「詳細は後日書類で渡すつもりだ。エーレンフェストでやり残したことも多いと思うが、領主会議の後は帰省が難しくなる。できるだけ終わらせておきなさい」

わたしがすべきことを山積みにしているが、それがエーレンフェストに戻ることに罪悪感を抱かせないためのフェルディナンドなりの優しさだと知っている。


話をしているうちに転移陣の間に到着した。

「これから寮を開く。エーレンフェストとの連絡を取るためにも必要だが、領主会議のために側仕え達を入れて準備させなければならないからだ。転移陣の間を開き、寮の鍵を最初に開けるのはアウブでなければできない。ローゼマイン、やり方はわかるな?」

「領主候補生コースの講義で習う内容ですからね。知っていますよ」

わたしは側近達を下がらせると、革袋に手を入れて礎の魔術に至る鍵を手にし、転移陣の間を開ける。それから中に入って柱や壁を見て回り、起動用の魔術具を探す。

……わかってたけど、これも魔石なんだよね。

視界に入れなければ大丈夫と、心の中で唱えながらわたしは震える手を伸ばす。ヒヤリとした感触で全身に鳥肌が立った。ヒッという悲鳴を呑み込みながら魔力を流していく。じきに暗い部屋の中心にある魔法陣が光を帯びて存在を主張し始めた。

……お、終わった。できた！

まだ魔石は怖いし、泣きそうになったけれど、自力でアウブの仕事を一つでも無事に終えられたことに安堵する。

「では、今後は連絡用の騎士を転移陣の間に置く。交代の時間や順番については旧アーレンスバッハの騎士達に詳しいシュトラールに任せるつもりだが、良いか？」

「構いません。よろしくお願いします。領主会議まではツェントやエーレンフェストとの連絡が頻繁にあると思うので、早急に知らせてください」

わたしは転移陣の間に詰める予定の騎士達にお願いする。彼等は緊張している面持ちで、けれど誇らしそうに「かしこまりました」と応じてくれた。フェルディナンドの紹介によると、ディートリンデに虐げられていた派閥の騎士で、ハルトムートの洗脳を経て、大規模魔術に感動していた者達らしい。

「先に行くのは君とコルネリウスとリーゼレータだ。寮に着いたら控えの間で待機していてくれ」

わたしは二人と一緒に転移陣に乗り、寮へ転移した。転移陣から退くと、扉を開けて隣にある控えの間へ移動する。貴族院の始まりや終わりに多くの者が転移する際に待機場所として使われる部屋だ。白くてガランとしているだけで、特に何もない。

「転移陣の間と控えの間の造りはエーレンフェスト寮と同じなのですね。騎獣で空から見た限りでは寮の外観にずいぶんと違いがありましたが、中は同じような感じでしょうか？」

「お茶会室はともかく、他領の寮内に入ったことは私もないからよくわからないな。だが、フェルディナンド様が到着するまでここで待機だ。扉を開けようとしない」

じりじりと少しずつ扉へ移動していたらコルネリウスに睨まれた。チラチラと扉を見ながら待っていると、すぐにフェルディナンドとエックハルトとユストクスがやって来る。

「其方等にこれを渡しておく。君の魔石を使って先に作っておいた認証のブローチだ。寮から出るのに必要であろう」

「え？　作ってくださったのですか？」

「本日ここへ来る予定だった者の分だけだ。領主会議に行く人数には全く足りていない。戻ったら調合しなければならぬ」

そう言いながらフェルディナンドに手渡されたブローチを、リーゼレータがわたしのマントに着けてくれる。これで中央棟にも出入りできるようになった。

「ローゼマイン、まずツェント・エグランティーヌに連絡を。この手紙を君の名前で飛ばせばよいように準備させた」

フェルディナンドに渡された魔術具の手紙には、無事に神々の御力が消えたこと、寮を開けたこと、エントヴィッケルンの日取り、寮に騎士を常駐させるので来訪の日が決まったら知らせてほしいなど細々としたことがハルトムートの字で書かれていた。

わたしは手紙の内容に目を通した後、自分の名前をサインして封をし、宛先をアナスタージウスの離宮に指定してシュタープで飛ばす。わたしが一つの手紙を飛ばしている間に、フェルディナンドは二つの手紙を飛ばした。

「どちらに宛てたお手紙ですか？」

「エーレンフェスト寮の転移陣の間とヒルシュール研究室にいるライムントだ。エーレンフェストには寮を開けたのでお茶会室へ設計図を持ってくるように、ライムントには全て終わったので早急にお茶会室へ顔を出すように、と」

　フェルディナンドに手を差し出され、わたしはエスコートされて控えの間を出る。廊下が白いところはエーレンフェスト寮と同じだが、カーペットが紫だ。エーレンフェストの城や寮ではあまり見ない色合いだし、然程（さほど）大きくない塔のような離れに転移陣の間があるようで廊下が弧（こ）を描いている。そんな違いが楽しい。

「ここを曲がった先が本館になる」

「わぁ、こちらの寮にはあちらこちらに壷（つぼ）が飾られていますね。エーレンフェストと違って温かいから冬でも花を飾れるのでしょうか？」

「貴族院の時期は毎日ではなく領地対抗戦や卒業式のために花が運ばれていたな。領主会議の時期はディートリンデの命令でどの壷にも花が生けられていて、匂いで頭が痛くなるほどだったし、花の世話をする側仕えが何人も必要で無駄だと思わざるを得なかった」

　わたしは花を飾れば華やかになるから良いと思うけれど、フェルディナンドは花の匂いで毒に気付かない可能性、花弁に毒を忍ばされる可能性、水と反応して気化する毒の存在などが気になって仕方ないらしい。

……アーレンスバッハの二年間でどんな生活をしてたんだろうね？　マジ怖いんだけど。

「今年は花を飾る予定はないが、良いな？」

「わたくしは花がなくても別に構いませんけれど、領主会議に向けて花を準備していた農民や職人はいないのですか？　誰かの仕事を完全に奪うようなことはしないでくださいね」

アウブが交代したせいで……という恨みはできるだけ買いたくないと思っている。フェルディナンドは「なるべく考慮する」と答えてくれた。

「こちらが食堂になっている。お茶会室はその向こうだ」

お茶会室への移動途中にすいっと白い紙が飛んできて、わたしの手にコツンと当たる。オルドナンツが怖いわたしのためにハルトムートが作った魔術具だ。それを開くと、「ローゼマイン様、ユーディットです。エーレンフェスト寮に到着しました。そちらに向かってもよろしいですか？」と書かれている。

「ローゼマインはこのお茶会室でユーディットが到着するのを待つように。リーゼレータ、ローゼマインの代わりにオルドナンツで返事を。私はユストクス達と急いで寮内の鍵を開けてくる」

フェルディナンドは足早にお茶会室の扉を開けて中に入り、お茶会室から中央棟に繋がる扉も解錠(かいじょう)すると、さっさとお茶会室を出て行こうとする。

「お待ちくださいませ、フェルディナンド様。わたくしはローゼマイン様の筆頭側仕えです。同行して扉の位置を確認したいと存じます。領主会議前に寮内の鍵を開けるのは、筆頭側仕えの仕事でしょう？　エーレンフェストではノルベルト様が行っていましたもの」

寮内の解錠は自分の仕事ではないのかと言うリーゼレータを見て、フェルディナンドとユストクスが可哀想な者を見る目になった。

「其方の意気込みは買うが、根本的なところが違う。寮の解錠は領主の筆頭側仕えの仕事ではない。寮監の仕事なのだ。フラウレルムが解雇されて、現在は寮監が決まっていないため、私がしているに過ぎない」

「え？」

「エーレンフェストでは領地からの知らせを無視しがちなヒルシュール先生を呼び出せるという理由で彼女の叔父であるノルベルトが最初に寮へ行っているだけです。筆頭側仕えの仕事ではありません。リーゼレータは寮監の仕事を覚えるより客人の出迎えを優先させてください」

ユストクスは自分が押していたお茶のセットが載ったワゴンを軽く叩くと、フェルディナンドやエックハルトと一緒に寮内の解錠に向かった。

……ヒルシュール先生っ!!

寮にいない寮監のせいでわたし達が常識知らずになっている。リーゼレータはわたしやコルネリウスと顔を合わせて「ヒルシュール先生は困った方ですね」と溜息を吐いた後、ユーディットにオルドナンツを送った。

「ユーディット、リーゼレータです。ローゼマイン様はお茶会室で待っています」

さすがに貴族院の廊下で重要書類の受け渡しをするわけにはいかないし、エーレンフェスト籍のユーディットが入れるのはお茶会室だけだ。わたし達はお茶会室で迎える準備をしながら待機する。

ユーディットが設計図を抱えてやって来た。明るいオレンジ色の髪がふわりと揺れていて、菫色の瞳がわたしを見て丸くなる。

「わぁ、ローゼマイン様。本当に女神の御力が消えたのですね。畏れ多くて近寄れなかったので、御力が消えて嬉しいです」

女神の化身でなくなると皆がガッカリするのでは？　と何となく思っていたが、そうでない人もいるとわかってホッとした。

リーゼレータがお茶を淹れている間に、わたしはユーディットから受け取ったエントヴィッケルンの設計図をテーブルに広げる。間違いなくグーテンベルク達が確認したようで、工房や店舗の設計図に少しの修正や注意書きが入っている。

「神殿にグーテンベルク達が集められて、ブリュンヒルデからグレッシェルとアレキサンドリアの設計図を渡され、何か修正点や気になる点がある場合はその場で修正しなさいと言われて大変そうでした」

……あぅ。これ、もしかしてベンノさん達に怒られる案件かな？

彼等の意見も取り入れたいと思ったことが大きなお世話だった可能性がある。だが、彼等の意見が書き込まれている以上、無駄ではなかったと思いたい。

「助かりました。これでエントヴィッケルンを進められます。協力してくださった養父様やブリュンヒルデにもお礼を伝えてくださいね。城からここまで届けてくれたユーディットもありがとう存じます」

「大丈夫です。領主会議までは寮から寮へ側近の行き来が盛んになると聞いていますし、わたくしはローゼマイン様のお役に立てることが嬉しいですから。だって、今お役目がないのはわたくしだけなのですよ」

少しだけいじけたような顔になったユーディットが、エーレンフェストに残っている側近達の様子を教えてくれる。

「今フィリーネは青色巫女見習いとして祈念式に行っていて、ダームエルはその護衛をしています。もうじき帰ってくる予定ですけれど……」

今の神殿はメルヒオールとその側近達が主導しているため、フィリーネがいない神殿に行くことはないようで、ユーディットは基本的に城で訓練をするくらいしかやることがないそうだ。

「オティーリエやベルティルデはローゼマイン様の引っ越し荷物を準備しています。季節外の荷物は大体まとまったみたいです。あぁ、領主会議の準備にも駆り出されていますよ。わたくしも一応ブリュンヒルデのお手伝いをしているのですけれど、文官や側仕えはともかく護衛騎士見習いにできることは少ないのです」

ユーディットはわたしの護衛騎士見習いだ。ブリュンヒルデに仕えているわけではない。そのため、動ける範囲が限られてしまう。商人達と会うために神殿へ行く彼女に同行を頼まれた時くらいしか護衛らしい仕事がないようだ。

「ですから、エーレンフェストに用がある時はわたくしを呼び出してくださいね。お使いならばできます」

「えぇ、ユーディットにお願いするようにハルトムート達にも言っておきます」

寮内の解錠を終えたフェルディナンド達がお茶会室に入ってくると、ユーディットが帰っていく。

その後にはライムントがやって来た。よほど研究に没頭していたのか全体的に色艶(いろつや)が良くないし、顔色が悪くて表情もオロオロそわそわとしている。

「フェルディナンド様、一体何があったのですか？　突然ユストクスから其方は寮に戻るなと連絡があって、変な人達を見た後はヒルシュール先生に研究室から出るなと言われ、やっとフェルディナンド様から早急に来いと連絡があったかと思えばローゼマイン様がアーレンスバッハのお茶会室にいるなんて……」

ライムントの顔色が悪いのは情報が碌に伝わっていないせいもあるようだ。まさかわたしがアウブになったことも、女神の化身と言われていることも、新しいツェントが立ったことも知らないとは思わなかった。わたしは思わずフェルディナンドを睨む。

「いくら何でもライムントに説明が足りていないのではございませんか？　フェルディナンド様の側近なのでしょう？」

「ライムントに説明するような余裕があったか？　それにこの者が城にいたところで大した役には立たぬ。研究をさせておいた方がよほど有用ではないか。それとも君の生死に関わる事態になっている時に親族関係の面倒事を起こす側近など不要だと切り捨てた方がよかったか？」

どうやらライムントの親族は少々問題のある人達らしく、城に戻ると貴族の柵(しがらみ)という面倒事が起こるらしい。

「研究室にいさせてください！　フェルディナンド様のお心遣いが本当にありがたいです！」

ライムントがブルブルと頭（かぶり）を振って城には戻りたくないと言う。その様子を見て、「なるほど」とわたしは頷いた。

「ラザファムと同じなのですね。自分で自分の身を守れない者は厄介事（やっかいごと）が片付くまで遠ざけておくという意味で」

「……ようやく山場を越えた。エントヴィッケルン前に一度領地の部屋を片付ける必要があるし、アウブの婚約式に出席させなければならぬ。ライムントが私の側近を続けたいならば早めに研究にキリを付けて一度城へ戻りなさい」

フェルディナンドはそう言ってライムントに認証のブローチを渡す。

「ここ数日は研究が手に付かなかったので、皆様と一緒に城へ戻ります」

「そうか。ヒルシュール先生に一報を入れておけ」

寮でやることを終えると、わたし達は転移陣の間に詰める騎士達に後のことを任せて城に戻った。

「ライムント、これはエントヴィッケルンの設計図だ。私の執務室にいる文官達に届け、彼等の仕事振りをよく見ておくように。ユストクス、ハルトムートとクラリッサを領主執務室に呼び出してくれ」

ライムントにエントヴィッケルンの設計図を届けさせると、フェルディナンドはわたし達を連れて領主執務室の奥にある調合室へ向かう。アウブ専用の調合室らしい。新しく認証のブローチや領地経営に必要な魔術具を作る際にアウブとその側近が使うそうだ。

「この後は領主会議までに必要な物の調合を行う」

アウブの調合室に入ったのはわたしとフェルディナンドとユストクスとハルトムートとクラリッサの五人だ。フェルディナンドの調合に慣れた者でなければ、下準備の手伝いさえ邪魔になるという理由で旧アーレンスバッハの文官達は排除された。だが、入室に許可が出たのが名捧げ済みの文官だけなので色々と隠したいのだと思う。

……わたしが魔石恐怖症だってこと、こちらの貴族は知らないみたいだし……。

ちなみに、護衛騎士は調合室の扉の前で待機させられているし、わたしの側仕え達は領主執務室の一角で昼食を摂れるように準備を始めている。

「さて、ローゼマイン。婚約式で交換する魔石を調合しなければならないが、調合はできそうか？どうしようもなければ、私が代わりに作製するが……」

フェルディナンドが調合台の上に素材や道具を並べながら、わたしの様子を確認する。

……え？　フェルディナンド様が自分で自分用の婚約魔石を作るってこと？

その様子を思い浮かべて、わたしは首を横に振った。お守りをあげた時に「今までもらうことがなかった」と喜びを噛み締めていたフェルディナンドの姿を覚えている。さすがに婚約魔石をフェルディナンドに作ってもらうのは嫌だ。できる限りのことをしてあげたい。

「婚約魔石くらいはわたくしが作りますよ。自分がやるべきことをしなかったら後で大変なことになるというのは、今までにたくさん見てきたではありませんか。ここで逃げたら女が廃(すた)ります」

「口調は勇ましいが、婚約魔石の作製はそのような戦いに赴く騎士のような覚悟で行うことではないぞ」

フェルディナンドが心配そうな顔をしながら、「手を出しなさい」とわたしの前に拳を差し出した。なるべく魔石を視界に入れないようにしてくれている気遣いを感じながら、わたしは手を差し出した。

「レーギッシュの鱗(うろこ)から取った魔石だ。女神の化身に相応しい大きさの物を選んでいる。元々が鱗だとわかっていれば、多少は恐怖も和らぐのではないか？」

「恐れ入ります」

ほとんど視界に魔石を入れないまま、わたしは震える手に力を入れて、魔力を流していく。この魔石を自分の魔力で染めるのだ。冷たい感触に少し背筋が震える。それでも、手の中にあって見えていないのでまだマシだ。

「あまり無理をせずに取り掛かりなさい」

「わかっています。魔石になんて負けませんから」

わたしが自分の手を睨むようにしながら頷くと、フェルディナンドが一つ溜息を吐いて、わたしの頭を軽く何度か叩いた。

「力みすぎだ。魔力を流す前に、魔石に刻む言葉を考えた方が良いのではないか？」

その後、フェルディナンドは何を思い出したのか、少し眉を上げてフッと笑った。

「あぁ、私に質問してきた例の言葉は避けるように」

「入れませんよ！」

意味を知った上で直接的な閨への誘い文句なんて刻めるわけがない。あの頃の自分の失敗に今更ながら赤面しつつ、わたしはフェルディナンドを睨む。

「ふむ。一体君がどんな言葉を刻むのか楽しみだ」

フェルディナンドはわたしに背を向けると、ユストクスとハルトムートとクラリッサに命じて、認証のブローチの作製に取り掛かり始めた。領主会議に同行する者、領主会議前に寮を整える者など何人分も必要だ。

「本来ならばアウブのお仕事なのに押し付けてしまって申し訳ございません」

「君が作った金粉のおかげで素材は十分だ。それに私は君の補佐をするための婚約者だ。君は君でなければできないことに専念しなさい」

仕事を引き受けてくれるフェルディナンドに申し訳ない気持ちと、婚約魔石を完璧に仕上げたいという気持ちが溢れてくる。

……フェルディナンド様がビックリするようなすごい言葉、考えるんだから！

魔石を染め終わると、羊皮紙を手に取る。魔石に刻む文字を決めなければならない。講義の時、ヒルシュールに「自分らしく、かつ、相手に喜ばれる言葉を刻むように」と言われたけれど、どんな言葉ならばフェルディナンドが喜ぶだろうか。

……「貴方の研究所を建てます」って、わざわざ刻まなくてももう約束してるし、「家族になりましょう」も今更って感じだよね。

「うぐぅ……」

考えても全く良い言葉が出てこない。もう「貴方の光の女神になりたい」くらいのオーソドックスな言葉でいい気がしてきた。

「ローゼマイン様、まだ悩んでいらっしゃるのですか？」

「クラリッサはハルトムートに贈る魔石に何と刻んだのですか？」

「共にわたくし達の女神を崇(あが)めましょう、と」

……聞くんじゃなかった。

わたしがガクリと項垂(うなだ)れていると、クラリッサが「他人の言葉など参考になりませんよ」と小さく笑った。反論のしようもない。確かに全く参考にならなかった。

「ローゼマイン様がフェルディナンド様にしてあげたいことでも良いのではありませんか？」

クラリッサにそう言われ、わたしはふっと思いついた言葉を羊皮紙にスティロで書き込む。書き込む姿が見えたのだろうか。フェルディナンドが近付いてくる。

「できたのか？」

「こっちを見ないでくださいませ。当日まで内緒です」

わたしは羊皮紙を隠して睨むと、フェルディナンドが苦笑しながらわたしが使う調合鍋から距離を取って背を向けた。ユストクスがこちらを見ながらニヤニヤと笑っている顔にパンチしたい。

「お手伝いしましょうか、ローゼマイン様？」

「二年生の講義で習ったことですもの。わたくし一人で作ります」

ハルトムートとクラリッサのお手伝いを断り、わたしは調合鍋に魔石を入れて魔力を流していった。わたしもフェルディナンドも全属性なので、特に属性の調整をしなくても良いので早い。

虹色魔石の中に金色で文字が浮かび上がる。

「貴方のマントに刺繍をさせてください」

エントヴィッケルン

城の中はエントヴィッケルンを前にあまり使わないところから装飾品や家具が片付けられ、カーペットやタペストリーが剥がされていく。ここの土地では夏場にカーペットを使う習慣がないようで、「少し早い模様替えだと思えば……」と側仕え達が言い合っていた。

荷物をまとめて運び出さなければならないにもかかわらず、エントヴィッケルンまでにたった五日の猶予(ゆうよ)しか与えられていないため、貴族達は大変らしい。わたしの部屋はまだ荷物が少ないので問題ないけれど、執務室周辺は領主会議の準備も並行して行うため大忙しだ。寮に多くの資料が移されたと聞いている。

今わたしは領主の自室で執務をしている。日常で使用する物以外を転移陣で郊外の倉庫やギーベの館に運び出している最中なので、領主執務室でわたしが執務をすると邪魔になるからだ。エントヴィッケルンだけでなく、執務の名目で見知らぬ貴族が近付くのを阻止する意味もある。警備の関係上、出入りする者を制限できる領主の居住区域になるべく籠もるように言われているのだ。

「ローゼマイン様、転移陣の間に詰めている騎士から連絡があり、エグランティーヌ様から来訪日時に関する手紙が届きました」

フェルディナンドの執務室で仕事をしていたクラリッサが手紙やら書類やらを抱えて、わたしの部屋にやってきた。

「こちらはローゼマイン様にサインをいただきたいもの。こちらはローデリヒに目を通してほしいものです。わたくしは昼食までローゼマイン様の補佐をするように言われています」

わたしは積み上げられた書類の一番上に置かれているエグランティーヌからの手紙を手に取った。それには「これで了承して構わない」というフェルディナンドからのメモが付いている。ツェントの訪れはエントヴィッケルンが終わってから二日後になるようだ。

「クラリッサ、エグランティーヌ様に了承の返事を書いたので転移陣の間へ送ってください」

わたしは手紙の返事を渡し、他の書類に目を通し始めた。クラリッサは基本的にはフェルディナンドの執務室で仕事をしているが、重要書類を確実に運ぶことが最優先の仕事になっている。下位領地と見下されがちなエーレンフェスト出身の側近達と違って、ダンケルフェルガー出身なので旧アーレンスバッハの貴族達にも強く出られるからだ。本人に戦闘力があるので、書類を運ぶ途中で邪魔されたり奪われたりすることもない。あの手この手でわたしに接触しようとする貴族がいるため、護衛騎士達はピリピリしている。

「ローゼマイン様、ツェント来訪の予定が決まれば婚約式の日取りも決まると思うのですが、エーレンフェストには早くお知らせした方が良いのではございませんか？　領主夫妻やご両親は出席されるのでしょう？　ローデリヒに招待状を作成させてはいかがです？」

クラリッサにチラリと視線を向けられ、ローデリヒがおずおずとした様子で「やらせてくださ い」と申し出る。クラリッサの視線の圧が強い。彼女は今ローデリヒに小説を書く以外の文官仕事を教育中なのだ。招待状の作成は文官の仕事なので、わたしはローデリヒに任せることにした。

「ローゼマイン様、婚約式の日取りが決まるようですけれど、衣装は決まっていらっしゃいますか？　エーレンフェストへ取りに行かせるものはございませんか？」

レオノーレの質問を受け、わたしはリーゼレータ達に視線を向けた。これから婚約式までに新しく衣装を誂える時間はないので、手持ちの衣装を使うしかない。

「わたくしは王族とのお話し合いで着た、エーレンフェストの染め布にアーレンスバッハの布を重ねた衣装が一番相応しいと思うのですけれど、リーゼレータ達はどう思って？」

「エーレンフェストとアレキサンドリアの結びつきを願うローゼマイン様のお心がよく表れていると思います。その衣装は王族と会うことを考慮して作られていますから、婚約式でまとっても場違いになることはございません」

「そうですね。布地も最高品質の物が使われていますし、揃いの髪飾りもございます。それで決定するのでしたら、ユストクス様に連絡して、フェルディナンド様の衣装を合わせていただかなくてはなりませんね」

グレーティアがハッとしたようにオルドナンツを飛ばす。

……あの衣装で婚約式だって。ふふっ。

王族との話し合いの時とは違って今は記憶が戻っているので、わたしはトゥーリが作ってくれた髪飾りや、母さんが染めてくれた布とフェルディナンドに贈られた布で作られた衣装をまとうのがとても嬉しくて、自然と笑みが浮かんでくる。

「フェルディナンド様との婚約式が決まってローゼマイン様がお幸せそうで何よりです」

クラリッサの言葉に、「え、ちょっと違う」と言いかけて、わたしは口を噤む。ここでそんなことを言ってはダメだ。

「婚約式でローゼマイン様の魔石を持って控えるのはリーゼレータでよろしいですか？」

クラリッサの問いかけに頷き、リーゼレータに付き添いをお願いしていると、ローデリヒが「あの、ローゼマイン様」と会話に入ってきた。

「魔石の準備は終わったようですが、婚約式で述べる求婚のお言葉は決められたのですか？　事前に必ず確認するように、とフェルディナンド様から言われていますが……」

作家をしているローデリヒが添削を命じられたらしい。わたしは当日の髪型や装飾品について話をしている女性陣から視線を外し、ローデリヒを見た。

「困ったことに、実はまだ決まっていないのです。フェルディナンド様を婿として迎えるので、わたくしから求婚するのでしょう？　女性からの求婚の言葉は前例が少ないではありませんか。歴史上の女王の言葉を参考にするか、聖典やエーレンフェストの恋物語からそれらしい言葉を抜き出すか……とても悩んでいるのです。どちらにせよ、決めるためには読書をしなければなりませんね」

……婚約式における求婚の言葉は領地にとっても大事なことだからね。いやっふぅ！

困ったわ、とポーズを取りながらも口元が緩むのを止められない。わたしが心の中で拳を握っていると、ローデリヒが「ご安心ください」と微笑んだ。

「どのような意味合いの言葉で求婚するのか、ローゼマイン様から大まかな方向性を聞き出し、私が聖典などから抜き出すようにフェルディナンド様から命じられています」

「えぇ、そんな……」

わたしが助けを求めると、リーゼレータはニコリと微笑んで一つの木札を手にした。

「婚約式における求婚の言葉も大事ですけれど、その前のエントヴィッケルンを問題なく行えるように復習せよとフェルディナンド様から言われていませんでしたか？」

「それはそうですけれど……」

「大きくなった体に合わせて大人用のフェシュピールを扱う練習をさせるように言いつかっています。ロジーナを呼びましょうか？」

「レオノーレ、待ってくださいませ。わたくしは読書をしたいのであって、フェシュピールの練習をしたいのではありません」

わたしがレオノーレを止めていると、コルネリウスがポンとわたしの肩を叩く。

「ローゼマインが書類仕事に飽きたら、取り繕った顔で魔石に触れるための練習をさせておけと、私は言われているからどう考えても読書の時間はないと思うよ」

「コルネリウス兄様、その顔、絶対に面白がっていますね！」

……ふんぬぅ！　フェルディナンド様めっ！　先回りで手を打ちすぎだよ！

あまりにも悔しかったので食事の時にフェルディナンドに文句を言ったら、「やるべきことが多いのは仕方なかろう」と軽くあしらわれた。

「だが、やる気をなくされても、読書に没頭されても困る。エントヴィッケルンで新しくできた図書館に本を運び込む前に文官達へローゼマイン十進分類法を教え込むことを許可する。君の好みや考えに基づいて図書館を運営しても構わないので、しばらくはおとなしくしていなさい」

わたしの思うままに進めると周囲との軋轢（あつれき）が生じると口うるさく言うフェルディナンドが、図書館をわたしの好みで運営しても構わないなんて言うと思わなかった。

「本当に良いのですか？　後から駄目だと言っても聞きませんからね」

「領主会議が無事に終われば構わぬ」

約束してくれたので、フェルディナンドの言う通りおとなしく読書以外のことに精を出した。ただ、脳内では常に図書館をどうするのか考えていたので、フェシュピールの練習に身が入っていなくてロジーナに怒られたけれど、それは仕方がないと思う。


エントヴィッケルンを行う日はよく晴れて家具などを移動させやすい日になった。朝から食事や着替えを済ませると、側近達が徴税に使うような大きな転移陣を広げて家具や荷物をどこかに移動させていく。

「ローゼマイン様、エントヴィッケルンに必要な物は全てお持ちですか？」

ハルトムートの質問に、わたしは忘れ物がないかもう一度確認する。女神の御力で大量に作った金粉が入った革袋も、街の設計図も、礎の魔術に至る鍵も全てある。

「ローゼマイン様のお部屋に残っている物は何もありませんね？」

「大丈夫です。全て確認いたしました。わたくし達も城から出ましょう」

ガランとした真っ白の部屋に何もなくなったことを確認して側近達が退室していく。

「ローゼマイン様、エントヴィッケルンの様子はわたくし達が魔術具で撮っておきますね」

クラリッサの言葉にわたしは笑顔で頷いて見送った。礎の間で行うわたしはその様子を見られない。正直なところ、図書館都市ができていく様子を自分の目で見たいとわたしも思う。フェルディナンドの魔術であっという間にでき上がったハッセの小神殿を思い出すと、今回のエントヴィッケルンはすごく派手で一見の価値があると思うのだ。

「でも、見るより街を造る方が大事だからね。初めてだから、上手くできるかどうかわからないし……」

何度もやり方は復習したが、実際に創造の魔術を使うのは初めてだ。緊張で何だか自分の動きがギクシャクしているのがわかる。普段より少しだけぎこちない動きで、わたしは礎の間に繋がる扉の前に立った。

「えーと、鍵、鍵……」

城から礎の間に入る時はアウブが持っている鍵で扉を開けるのだが、その鍵は他者に鍵とわからないように偽装されている。アーレンスバッハの鍵はベルトのバックルだ。フェルディナンドによると、ディートリンデは薬入れや騎獣の魔石入れを下げるベルトのバックルとして使用していたらしい。

わたしは革袋にバックルだけを入れている。魔石を見たくないので革袋の中に手を入れてバックルをギュッとつかんで魔力を流した。すると、手の中に鍵が現れる。その鍵で扉を開けた。虹色の油膜が掛かって奥が見えない魔術の扉だ。もう見慣れているので何の躊躇いもなく、わたしは進む。その先にあるのは三方を白い壁に囲まれた空間だ。

「ここではどうするんだっけ?」

わたしは「グルトリスハイト」と唱えてメスティオノーラの書を出すと、フェルディナンドに教えられて書き込んだ方法を読む。

「正面の壁に鍵を押し当てると、左右の壁に扉が現れ……あ、出てきた。次は、えーと、鍵穴には絶対に鍵を入れてはならない。両方の魔石を魔力で満たせって……うぇ、魔石か」

わたしは出てきた扉に付いている魔石をなるべく見ないようにして鍵を触れさせ、魔力を流していく。どうしても魔石が怖くて手が震えてへっぴり腰になってしまう。

……怖いものは怖いけど、素手で触らないからマシ。大丈夫。頑張れ、わたし!

両方の扉の魔石が魔力で満たされると、正面の壁に扉が現れた。目立つところにある鍵穴には目もくれず、わたしはプルプルと震える手を伸ばして再び魔石に魔力を流していく。

「どの扉も鍵穴に鍵を入れた途端に呪われるって怖いよね」

ちなみにフェルディナンドは礎の間に至る仕掛けが危険であることを知っているため、アルステーデの記憶を見て正確な開け方を確認したらしい。「ディートリンデにも一応聞いたが、あの者の言葉など信用できると思うか？」と言っていた。

……まぁ、信用できるとはわたしも思わないけど、ディートリンデじゃなくてアルステーデの記憶を覗くところがフェルディナンド様だなって思うよね。

他のことを考えている間に魔力が満たされたらしい。扉が自動で開いていく。わたしは礎の間に足を踏み入れた。

窓がなくて真っ白な壁で四方を囲まれた礎の間には大神の貴色に輝く魔石が七つ浮かんでいる。それぞれの貴色の魔石が光を放ち、キラキラとした光の粉のような物が零れ始めた。供給の間に魔石が設置され、流され始めたフェルディナンドの魔力が礎に届いたようだ。それを合図に、わたしは金粉の詰まった革袋を手元に引き寄せる。

「さて、始めましょうか」

今回のエントヴィッケルンは先日話し合われていた通り、城と貴族街、それから、神殿と平民達のいる下町の一部を新しくすることになっている。

……建物自体は大英博物館閲覧室（えつらんしつ）をモデルにしてるんだよね。うふふん、ふふん。

城の敷地内に建てる新しい図書館は、巨大な円形の図書館だ。一八五二年にアントニオ・パニッツィが計画し、一八五七年に完成した大英博物館閲覧室を基に設計してもらった。実は図書館内にわたしの部屋もある。わたしはアウブを引退したらソランジュのように図書館で暮らすのだ。老後がとても楽しみになった。

渡り廊下で繋がる研究所はフェルディナンドの好みで設計されているらしいが、詳しいことは知らない。フェルディナンドが文官達と話し合っていたようなので、自分好みにしたのだろう。わたしは設計図のままに造るだけだ。

わたしは設計図が手の届く場所にあることを確認し、革袋に片手を突っ込んで金粉をつかんだ。礎の上に腕をまっすぐに伸ばして手を開けば金粉がサラサラと零れていく。その様子を見ながらもう片方の手にシュタープを握った。シュタープを「スティロ」と唱えて変化させ、最初に最高神の記号を空中に描いていく。

「我は世界を創り給いし神々に祈りと感謝を捧げ、創られた世界に変化を願う者なり」

手にあった金粉が勝手に浮かび上がり、スティロのペン先に集まり、わたしが描く魔法陣を金色に彩(いろど)っていく。光を帯びている魔法陣がわたしの手の動きに合わせて複雑さを増し、どんどんと大きくなってきた。くるくると回る魔法陣が礎の上に完成し、眩(まばゆ)く光る。

「全てを吸収する力を我が闇の神シックザントラハトの名の下に」

わたしがシュタープを振り下ろすと、魔法陣がゆっくりと礎に向かって降りていく。魔法陣が礎に触れた。礎が光る。わたしは設計図をつかんだ。

「新たに創造する力を我が光の女神フェアシュプレーディの名の下に」

手を開けばバサバサと風に煽(あお)られるように設計図が魔法陣に向かって飛んでいき、その中心で金色に燃え上がった。

「御身に捧ぐは命の欠片　祈りと感謝を捧げて　大いなる夫婦の御加護を賜らん　新たな憩いの場をこの地に」

魔法陣が欠けないように、消えないように、わたしは魔力を注いで金粉を継ぎ足していく。魔法陣が眩く光って完全に消えるまで、ただ魔力を注ぐのがアウブとしてのエントヴィッケルンだった。

……これ、絶対に外で見ている方が楽しいよね。

魔術を行っていると魔法陣以外に見るものがないのだ。街が一気にできていくところを見られないなんて、アウブはとてもつまらない立場だと思う。

……まぁ、誰にも見られないうちにやらなきゃいけないこともあるんだけど。

領地を新設する時だけに行う礎の間に至るための設定だ。本来はツェントと新アウブの二人で行うのだが、わたしは自分でメスティオノーラの書を持っているので一人でできる。フェルディナンドはアーレンスバッハの痕跡を微塵も残したくないし、礎の間の場所を名捧げ側近達に知られているので必ず新しく設定するように言っていた。

「グルトリスハイト！」

わたしはメスティオノーラの書を見ながら礎の魔術に至る鍵を取り出す。一つは城の自室から、一つは神殿図書室から入るための鍵だ。

「神殿図書室の方はカムフラージュ用の本棚とか神像ができてから設定すべきだけど、城の方はわたしが帰る時に新しい設定をしなきゃいけないみたい」

昔は城から礎の間に入る際に鍵だけでは入れないようにすることで、他領の者に礎の魔術を奪われることを防いでいたようだ。アウブから仕掛けについて教えられることが礎の魔術の継承になる。そのため各領地で別の設定がある。先程わたしは魔石に魔力を流したけれど、パスワード的な言葉を書かせる仕掛けや魔石を定められた順番で動かす仕掛けなど様々らしい。

……アレキサンドリアではどうするのが良いかな？

「魔石を触るのが怖いから、やっぱりパスワード？　本須麗乃って漢字で書くのはどうよ？　うーん、わたしは簡単だけど、次代のことを考えると漢字に馴染みがなさ過ぎて書けないからいまいちだよね」

自分が礎の間に入る時に毎回やることなので、面倒は少ない方が良い。けれど、誰でもすぐにわかるくらい簡単なのも、他の人が覚えられないほど難しいのもダメなのだ。加減が難しい。他の人に知られてはならないので、フェルディナンドに相談することもできないのが困る。

「フェルディナンド様は将来のアレキサンドリアを守っていく者にわたしが求めることや、これがわかる者ならば領地を任せても良いと思えるようなことを仕掛けにしなさいって言ってたけど……図書館都市を守っていくアウブに必要な心得かぁ」

わたしはしばらく考え込んだ後、出入り口の前に立ってメスティオノーラの書に触れ、一つの魔法陣を範囲選択する。

「コピーシテペッタン！」

扉にコピペし、魔法陣に鍵をピタリと当てる。これでアーレンスバッハの仕掛けが消えた。わたしは扉をくぐって白い壁で囲まれた小部屋で新しい仕掛けを作る。

「わたしの図書館都市を受け継ぐなら図書館の五原則くらいは覚えてほしいよね。それから、メスティオノーラの書をまた失うことがないように古語を勉強してほしいな」

古語さえ読めれば貴族院図書館で知識を得ることができる。エアヴェルミーンの元へ行ける者がいれば、ユルゲンシュミットが崩壊することはない。

わたしは古語で設問部分に「ランガナタンの原則とは？」と書き込み、回答部分に正答を書き込んでいく。

一、本は利用するためのものである。
二、いずれの人にもその人の本を。
三、いずれの本にもすべてその読者を。
四、読者の時間を節約せよ。
五、図書館は成長する有機体である。

これがランガナタンの五原則とか五法則と言われるものだ。これを自然と書けるくらいに図書館に興味を持ち、図書館の運営に敬意を払う次代に育ってほしいものである。

「わたしはこの通りの図書館にできるように頑張ろうっと。いずれの人にも……なんてまだまだ届かないし、図書館と一緒にアレキサンドリアも成長してほしいもんね」

設定した仕掛けが間違いなく動くかどうか確認した上で、間違えた場合の罰則（ばっそく）も設定しなければならない。わたしはアーレンスバッハの呪いを怖いと思ったけれど、武器が飛んでくるものや天井が落ちて潰されるものなど、メスティオノーラの書に載っている罰則はどれもこれも殺意に満ちあふれたものだった。次期領主と認められていない者や盗人（ぬすっと）が礎の魔術に触れることは絶対に許さないという強い意志を感じる。

「ギリギリ死なないという意味では呪いが一番穏便？　苦しみが延々と続くからより残酷になる？　追い出す程度で済ませられないの？　うぅ、嫌だ。こういうことを考えるの、苦手なのに……。罰則を設定しないとわたしが出られないなんてひどくない？」

わたしは結局アーレンスバッハと同じように呪いを選択し、メスティオノーラの書から魔法陣をコピペして設定を終えた。

「やっと終わった」

ぐったりとした気分で礎の間を出て扉を閉める。それから、わたしはフェルディナンドに持たされていた魔術具の紙を取り出した。オルドナンツが怖いわたしのためにハルトムートが作ってくれた連絡用の魔術具だ。エントヴィッケルンが終わって礎の間から出てきたら、これを飛ばすように言われている。

わたしは紙飛行機を折ると、まだガラスがはまっていない窓から外を見た。できたばかりの白い街並みが眼下に広がっている。当たり前のことだが、設計図の通りに街ができている。ならば、あの大きくて丸い屋根が図書館だ。

「……これがわたしの図書館都市」

すごく嬉しい。胸がいっぱいで目頭（めがしら）が熱い。けれど、この喜びは一人で噛み締めるのではなく誰かと分かち合いたい。一緒に造ってくれた人達と「わぁっ！」と声を上げて喜んで、この先どうしていきたいのか思いつくままに語りたい。

新しい図書館を見つめながら、わたしは大きく息を吸い込んで腕を振った。わたしの手を離れた白い紙飛行機がフェルディナンドのいる方向にスイッと一直線に飛んでいく。紙飛行機の向かう先から、フェルディナンドや側近達の騎獣がいくつも駆けてくるのが見えた。

エグランティーヌの訪れ

エントヴィッケルンが終わると、新ツェントの来訪と婚約式がある。図書館に入れる本は箱詰めにされたまま書庫に積み上げられ、わたしによって本棚に並べられる瞬間を今や遅しと待っているというのに後回しにされている。せっかく新しい図書館ができたというのに、図書館へ行く余裕はない。エグランティーヌの来訪を控えたアウブの仕事と婚約式の準備で大忙しだ。

……あぁぁ、わたしの図書館！　ハァ、しょんぼりへにょんだよ。

日程の立案や騎士達の配備など、ほとんどのことをフェルディナンドが決めてくれている。わたしは領主として全てに目を通して全体の流れを把握しておかなければならない。

「ローゼマイン様、こちらに目を通してください。エグランティーヌ様がいらっしゃる日の詳細が決まりました。流れを把握してほしいとフェルディナンド様から言われています。コルネリウスとレオノーレは現在騎士団と当日の警備や騎士の配置について会議中です」

クラリッサが持ってきたタイムスケジュールに目を通す。

四の鐘にエグランティーヌ達が国境門から来るので、境界門へ出迎えに行って城へ転移させる。その後、一緒に昼食を摂ってツェントをもてなし、婚約関係のお話し合いをする。婚約の承認が終わってから中央に捕らえられている罪人達のメダル破棄をする貴族院の実技試験を行う。アーレンスバッハとアレキサンドリアの街の設計図を見比べながらランツェナーヴェの館が完全に消滅していることを確認しつつ境界門まで騎獣で向かう。

……結構忙しいな。

「ローゼマイン様、エーレンフェストから新しい衣装が届きました。明日の衣装を決めましょう」

エルヴィーラの専属が担当していた衣装が仕上がったと連絡があり、リーゼレータとグレーティアの二人は衣装の受け取りに貴族院へ行っていたのだ。

「フィリーネが祈念式から戻ったそうですよ。戦いで荒れていたゲルラッハですが、小聖杯で奪われた魔力を戻せたこと、今年の祈念式を無事に終えられたことで土地はかなり癒せたようです」

衣装を受け渡す場に来ていたフィリーネから話を聞いたようで、リーゼレータが教えてくれる。

戦いの影響が平民に出ないのであれば一安心だ。

「あとはゲルラッハを治める新しいギーベが決まれば良いですね」

「決まるのは領主会議の後になると思いますよ。こちらもギーベの交代が正式に決まるのは領主会議の後ですもの」

そんな話をしながらリーゼレータ達と衣装や装飾品を決め、騎士団の話し合いを終えたコルネリウス達から報告を聞き、クラリッサが運んでくる書類に目を通す。すぐに当日になった。

ツェント来訪の当日。そろそろ四の鐘が鳴る時刻、わたしとフェルディナンドはそれぞれの護衛騎士を連れて境界門で待機していた。まだ春だというのに暑い。エーレンフェストの初夏を思わせる気温で、太陽が近いのではないかと思うほど日差しが強い。ヴェールの文化が発達するのがよくわかる。レティーツィアの側仕えから「準備しておいた方が良いですよ」と助言を受けて、リーゼレータが準備してくれたのがありがたい。

四の鐘が鳴るのとほぼ同時に国境門が光り、門柱の扉から騎獣に乗ったツェントの側近達が次々と飛び出してくる。最終的にアナスタージウスとエグランティーヌが出てきて、エグランティーヌはグルトリスハイトを掲げて国境門を一度閉めた。

わたし達がいる境界門の屋上へ新ツェントが降り立つと、エグランティーヌとわたしを除いた皆がザッと一斉に跪く。わたしも跪こうとしたけれど、エグランティーヌが軽く手を挙げて止めた。

「時の女神ドレッファングーアの糸は交わり、こうしてお目見えすることが叶いましたね、ローゼマイン様」

「領主会議前のお忙しい時にご足労いただき、まことに恐れ入ります、エグランティーヌ様」

エグランティーヌの面差しが少し変わっていた。穏やかそうな微笑みはあまり変化がないように見えるけれど、眼差(まなざ)しが凛(りん)としていて今までのふわふわとしたお姫様らしい雰囲気が消えた。

……短時間でこれだけ雰囲気が変わるなんて、ツェントのお仕事は本当に大変なんだろうな。

「ツェント・エグランティーヌ、本日の予定はすでにお伝えしている通りです。転移陣で城へ向かうので、こちらにどうぞ」

フェルディナンドの声に思考が途切れた。わたしは境界門の屋上に予めコピペしておいた転移陣に手を触れる。魔法陣が浮かび上がったことに驚きの声を上げた中央の騎士達に転移陣へ移ってもらい、城へ移動した。


アレキサンドリアらしいお魚をたくさん使った昼食を終えると、領主執務室へ移動した。側仕えにお茶を淹れてもらい、フェルディナンドが範囲指定の盗聴防止の魔術具を作動させる。範囲内にいるのは、エグランティーヌ、アナスタージウス、フェルディナンド、わたしの四人だけだ。

「大変素晴らしいお食事でした。領主会議などで何度かアーレンスバッハの食事をいただいたことがあるのですけれど、ずいぶんと風味が違うので驚きました」

「アーレンスバッハの者達には悪いのですけれど、香辛料が強すぎるとわたくしが食べられないのです。今は食材をエーレンフェストの調理法で料理して、香辛料を少しずつ加えて新しい味を探しているところなのですよ」

エグランティーヌだけではなく、アナスタージウスも満足してくれたようで、雰囲気が穏やかだ。そんなにおいしいと思ってくれたのか、とちょっと感動していると「ここ数日間、エグランティーヌの食欲が落ちていたが、今日は食が進んだようだ」と言ってエグランティーヌを見つめている。

……アナスタージウス様は相変わらずエグランティーヌ様のことしか見てないね。

ちょっと呆れるところもあるけれど、面差しの変わったエグランティーヌをアナスタージウスが心配するのもわかる。

「ツェントのお仕事は大変でしょうからね」

「……ええ。今まで見えなかったもの、見ずに済ませてきたものを短期間にたくさん見ました。わたくし、フェルディナンド様やローゼマイン様に謝らなければならないことがたくさんあることに気付いたのですよ」

フッと微笑むエグランティーヌの言葉に胸が痛くなる。今更謝られても過去は変えられないと思う気持ちと、また信用したくなる気持ちが同時に浮かんできた。そんなわたしの心を見透かすように、フェルディナンドがニコリと微笑む。

「最高神にも過去を変えることは不可能ですが、神々の御加護により未来をより良きものに変えることは可能ではございませんか。そのためにもこちらの書類に承認のサインをお願いします」

謝罪で過去は変わらないからわかりやすい誠意を見せろ、とヤクザのような意味合いのことを言いながらフェルディナンドが婚約と領主会議への同行の承認を求める。

フェルディナンドの差し出した書類に目を通していたエグランティーヌが頬に手を当ててコテリと首を傾げた。

「ローゼマイン様とフェルディナンド様の婚約は王命によるものですから、廃するのではない限りわたくしの承認は必要ございませんけれど……」

「そちらは婚約が王命であることを証明する書類です。ツェントが代わっても王命が無効ではないことを周知する際、他領の貴族達への説明を容易にするためにも承認をいただきたく存じます」

フェルディナンドの言葉にエグランティーヌはまだ納得していないような表情をしつつ、書類にスティロでサインしていく。

「書類にサインするくらいは構いません。でも、わたくし、本日のお招きは星結びの儀式を早める相談だと思っていたのですが……」

「はい⁉」

エグランティーヌが突然何を言い出したのかわからなくて、わたしは目を見開いた。

「ローゼマイン様に宿った神々の御力を消すために冬の到来を早めたのですから、星結びの儀式を早めたいというご相談ではないのですか？」

……ぎゃーっ！　やっぱり誤解されてる！

「冬なんて到来していませんっ！　違うのです、エグランティーヌ様！」

「ローゼマイン、落ち着きなさい」

「このような誤解をされて落ち着けませんよ。だって、そんな……」

完全に誤解されている上に、星結びの儀式を早めたいと考えていると思われるなんて恥ずかしすぎるではないか。落ち着けと言われても、どうすれば落ち着けるのか。わたしはこういう時にどうすればいいのかわからない。

「エグランティーヌ様、私は冬の到来を早めていません。数種類の薬を使ってローゼマインを染めました。ご存じでしょうが、冬の到来ではあれほど短時間に染まりません」

「確かに驚くほど短時間でしたね」

……ねぇ、止めて！　冬の到来を話題にするの、ホントに止めて！

頭を抱えているのはわたしだけではなかったようだ。アナスタージウスが慌てた様子でエグランティーヌを止める。

「誤解だったのであれば、星結びの儀式はローゼマインの成人後でよかろう。この話は終わりだ。染まる早さなどこれ以上話題にするのではない！」

夫に止められたエグランティーヌが「そうですね」と微笑む。

「お二人は王命による婚約を受け入れるようですけれど、トラオクヴァール様から下された王命はそれだけではございませんよね？　レティーツィア様の件はどうなさるおつもりですか？　フェルディナンド様がレティーツィア様の教育係となり、彼女を次期アウブ・アーレンスバッハにするというのがもう一つの王命ではございませんか？」

エグランティーヌの問いに、わたしもフェルディナンドへ視線を向ける。彼がレティーツィアをどのように遇したいと考えているのか知りたいと思っていたのだ。

「アレキサンドリアがアーレンスバッハの慣習を引き継ぐ必要はないので、我々はローゼマインがアウブに就任した後もレティーツィアを領主候補生として遇するつもりです。そして、私は王命通り、教育係として次期アウブに相応しい教育を受けさせるつもりですし、星結びの儀式の後で養子縁組をしても構わないと考えています」

貴族として生活するためには後ろ盾が必要になる。レティーツィアが領主候補生としての義務を果たすならば養子縁組をするし、次期アウブに相応しい実力があれば跡継ぎに据えても構わないとフェルディナンドは考えているらしい。

……ひどい罰を与えるつもりじゃなくてよかった。

わたしが胸を撫で下ろしている隣で、フェルディナンドがエグランティーヌにニコリと笑う。

「ただし、アーレンスバッハが消えるため、彼女をアウブ・アーレンスバッハにせよという王命は私だけの力では実行不可能です。少なくとも私が受けた王命の中に、次期アウブ・アレキサンドリアにせよというものはございませんでした」

面倒事を丸投げする時の作り笑いだと思ったので、わたしはそのまま成り行きを見守ることにした。フェルディナンドが抱える面倒事は少ない方が良い。

「トラオクヴァール様の新しい領地をアーレンスバッハと名付けてヒルデブラント様との結婚後にレティーツィアをアウブとしたり、レティーツィアの成人後にアーレンスバッハという名の領地を作って与え、ヒルデブラント様を婿入りさせたり、王命を実行する方法はいくつかあります」

フェルディナンドが口にしたのは、どれもこれも王族に負担がかかる提案ばかりだ。アナスタージウスが少しばかり嫌な顔になった。

「フェルディナンド、実行不可能な王命として廃するという方法が抜けている」

指摘を受けたフェルディナンドが毒々しい笑みを浮かべ、アナスタージウスとエグランティーヌを見つめる。

「実行不可能な王命として廃することは簡単ですが、安易な王命の廃止は今後の王命が重みを失うことにも繋がります。トラオクヴァール様を始めとした王族の方々には、自分達が下した王命の重さというものをぜひとも背負っていただきたいものです」

……面倒事を丸投げする時の作り笑いじゃなかった。報復する時の笑顔だったよ、これ。

青ざめた二人からわたしは視線を逸らす。王族はフェルディナンドに対して色々としでかしたのだから、少しくらい報いを受けることに関しては特に何も思わない。レティーツィアに不利益がない限りは自業自得と思って王命を実行してほしいものである。

「そういえば、罪人達の取り調べは終わりましたか？」

「えぇ……。エーレンフェストやフェルディナンド様から説明があった通り、トルークが蔓延していたようですね。記憶を探っても肝心なところがわからない者が多くて難儀いたしましたけれど、一通り終了しました」

ディートリンデを始めとするアーレンスバッハの貴族達の記憶を読むのは大変だったようだ。次期ツェントになるつもりだったディートリンデは「不敬だ」と騒ぎ、エグランティーヌがグルトリスハイトを得たことを聞くと「わたくしの物を盗むなんて！」と憤慨していたらしい。記憶を読む担当者は精神的にひどく大変だったようだ。

「こちらが取り調べを終えたアーレンスバッハの貴族です。ローゼマイン様、彼等のメダルの破棄をお願いします。メダルを破棄した後は魔力を供給する者として、各領地に引き渡す予定です」

エグランティーヌの言葉にアナスタージウスが名前の書かれた紙を出した。取り調べを終えた犯罪者の名前と血判が並んでいる。

「貴族院の実技と変わらぬ。気楽にしなさい」

「……メダルの破棄を気楽になんてできませんよ」

フェルディナンドが準備させていたメダルの入った箱を睨むようにしながらわたしはシュタープを出した。自分以外の者達が盗聴防止の魔術具の範囲から出るのを待って、アナスタージウスの置いていった紙をシュタープでトンと押さえる。

「アオスヴァール」

紙に書かれた名前が光り、箱から次々とメダルが飛んでくる。それを手にして、わたしは一度きつく目を閉じてゆっくりと息を吐いた。

「グルトリスハイト」

メスティオノーラの書を出して魔法陣をコピペすれば魔法陣はすぐに完成する。盗聴防止の魔術具の範囲外で試験官を兼ねさせられているエグランティーヌがこちらを見ていた。

ツェントになったエグランティーヌは見たくないものを直視し、ツェントの重責を担(にな)っている。アウブになったわたしが罪人の処罰から逃げるわけにはいかない。

「高く亭亭たる大空を司る　最高神たる闇の神よ　世界を創りし　万物の父よ　我が闇の神シックザントラハトの名の下に　光の女神の定めを破りし者達へ　相応しき罰を」

黒い靄が出始めた魔法陣にメダルを次々と投げ込んでいく。黒い魔法陣にメダルがピタリと貼りつき、燃え始めた。

「御身が御座す　はるか高みへ続く階段を閉ざし給え」

メダルの破棄が終わったことを確認すると、エグランティーヌ達が盗聴防止の範囲に戻ってきた。

「ローゼマイン様、お見事でした。実技は合格です」

エグランティーヌの宣言に、アナスタージウスが顔を顰めてフェルディナンドを睨む。

「これを試験にするなど正気か？」

その意見には完全に同意する。だが、フェルディナンドではなく、わたしに貴族院卒業レベルの知識があり、実行が可能であることを第三者が確認しなければならなかったのも事実だ。

「これでローゼマイン様をアウブ・アレキサンドリアとして承認しても、未成年であることを理由に異議を申し立てることはできないでしょう」

貴族院を卒業していないわたしに領主の仕事などできまいと言う者を黙らせるために必要な試験なのだ。わたしの領主就任に反対したくて仕方がない人達の期待に応えられなくて申し訳ないが、わたしは約一年半前の時点でフェルディナンドから卒業までの課程を詰め込まれた上に、メスティオノーラの書を持っている。貴族院卒業から時が経って忘れていることも多い年頃の領主より詳しい自信がある。

「領地の名前はアレキサンドリアに決定したようですが、領地の色や紋章も決まっていらっしゃいますか？　領主会議の就任式でアウブに与えるマントの提出はいつになるでしょう？」

「まだ染料の調合が終わっていないので、提出は領主会議の直前になる予定です。受け渡しは側近同士で行うので、エグランティーヌ様に改めて時間を取っていただく必要はございません」

エグランティーヌの質問にフェルディナンドが答える。婚約式が終わったら貴族院で素材を採集させ、マントの染料を調合するのはわたしの仕事だ。

「わかりました。マントや紋章が完成したらお知らせくださいませ。ランツェナーヴェの館と転移陣はどうなりましたか？　そちらを確認してから、わたくし達も住まいを移すことになっています」

転移陣と、それがあった建物が消失しているかどうか確認しなければ、安心して離宮に移ることはできないとエグランティーヌは言った。

「こちらが街の設計図です。境界門までお送りしながら、新しくなったアレキサンドリアの街をご覧にいれましょう」

フェルディナンドはアーレンスバッハとアレキサンドリアの貴族街の設計図を取り出すと、ランツェナーヴェの館の場所がどこにあったのか、どのように変わったのかをエグランティーヌとアナスタージウスに説明し始める。完全にランツェナーヴェの館がなくなり、離宮との繋がりが消えたことを二人は確認しなければならないのだ。


騎獣に乗り込んで新しい街の上空を駆けた。わたしは新しくできた城で生活を始めているが、護衛騎士達の負担を減らすために領主の居住区域に籠もっている。こうしてエントヴィッケルンを終えたアレキサンドリアの街を上空から見るのは初めてだ。

……まだエントヴィッケルンが終わっているのは一部なんだよね。

城、図書館、研究所を中心にした貴族街と、神殿や平民達の中心施設が集まる辺りだけだ。平民達の負担を減らすため、少しずつ進めていく予定だからだ。

「この一角にランツェナーヴェの館がございました」

フェルディナンドが指差す先をアナスタージウスが地図と照合して確認した。ランツェナーヴェの館があった場所はすでに貴族街の一部になっている。

「転移陣も消えていますね」

エグランティーヌがグルトリスハイトを使って人を転移させる魔法陣が存在しないことを確認すると、今回の訪問目的は達成だ。

街の上空をぐるりと巡ると、そのまま境界門へ向かう。

「本当にこの短時間でエントヴィッケルンを終えたのだな。一部とはいえ大変だったであろう」

境界門へ一度降り立つと、街を見て回ったアナスタージウスが感心したような声を出した。エグランティーヌが「ローゼマイン様の優秀さがよくわかるでしょう？」と微笑んで頷く。

「わたくしではなく、全ての調整を行ってくださったフェルディナンド様が優秀なのですよ。わたくしは言われるままに実行しただけなのです」

「あら。では、図書館が中心の図書館都市をフェルディナンド様が設計されたのですか？」

よほど意外だったのか、エグランティーヌが目を丸くした。

「そうです。いつもわたくしの望みを実現可能な形にしてくださるのはフェルディナンド様ですから。わたくしのフェルディナンド様はすごいでしょう」

わたしが自慢して胸を張ると、エグランティーヌがフェルディナンドを見上げてクスクスと笑う。フェルディナンドが嫌そうに顔を顰めたけれど、お構いなしで褒め続ける。

「お二人が造っていくアレキサンドリアをまた訪れたいものですね」

「その頃には平民達の過ごすところもエントヴィッケルンが全て終わって、神殿教室が始まっているかもしれません。納本制度によって図書館には本が溢れるほどになっているかもしれませんし、図書館と繋がっているフェルディナンド様の研究所だけではなく、魔木、魔魚、魔獣の専門研究所もできているかもしれません」

ランツェナーヴェの館を潰し、乱闘で傷んだ貴族街を整えるために急いでエントヴィッケルンをしたけれど、まだまだやりたいことはいっぱいだ。

「どれもこれも夢物語では済ませません。全部実行するのです。ね、フェルディナンド様？」

「……いずれ、の話だ」

フェルディナンドの返答にアナスタージウスが何とも言えない表情で、エグランティーヌの肩を叩いた。

「行こう、エグランティーヌ。私はあまり長居したくない」

「あらあら、微笑ましいではありませんか」

そう言いながらもエグランティーヌは国境門を開くために魔術具のグルトリスハイトを出す。

「では、ローゼマイン様。時の女神ドレッファングーアのお導きを心待ちにしていますね」

婚約式

今日は婚約式だから、と薄く化粧が施(ほどこ)され、髪が結われていく。トゥーリの髪飾りと虹色魔石の髪飾りが挿し込まれ、シャラリと微かな音が耳元で響いた。

数人がかりで着せられた衣装は春らしい若葉が染められ、淡い緑のスカート部分に晴れた青空のような薄い布が重ねられている。薄い布を少しつまみ上げてから指を離せば、ふわりと羽のような動きを見せた。

衣装が整うと、そっとヴェールが被(かぶ)せられてピンで留められる。アーレンスバッハの慣習を引き継ぐ必要はないが、そちらの文化も尊重していくという意思を示すためだ。衣装より淡い青のヴェールは誕生季の色で、透ける布にレースで縁取りがされている様子はマリアヴェールを連想させた。

……なんかちょっと花嫁っぽい？　あ、いや、婚約式だからそんな感じなのかもしれないけど。でも、ダメだ。そういうことを意識したら恥ずかしくなってくる。

「お美しいですよ、ローゼマイン様」

「フェルディナンド様もさぞ驚かれることでしょう」

リーゼレータとグレーティアの指示で側仕え候補の女性達が化粧道具を片付けたり、衣装や靴を準備したりしている中、クラリッサが部屋に入ってきた。

「続々と貴族達が城へ集まってきています、ローゼマイン様。ギーベは全員到着したそうですよ。新しいお城の中を見回っている者もいるようです」

「急な決定ですから、ギーベ達には出席してもしなくても構わないと言ったのですけれど……」

あまり人が多いのも緊張する。内輪でそっと済ませたいけれど、さすがにアウブになる者の婚約式に領地の貴族を招待しないわけにはいかない。

「まぁ！　新たなアウブというだけではなく、領地全てを癒した女神の化身を見られる貴重な機会ですもの。それを逃す者などいるはずがございません！」

クラリッサが鼻息も荒く主張するが、そこを重視するのはハルトムートやクラリッサだけだと思う。二人だけであってほしい。

「ねぇ、クラリッサ。養父様達は到着したのかしら？」

「はい。領主夫妻、騎士団長夫妻、ボニファティウス様がいらっしゃいました」

領主会議を控えた時期の婚約式である。いくらわたしの親とはいえ、婚約式のために何日も領地を離れることができる立場ではない。けれど、今のエーレンフェストは神々の御力が詰まった魔石が大量にある。それで転移陣を動かせれば移動日数を考えなくても良い。婚約式に参列するだけならば大丈夫と判断されたのだ。ちなみに、アレキサンドリア側からはわたしの魔石を使ってフェルディナンドが境界門まで迎えに行った。

「そうそう、ダームエルもボニファティウス様の護衛騎士として来ていますよ。残念ながら未成年はお留守番だそうです。フィリーネとユーディットにものすごく恨みがましい目で見られたと聞きました」

フィリーネ達には何かお土産(みやげ)が必要かもしれない。わたしはクラリッサにお土産を見繕ってもらえるようにお願いしておく。

「準備ができたのでしたらエーレンフェストからの客人へお披露目(ひろめ)しましょう。今の時間を逃せば、お言葉を交わすことも難しくなります。きっと領主夫妻も騎士団長夫妻もローゼマイン様に会えることを楽しみにしていらっしゃるでしょう」

レオノーレに促され、わたしはコクリと頷いた。婚約式が終わったら、皆はすぐに転移陣で帰る予定だ。アーレンスバッハとの騒乱があり、養女であるわたしがアーレンスバッハの礎を奪った上に女神の化身となって新ツェントを選出したのだ。領主会議に向けての準備が大変であることは考えなくてもわかる。

新しくできたばかりのアレキサンドリアはエーレンフェストに輪をかけて大変だ。正直なところ、アウブという立場の客人を何日ももてなす余裕がこちらにない。

「まぁ、ローゼマイン。婚約おめでとう。なんて美しいのかしら」

エルヴィーラが華やいだ声で祝ってくれると、皆が口々に今日の装いを褒めてくれる。

「えぇ、本当にエルヴィーラの言う通り。少し見ないうちにとても女性らしく綺麗(きれい)になったように思えますね」

「少し化粧をするだけでずいぶんと大人びて見えるぞ。口を開かなければ、な」

フロレンツィアにはお礼を言うけれど、ジルヴェスターのことは軽く睨む。黙っていれば立派な領主に見える人に言われたくない。

「養父様こそ口を開かないでくださいませ。せっかくのアウブの装いが台無しですよ」

「あら、ジルヴェスター様。ローゼマインの美しさはお化粧だけのせいではありませんよ。闇の神を得た光の女神の輝きなのです。……それで、ローゼマイン。どのような経緯でフェルディナンド様とお心を通わせたのです？」

……お母様、絶好調だね。目がキラキラだよ。

問いつめようとする圧が強い。わたしはエルヴィーラの目から逃れるために、その隣に立っているカルステッドに声をかける。

「今日のお父様は騎士の装いではないのですね」

「其方の実父という立場で婚約式に参加するからだ。それにしても、娘の婚約式というのは何とも複雑な気分になるものだな。息子達の時とずいぶん違う。子が無事に成長したことが誇らしいだけだったし、綺麗に装った息子の婚約者を見ても感慨深い思いは抱かなかったのだが……」

そこで一度言葉を切ったカルステッドがフッと笑った。

「あぁ、それでもツェントの養女となって中央へ行くと決まった時よりはフェルディナンドと共にいる方がよほど安心でき……」

「うおぉぉぉ、私は全く安心できぬ！　ローゼマイン！　何故だ⁉　何故フェルディナンドなのだ⁉　他にもいるであろう⁉」

「父上、往生際が悪すぎます！」

カルステッドと協力し、ボニファティウスの護衛騎士達が必死に止めようとしているが、全く止まっていない。

「父上がうるさくして済まぬ。留守番をさせる予定だったのだが……。一日くらいならば自分達が留守番できるのでボニファティウス様も行けばいい、とヴィルフリート様がおっしゃってな」

わたしが女神の化身として新しいツェントへグルトリスハイトを与える継承式に参加できず、落ち込んでいたボニファティウスをヴィルフリートが不憫に思ったらしい。その申し出により、ボニファティウスの同行が決まったそうだ。ずっと吠えるように叫んでいるボニファティウスを見ていると、「余計なことを」と思ってしまうのはわたしだけだろうか。

「其方、懸想はしておらぬと言ったではないか！　あれは嘘だったのか、ローゼマイン⁉」

「別に嘘は言っていませんよ。わたくし、フェルディナンド様に懸想していませんから」

皆が一斉に息を呑んで、ものすごい顔でこちらを振り向いた。「何を言っているのか」と無言の叫びが聞こえる気がする。皆からすごい勢いで咎められている気がして、わたしは慌てて言葉を付け加える。

「あ、あの、懸想はよくわかりませんけれど、フェルディナンド様はわたくしに男女の機微を期待していないとおっしゃいました。今まで通りで構わないから本物の家族になりたい、と。ですから、本物の家族になるために婚約するのです」

皆がじっとこちらを見ている。まだ言葉が足りないだろうか。無言の圧力を感じてわたしが思わず一歩下がると、ボニファティウスが青い瞳を厳しく光らせた。

「つまり、この婚約はフェルディナンドの希望を叶えるためだということか？　ローゼマインが幸せになれぬような婚約は……」

「違います、おじい様。わたくしの望みを叶えるためでもあります。フェルディナンド様以外にわたくしの理想を現実と擂り合わせてくださる方はいらっしゃいませんもの。それに、フェルディナンド様がいてくださるだけで安心できます。わたくし、ヴィルフリート兄様の時やジギスヴァルト王子との婚約話が持ち上がった時と違って、この婚約が嫌だとは全く思っていないのです。ですから、安心してくださいませ」

ボニファティウスとジルヴェスターが揃って頭を抱えて深々と溜息を吐いた。何か失敗したのだろうか。やはり懸想していなければ婚約や結婚をしてはダメなのだろうか。何だかジルヴェスターから「この婚約は止めておけ」と言われるような気がして、わたしは泣きたくなってきた。

「王命の婚約でもありますけれど、フェルディナンド様の研究所を作ったり、研究に必要な魔力を提供したり、おいしい料理を考えて健康的な生活を送らせたり……。わたくしにできる限りフェルディナンド様を幸せにするつもりです。それだけはお約束しますから……婚約に反対はしないでくださいませ」

沈黙が下りる中、フロレンツィアが「ジルヴェスター様、婚約式を前に不安にさせるものではございませんよ」と軽くジルヴェスターの腕を叩く。

「反対などする気はない。これまでの自分を振り返っていただけだ。……私の弟を頼む」

その後、エルヴィーラ達から婚約のお祝いを受け、側近達からも祝福を受ける。普通に祝福してくれるマティアス達と違って、ボニファティウスと一緒にエーレンフェストからやってきたダームエルは何とも微妙な顔をしている。

「非常に喜ばしいとは思いますが、フェルディナンド様とローゼマイン様がご婚約というのは何とも不思議な気分ですね。私はローゼマイン様を洗礼式前から存じているので、尚更そう感じるのかもしれません」

「あら、ダームエルとフィリーネも似たようなものでしょう？」

洗礼式の時から知っているフィリーネとの仲はどうなっているのだろうか。わたしが首を傾げると、ダームエルは「そうですね」と言いながら何度か頷いた。

……あれ？　何かあった？

今までならば「そんなことを言うとフィリーネが困りますよ」と言っていたのに反応が違う。もしかすると何か進展があったのだろうか。

「婚約おめでとう。ローゼマインがフェルディナンド様との婚約を望んでいるならば、私は兄として祝福するよ。でも、容易に流されてはダメだ。フェルディナンド様に毅然(きぜん)とした態度を取ることも時には必要だぞ」

コルネリウスが真剣な目でわたしにそう言った。その表情と内容からさすがに冬の到来を心配されていることがわかる。

「フェルディナンド様はそのようなことをしないのに、皆は心配しすぎですよ。それに、わたくしの心配をしているようですけれど、レオノーレは毅然とした態度でコルネリウス兄様に対応しているのですか？」

「……レオノーレと私のことは関係ないだろう？」

ふいっとコルネリウスはそっぽを向いて、「とにかく毅然とした態度を」と繰り返す。

……あれ、そこで視線を逸らしちゃうんだ？　へぇ。

婚約者の立場に相応しい立ち居振る舞いについてレオノーレに教えを請いたいものだ。

エーレンフェストからの来客と挨拶を終えたら側近達と大広間に移動する。そこにはすでにたくさんの貴族達が集まっていた。大領地なのでエーレンフェストよりずっと多い。これでも旧ベルケシュトックの貴族が減ったのだと思うと、今まではどれだけの人数がいたのだろうか。

……うぅ、視線が痛い。

新しいアウブとして壇に立つわたしの一挙手一投足を皆がじっと観察しているのが伝わってくる。重みを感じるほどの視線の中、わたしは婚約魔石を持つリーゼレータと護衛騎士の代表であるレオノーレを連れて壇に上がる。それ以外の側近達は下で待機だ。

「想像していたよりずっと人が多くて緊張しますね」

「フフッ、領主会議の就任式では更に多いですよ。全ての領地から貴族が集まるのですから」

準備されていた椅子に座ってリーゼレータと小声で会話していると、フェルディナンドが側近達と入場してきた。

「見覚えのない衣装ですね」

「アーレンスバッハの様式で仕立てられた衣装だと聞いています。貴族達に配慮したのでしょう」

袖口が長いので全く同じではないけれど、麗乃時代のジョージアの民族衣装に似た雰囲気の上着が彼の長身にとても似合っていると思う。深緑の上着の上にまきつける布に使われているのはエーレンフェストの新しい染め方だ。

壇の右手にわたし達がいるので、左手にフェルディナンドが婚約魔石の入った箱を持つユストクスと護衛騎士代表のエックハルトを連れて上がってきた。公(おおやけ)の場における婚約式なので、彼は見事に社交的な微笑みを浮かべている。フェルディナンドが椅子に座ると、ハルトムートが壇の中央に進み出た。

本来ならば領主一族の婚約式を取り仕切るのはアウブだが、今回はアウブであるわたしの婚約式で、わたしの親族は他領の貴族だ。そのため婚約式を側近達が取り仕切ることになった。儀式の進行といえば自分しかいないと張り切っていたのでハルトムートに任せたが、少々暴走が不安になるのはわたしだけだろうか。

「この度、王命によりローゼマイン様とフェルディナンド様の婚約が決まりました」

エグランティーヌのサインが入った書類を大きく広げ、ハルトムートが貴族達に説明を始める。

「本来ならば領主会議でツェントの承認を受け、星結びの儀式の時に婚約式を併(あわ)せて行います。けれど、今回は領主会議に向けて正式に婚約しておく必要があります。そのためツェント・エグランティーヌがご足労くださいました」

領内の各地にいて城の内情に詳しくない貴族達に向けて婚約式を急いで行う理由を説明すると、ランツェナーヴェの掃討戦(そうとうせん)から中央での戦いの決着について語り、先日の古代魔術の再現と女神の化身による大規模な癒しについての話を始めた。

……もしかして、このまま暴走しちゃう？

わたしは思わず身構えたが、ハルトムートは特に暴走しなかった。ニコリと笑って「では、魔石の交換を」とわたし達を促す。

わたしとフェルディナンドが同時に椅子から立ち上がる。わたしはリーゼレータとレオノーレを振り返って一つ頷くと、なるべく優雅に見えるように壇の中央に足を踏み出した。

一歩一歩お互いに歩み寄り、手を伸ばすと触れられるくらいの位置で足を止める。フェルディナンドがその場にゆっくりと跪くと、彼に付き従うエックハルトとユストクスも跪いて首を垂れた(こうべをたれた)。

「ローゼマイン様、こちらを」

準備が整ったことを確認したリーゼレータが魔石の入った箱を差し出してそっと丁寧に箱を開けた。わたしは箱から魔石を出して手にすると、ゆっくりと息を吸って口を開く。

「わたくしの闇の神よ。天上の最上位におわす夫婦神のお導きにより、この婚姻は決まりました」

王命による婚約だと皆に対して宣言する。そう簡単に覆せるものではないという言葉だ。

「フェアドレンナの雷と共に春を迎え、ブルーアンファが舞い踊ります。若葉が青さを増してゆく中、ライデンシャフトのお導きがございました」

後見人として教育してくれ、師匠として接してくれていたフェルディナンドへの感謝を述べ、これから先も導いてほしいという内容でローデリヒに注文を出していたはずだが、何故かブルーアンファが舞い踊っているし、最終的には闇の神の袖やマントがバッサバッサ翻っている。暗記しながら解読してみたが、どう考えてもわたしの意向に沿っているとは思えない。

けれど、側近達は婚約式に相応しいと言ったし、大広間の皆が感心していたり、ほぅと溜息を吐いていたりするので、暗記したまま突き進むしかない。即興で自分の言いたいことを神様表現できる文才など、わたしにはないのだ。

「貴方の世界を明るく照らしていくことを望み、この魔石をわたくしの闇の神に捧げます」

わたしは「貴方のマントに刺繍をさせてください」と刻まれた魔石を差し出した。お貴族様的に「家族になりましょう」と刻んでみたのだが、喜んでくれるだろうか。マントに刺繍できるのは家族だけだ。

フェルディナンドは父親からもらったマントを、神殿へ入る時ヴェローニカに取り上げられたらしい。その後、新しくジルヴェスターからもらった時は「防御が心許ない」と文句を言いつつ喜んでいた。だから、家族との繋がりを渇望する彼に、わたしは家族でなければ準備できないマントをあげたいと思ったのだ。

フェルディナンドが魔石に刻まれたわたしの言葉を見て、軽く息を呑んだ。社交的な笑みが崩れ、ほんの一瞬、幸せを噛み締めるような素の笑みで魔石を握り込む。すぐに社交的な笑みに戻ったけれど、ものすごく喜んでくれたことが一目でわかった。

ふふっと笑うと、フェルディナンドが「図案は私が決める」と口をへの字にする。もしかすると、ここは耳が赤いと指摘するところだろうか。「簡単な図案でお願いします」と言うべきだろうか。

「フェルディナンド様」

ユストクスが小声で呼びかけた。フェルディナンドが後ろをちらりと見て、丁寧にわたしの魔石を箱に入れると、代わりに自分の魔石を手にした。

「ユルゲンシュミットにグルトリスハイトをもたらした英知の女神の化身であり、私の光の女神よ。全てを呑み込む闇はどこまでも広がり、果てがありませんでした。カーオサイファのヴェールが揺れる中、私のゲドゥルリーヒが狙われているというのに、エーヴィリーベの剣が振り下ろされる時を待つことしかできぬ私の前に現れたのは、闇を照らして混沌に秩序をもたらす光の女神」

わたしの求婚を受け入れるフェルディナンドの言葉には次々と神様の名前が出てくる。手紙で書いてくれたら、ゆっくりと解読していくのだけれど、言葉ですらすらと言われると理解できない。

わたしにわかるのは神様の名前だけで、いくつもある意味の中のどれを使っているのか咄嗟にはわからないけれど、エルヴィーラが目をギラギラさせていて、女性が口元を押さえて震えているのが見えるので、かなり破壊力の強い愛の言葉を述べているらしい。

……とりあえず、闇を照らす光の女神、変化をもたらす水の女神、全ての悪意から守る風の女神、全てを受け入れる土の女神という感じで、わたしを全ての女神にたとえたのはわかったよ。うん。大袈裟(おおげさ)すぎてどこまで信用していいのかわからないけど。

「この魔石を私の光の女神に捧げます」

フェルディナンドが魔石を差し出した。わたしはそれを手に取った。全属性の魔石の中に金色の光る文字がある。

「アレキサンドリアの領地ごと君を守る」

かつて父さんに言われた言葉や約束を思い出してドクンと胸が高鳴った。フェルディナンドはできないことならば最初から口にしない。する気がないことも言わないことを知っている。だからこそ、こういうところでそんな約束をするのはずるいと思う。ずっとそばにいてくれるという確信と安心感があるのに、鼓動が速くなってきて、魔石を持つ手が震え、喉の奥が痛くなってきた。顔が紅潮して目が潤んできたのが自分でもわかる。

「フェルディナンド様……。あの、わたくし……」

何と言えばいいのかわからないけれど、自分の気持ちを伝えなければならない気分になる。けれど、言葉にならない。喉の奥、すぐそこまで言葉が来ているのに出てこない。

跪いていたフェルディナンドが立ち上がり、袖を広げるようにして今にも泣きそうなわたしの顔を皆の視線から隠すと、素早く目尻の涙を拭う。

「このようなところで泣くのではない。慰めようがなかろう」

「……狙ってこの言葉を刻んだとしか思えませんよ」

小声でやり取りしていると、歓声とも悲鳴ともつかない声が貴族達の間で上がった。予想外のことにビクッとして一瞬で涙が止まった。

「何事ですか?」

わたしは辺りを見回したが、フェルディナンドの袖しか見えない。答えを求めてフェルディナン

ドを見ると、苦い顔になっていた。

「……失敗したな」

「な、何の失敗をしたのでしょう？」

「聞くな」

……なんで⁉

フェルディナンドが溜息混じりにわたしから離れると、ハルトムートが困った顔になっていた。ユストクスが必死に笑いを堪えていて、リーゼレータは少し赤面して視線がオロオロとさまよっている。

エルヴィーラが一人だけ歓喜の笑みを浮かべてシュタープを光らせて振っているのが見える。ジルヴェスターは生暖かい笑みを浮かべていて、ボニファティウスはシュタープではなく、拳を振り上げており、カルステッドとコルネリウスを始めとした護衛騎士達が必死に押さえようとしている。

「ハルトムート、其方の仕事だ。進めよ」

フェルディナンドの言葉に、一度呼吸を整えたハルトムートが口を開く。

「正式に婚約が調ったお二人に祝福を！」

貴族達がシュタープを出し、一斉に光らせた。

アウブの宣言

「婚約式の終了に伴い、領主会議への出席者が確定しました。貴族院へ向かう者にアウブより認証のブローチの授与(じゅよ)を行います」

認証のブローチは貴族院や寮へ出入りする際に必要な魔術具だ。実際にはハルトムート達が下準備をしてフェルディナンドが作ったブローチだが、渡すのはアウブであるわたしである。

最初に自分とフェルディナンドの側近達の名前が呼ばれた。エーレンフェスト籍の側近達からは一旦回収して渡し直すことになる。こういうことは形式が大事なのだ。

「皆の助力がなければ、わたくしもフェルディナンド様も今この場にはいなかったでしょう。領主会議に新しいアウブとして出ることができなかったかもしれません」

ユストクスとエックハルトがいなければフェルディナンドは一年半アーレンスバッハで過ごせなかっただろう。アーレンスバッハで付けられた側近達がいなければ、この短期間で領地内をまとめることはできなかったはずだ。領主会議の資料作成は彼等の手によるものである。何よりわたしの側近達が躊躇(ちゅうちょ)なく動いてくれなければフェルディナンドを助けられなかった。ランツェナーヴェの掃討戦から今日まで人手不足の中で頑張ってくれている側近達を労(ねぎら)う。

「まだしばらく忙しい日が続きますが、よろしくお願いします」

側近達への授与が終わると、次は領主会議へ向かうためにシュトラールが選別した騎士団の者達、フェルディナンドが選別した文官達、ゼルギウスとフェアゼーレが選別した側仕え達の番だ。フェルディナンドがアーレンスバッハに滞在していた期間に信用できると判断した者が中心らしい。

アレキサンドリアにおけるわたしの側近を彼等の中から選ぶように言われている。どうやら罠にかけたい相手がいるようで、壇上にいる貴族達はその協力者に選ばれたそうだ。罠にかけられる者達は後々補欠的な扱いで領主会議の同行者に任命すると言っていた。わたしの安全のために色々と考えていることを知っているので、罠にはめられる可哀想な人のことは極力考えない。

……フェルディナンド様に悪巧み仲間ができてよかったよ。

フェルディナンドは何でもできるせいか、一人で突っ走ることが多い。協力者ができてよかった。これからもよろしくお願いしたいので、わたしは彼等を心から激励する。

「領主会議に向けて側仕え達は先に寮へ出入りして中を整えなければならないでしょう？　下働きの者達の選出もお任せしますね。フェルディナンド様の補佐をしてくださっていた方々なので心配はしてませんが、アウブ、領地名、領地の色など変更が多いため、今年の領主会議は大変でしょう。大領地の文官の実力に期待していますね。騎士達の強さと粘り強さは中央の戦いで共に行動してきたわたくしがよく知っていますもの。領主会議でも護衛や警備をよろしくお願いいたします」

ブローチを渡されると、領主会議が間近に迫った実感が湧いてきたようだ。どの顔も真剣そのものになっている。ランツェナーヴェの騒動があり、中央の戦いがあり、旧ベルケシュトックが切り離されたことにより、貴族の人数が大きく減った。おそらく一人一人の負担は大きいはずだ。どの顔にも疲労の色が濃い。

わたしが貴族達へブローチを渡している間に、ハルトムートからランツェナーヴェの騒動で親を失った孤児達の扱いについて説明がされた。基本的にはエーレンフェストの粛清で生じた孤児達と同じだ。

アウブであるわたしが孤児達の後見人となること。すでに洗礼式を終えている子供は神殿で青色見習いとして過ごすこと。洗礼前の子供は孤児院に入ること。魔力があって自分の魔術具を持っている子供は貴族として洗礼式を受けることが可能であること。持っていない子供もやる気と能力によっては魔術具が与えられ、孤児院から貴族に取り立てることもあり得ること。

「レティーツィア様もランツェナーヴェの騒動によって寄る辺を失った者として、他の孤児達と共に神殿で過ごしていただきます。王命による星結び後に養子縁組を予定していますが、その、わたくしが星結びの儀式を迎えるのはどれだけ早くても二年後ですから」

ざわりと貴族達が声を上げる。「レティーツィア様を領主候補生のままにしておくのか」という声と「領主候補生を神殿へ入れるなど……」という声が耳に届く。

「幼い者が神殿に出入りし、神々にお祈りを捧げることは御加護を増やすためにも必要なことです。神殿で生活し、日常的に祈りを捧げることで将来的には貴族として振るえる力は大きくなります」

領地対抗戦での研究発表や貴族院で行われる奉納式で周知されていることだ。けれど、ディートリンデの意向で碌に奉納式に参加していないアーレンスバッハの貴族には、ユルゲンシュミットで神殿や神事の見方が変わりつつあることを知らない者もいる。

「わたくしはアレキサンドリアの子供達が神々から少しでも多くの御加護を賜るために神殿への出入りと神事への参加を推奨します。同時に、身分にかかわらず均等な教育が受けられるように神殿教室を開く予定です。わたくしの目標は平民も含め、全ての領民が文字を読めるようになることですから！」

　は？　という声が聞こえたような気がするし、心なしか貴族達がポカーンとしているように見える。フェルディナンドが少し呆れた顔でコホンと咳払いした。ちょっと飛ばしすぎたらしい。わたしもコホンと咳払いをして気を取り直すと、領地の現状について説明することにした。

「皆様もご存じのように、アーレンスバッハはランツェナーヴェとの交易によって他領より優位に立ってきましたが、今回の騒動のため国境門を閉じました。ユルゲンシュミットで唯一国境門が開いている領地という優位性はなくなります」

　銀色の布や即死毒など、ユルゲンシュミットの貴族にとって危険な物をたくさん開発しているランツェナーヴェとこの先も交易を続けていきたいとは爪の先程も思わない。

「新しいツェントがグルトリスハイトを得たことから、おそらく他の国境門は近いうちに開くことになるでしょう。けれど、しばらくの間、アレキサンドリアでは国境門を開く予定はありません。今までとは逆に、唯一国境門が開かない領地になる可能性が高いと思っています」

　使用を禁じられた国境門を有するエーレンフェストを嘲笑ってきた旧アーレンスバッハの貴族にそれがどういうことなのかわからない者はいないはずだ。

「以上のことから、他領から尊重される大領地としてアレキサンドリアを育んでいくために新しい産業が必要であることはご理解いただけるでしょう」

わたしの言葉に貴族達は納得の顔を見せた。ちらりとフェルディナンドの様子を窺えば、そのまま続けても構わないというように小さく頷く。わたしは視線を前に向けた。

「エントヴィッケルンで城の敷地内に新たに建てた研究所では、有志の文官達が行っていた香辛料や砂糖をこの地で栽培するための研究が全てまとめられました。砂糖に代わる甘味を探す研究も行われる予定で、これから研究が進むことが期待されています。砂糖の栽培ができるようになれば、アレキサンドリアの優位性は上がるでしょう。けれど、これらの研究はすぐに結果が出るものではありません」

安定した供給ができるようになるまでにはかなり時間がかかる。その間、アレキサンドリアはどうしなければならないのか。

「今までわたくしは新しい産業を興してきました。それらをこちらでも行いたいと考え、アウブ・エーレンフェストより自分の専属達を移動させる許可をいただきました。製紙業、印刷業をアレキサンドリアでも行う予定ですし、新たな食事処も作るつもりです」

貴族達がざわめき、ジルヴェスター達へ視線が向けられる。他領に流すようなことではない、と貴族達が考えていることが丸わかりだ。ジルヴェスターは全く動じていない顔でコクリと頷く。

「エーレンフェストから産業を奪うのではありません。共に栄えていくために協力し合うのです。価格を下げるためには市場に多く出回る必要があるため、原材料の調達を考えると製紙業を一つの領地だけで独占するのは不可能です」

山に木がなくなってしまう。魔術で成長させることは可能だけれど、伐採(ばっさい)の度に何人もの貴族が必要になる。

「印刷業も同じです。エーレンフェスト内にはすでに複数の印刷工房がありますが、全ての工房で同じ本を印刷しているわけではございません。それぞれ別の本を印刷しているのです。アレキサンドリアに印刷工房が増えたところで、エーレンフェストの印刷業が潰れるわけではありません」

この辺りはエーレンフェストの領主夫妻に同行している側近達に聞かせるための言葉でもある。アレキサンドリアに全ての産業を奪われたと思われるのは本意ではない。

「印刷工房を増やして新しい本をたくさん作ることが大事なのです。複数の領地で印刷業を行えれば、納本制度によりわたくしの図書館はより一層充実するでしょう」

「ローゼマイン、本音が漏れている」

……失敗、失敗。ちょっと漏れちゃったね。

フェルディナンドに軽く睨まれたけれど、笑って誤魔化(ごまか)しながらわたしは続ける。

「それから、食事処についてですけれど、エーレンフェストとアレキサンドリアでは風土が違うため、全く同じ料理を作ることはできません。その土地、その土地に合わせた料理が大事なのです。アレキサンドリアでは海の幸を中心にした新しいレシピを考えるつもりです」

エーレンフェストと完全にぶつかり合うことはないと主張しつつ、わたしは貴族達を見回す。

「それらの新しい産業を支えるのは平民達です。アレキサンドリアでは平民との連携(れんけい)を取りながら産業を育てていくことになります。領地の発展のためには平民への教育が必須です」

識字率の上昇の重要性を訴え、神殿教室の大まかな計画を発表した。授業料は安いけれど、平民と共に学ぶことに難色を示す貴族が出た。

「……今はまだ皆様にご理解いただけないと存じますが、自分達と違う立場の者との交流はとても重要です。もちろん今まで通りに各家庭で教育を受けさせることを否定するつもりはありません」

教師達の仕事を奪うつもりはない。神殿教室で教育できるのは貴族院の中学年くらいまでの範囲で、魔術が関わらない座学だけだ。しかも、中級貴族ならば及第点くらいの教育しかできない。領主一族や上級貴族の教育には全然足りないのである。

「下級貴族では良い教師に巡り合えず、子供達が能力を伸ばせないこともございます。わたくしはエーレンフェストの冬の子供部屋でそれを目の当たりにしてきました。平民の教育に力を入れるのですから、当然貴族の教育にも力を入れていきたいと思っています。貴族にとっての重要な教育にお祈りが加わる以上、神殿への認識は改めていただきたいと存じます」

平民に負けるわけにはいかないという貴族のプライドがあれば勉強にも身が入るかもしれないし、神殿教室で幼い頃から平民と交流があれば将来的に役立つこともある。神殿に通ってお祈りだけでもするのは、子供にとって重要だ。

「それらの教育を、孤児院の子供達ならば無料で受けられるのですか？　アウブからの後ろ盾を得て孤児院で生活すれば貴族になれるというなら、子供を孤児院に捨てる者が出ませんか？」

そんな疑問を示す者が出た。貴族の子供を育てるのはとてもお金がかかるので、ちょっと話を聞いただけならば孤児達が非常に優遇されているように感じるかもしれない。

「わたくしは孤児達の後ろ盾ですけれど、生活にかかる費用の全てを負担するわけではありません。自力で稼いでもらいますし、彼等が働き始めたら返してもらう予定ですから」

「え？」

魔力を奉納する青色神官や青色巫女に与えられる補助金、祈念式や収穫祭への参加による作物の現物支給、自分で稼いだお金などで孤児達は生活しなければならないのだ。決して楽な生活ではない。慈悲深いと噂されているわたしだが、皆が勝手にそう思い込んでいるだけで別に慈悲深いわけではない。

「親の所業を何も知らなかった幼い子供の命を救いたいと思いますが、彼等の貴族としての生活を完璧に保障するわけではありません。貴族としての素質があれば後ろ盾になりますが、魔力が足りなかったり教育に対する成果が不十分だったりした場合、彼等は貴族ではなく青色神官や灰色神官になります」

貴族の血を引いているからといって、全員を貴族にするわけではない。それが割り切りすぎた言葉に聞こえたのか、自分達の中にある女神の化身の印象と違ったのか、場がしんと静まりかえって気まずい雰囲気になった。だが、わたしはそこで空気を読んで話を止めるつもりはない。

「少しでも彼等の生活を応援するため、エーレンフェストで行っていたのと同様にわたくしは各地のお話をアレキサンドリアでも集めるつもりです。孤児達も図書室にある本の写本をしたり、神殿教室で共に勉強する平民達から聞いたことを書き留めたり、自分達で物語を書いたりして、自力でお金を稼いでもらいます」

旧アーレンスバッハの貴族達がジルヴェスター達の様子をチラチラと窺い始めた。「もしかしてエーレンフェストでもこんな感じだったのですか?」と言いたげな顔をしているが、その程度で驚かれては困る。この辺りはエーレンフェストですでに通った道だ。アレキサンドリアの貴族達にもさっさと到達してもらいたい。

「孤児からだけではありません。ギーベの館に残された古い文献を写した物、平民達を含めて口伝で残されているお話をまとめた物、貴族院の蔵書の写し、自分達で書いた物語、研究成果をまとめた文献……。皆様からも相応の金額で買い取りましょう」

……どんどん持ち込んでくるといいよ!

わたしの言葉に貴族達が完全に驚愕の顔になってエーレンフェストの者達に視線を向けた。その視線は「止めてください」という懇願の色が濃い。だが、ジルヴェスターは「其方等のアウブだ。頑張れよ」と言わんばかりの笑顔を向けるだけでわたしを止めようとはしない。

「フェルディナンド様、止めなくてよろしいのですか?」

リーゼレータが貴族達の反応を見て、助けを求めるように視線を向けた。フェルディナンドがチラリとわたしを見た。

「フェルディナンド様、リーゼレータ。何事も最初が肝心なのです。アウブであるわたくしの目標と進む方向を皆に知ってもらい、わたくしのやり方に慣れてもらうためですもの」

ハルトムートは「ローゼマイン様のおっしゃる通りですね」と微笑んでいるけれど、フェルディナンドに嫌な顔をされてしまった。それでも、ここで止める気はさらさらない。

「フェルディナンド様が以前おっしゃったではありませんか。アーレンスバッハを潰すのも発展させるのもわたくしの好きにすれば良い、と。最初にどのような領地にするのかハッキリと宣言しておけば、貴族達も早い内に諦めがつくでしょう」

わたしにはユルゲンシュミット中の書物を自分の図書館に入れるという大きな野望がある。そのためには女神の化身という肩書を利用することも辞さない。エグランティーヌにお願いして王宮図書館に収蔵されていた蔵書を写させてもらう約束もしているくらいだ。手段を選ぶつもりなんてないし、旧アーレンスバッハの貴族達に遠慮する気もない。

「わたくし、英知の女神メスティオノーラの化身として、アレキサンドリアを図書館都市として栄えさせ、わたくしの図書館をユルゲンシュミットで最も蔵書量が多く、最も幸せな場所にするためにアウブ兼司書として全力を尽くします。共にアレキサンドリアを素晴らしい図書館都市に育てていきましょう」

わたしが声も高らかに宣言すると、ハルトムートが進み出た。

「では、皆。アレキサンドリアの発展を願い、高く亭亭たる大空を司る最高神、広く浩浩たる大地を司る五柱の大神、水の女神フリュートレーネ、火の神ライデンシャフト、風の女神シュツェーリア、土の女神ゲドゥルリーヒ、命の神エーヴィリーベ、そして英知の女神の化身であるローゼマイン様に祈りと感謝を捧げましょう」

「神に祈りを！」

半数以上の貴族達がハルトムートに合わせてビシッと祈りを捧げる。わたしも一緒に祈りを捧げた。図書館への迸る愛が祝福となって大広間に広がる中、ハルトムート達と接する機会がなかったギーベ達が揃った祈りに唖然としているのが見える。エーレンフェストの貴族達も昔は同じような顔をしていた。そのうち彼等も慣れるだろう。

研究所と図書館

「やりすぎだ、馬鹿者。貴族達の大半が置き去りにされていたぞ」

婚約式を終えてエーレンフェストからの客人の控え室に入った途端、フェルディナンドのお説教が始まった。ここにいるのはエーレンフェストの者ばかりなので、作り笑顔もなければ遠回しな表現もない。ストレートなお小言である。わたしもアウブらしさを放り出してツンと顔を背ける。

「大袈裟に言わないでくださいませ。大半ではなく半分くらいですよ。わたくしとしてはきちんとお祈りをできる貴族が予想外に多くて、ハルトムート達の教育の成果に驚きましたけれど……」

「お褒めに与り光栄です。古代魔術の復元をした際に共に祈った成果でしょう」

ハルトムートが少し照れたように、だが、誇らしそうに微笑んだ。その微笑みにわたしは思わず周囲の側近達を見回す。わたしは礎の間で魔術を行っていたので、その時に貴族達がどうしていたのか知らない。

「あの、ハルトムートは一体何をしたのですか？」

「……我々の大半も境界門に行ったり、領主の居住区域に待機したりしていたので、後から詳細を知らされたのですが……」

境界門でボニファティウスに振り回されていたコルネリウスが遠い目になりつつ教えてくれたのは、ハルトムートの指導で旧アーレンスバッハの者達が貴族も平民もまとめて強制的に祈らされていたという事実だった。

「フェルディナンド様、止めなかったのですか？」

「私は君と一緒に礎の間にいたではないか。何をどう止めるのだ？」

ジロリと睨まれて、わたしは一瞬言葉に詰まる。確かにフェルディナンドの言う通り、わたしと一緒にいたのに止められるわけがない。

「フェルディナンド様ならばハルトムートの動向を把握していそうだし、けしかけていてもおかしくないと思っただけです。平民にも祈らせるなんて大規模なことをするならば、絶対に何かしているはずですもの」

「それがわかるならば、領地内の貴族や平民が祈りを捧げたり君に感謝したりすることに何の問題もないこともわかるであろう」

……ほら、やっぱり！　フェルディナンド様も一枚噛んでた！

わたしは食ってかかろうとしたが、フェルディナンドの「今は敵が一人でも少ない方が良い。君の側近も納得するはずだ」という言葉に止められた。側近達がその言葉通りに納得の顔になったからだ。

「それよりもエーレンフェストの面々を境界門に送る方を優先させるべきではないか？　領主会議まで時間がないのは我々だけではないぞ」

エーレンフェストはランツェナーヴェとの戦いやツェントの交代に深く関わった。それだけではなく、養女であるわたしが新領地のアウブになるため、その後ろ盾として動かなければならない。領主会議の準備が例年と大違いで大忙しらしい。

「養父様、養母様、お父様、お母様、おじい様。わたくし達の婚約式にわざわざ来てくださって嬉しかったです」

「しんみりした顔をするな。どうせローゼマインはすぐに戻ってくるのだろう？」

ジルヴェスターの言葉に答えたのは、わたしではなくフェルディナンドだ。

「あぁ、明日の夕方にはローゼマインをエーレンフェストへ向かわせる」

「その際は貴族院の寮を経由させよ。普通は領地を出た者に寮の行き来などさせぬと周囲には言われたが、私は寛大だからな」

「警備や情報漏洩に関して一線を引いていない大雑把なところが気になるが、こちらは助かる」

フェルディナンドがジルヴェスターと話し始めたので、わたしはボニファティウスに付いているダームエルを呼んだ。

「何でしょう、ローゼマイン様？」

「わたくしの予定をオティーリエ達に伝えてください。領主会議までの期間に側近達の引っ越しの荷物も寮経由で運ぶ予定なので、彼等の家族にも連絡をお願いします」

「かしこまりました」

わたしは「それから」と言った後、一度言葉を止めて軽く息を吸った。この先の質問にはちょっと気合いがいる。

「ダームエルは将来的にフィリーネと一緒にアレキサンドリアへ移りますか？　わたくし、明日の出発までに旧アーレンスバッハの貴族から領主会議に連れていく側近を召し上げるように言われています。ダームエルを二年後にアレキサンドリアへ移動してくる側近として彼等に紹介しても良いのでしょうか？」

わたしの問いにダームエルはそれほど悩む様子も見せず、表情を引き締めて一つ頷いた。

「フィリーネの成人を待ち、アレキサンドリアへ共に移籍します。側近として紹介してください」

「決意してくれて嬉しいです。エーレンフェストに戻ったらフィリーネとの進展について聞かせてくださいね」

フフッと笑うと、ダームエルが気恥ずかしそうに「詳細はフィリーネに聞いてください」と視線を逸らした。

ダームエルとの話を終えると、わたし達は城の転移陣から境界門へ転移する。境界門からエーレンフェストの城へ転移していくジルヴェスター達を見送り、わたし達も城へ戻った。

「君は出発まで部屋で……」

「嫌です。今日こそわたくしの図書館やフェルディナンド様の研究所を見て回ります」

せっかくエントヴィッケルンで自分の図書館を作ったというのに、一度でも足を踏み入れたら出てこないとか、他のことが疎かになるとか、色々な理由をつけて立ち入りを禁じられていたのだ。

「婚約式が終わるまで我慢しましたし、明日の夕方にエーレンフェストへ戻るならば尚更見ておきたいです」

「……まだ図書館に本は並んでいないぞ。文官達をそちらに回す余裕はない」

「その言い方ですと、フェルディナンド様の研究所はそれなりに充実しているように聞こえますね。そちらから見学しましょう」

フェルディナンドには嫌な顔をされたけれど、わたしはウキウキとした気分で新しくできた研究所に足を踏み入れた。大きな温室に香辛料の木が並んでいて、植物園という感じがする。

「エントヴィッケルンからそれほど日が経っていないのに植物がずいぶんと多いですね」

「あちらこちらにあったものを全て転移陣で一気に運ばせたのだ」

ランツェナーヴェの横暴に腹を立てた文官達が、領地で香辛料を育てれば交易を拒絶できるのではないかと研究を始めたり、旧アーレンスバッハの領主一族に疎まれていたギーベが他領へ売り出す香辛料をこっそり育てたりしていた植物や研究成果を全て集めたらしい。

「国境門を閉ざしたアレキサンドリアがどういう形で領地の利を得るのか、領主会議で説明できる程度の研究成果が欲しいので、文官達に大急ぎで今までの研究成果をまとめさせている」

見たことがないたくさんの木が並ぶ中で、文官からこれまでの成果について報告を受けた。やはり砂糖の栽培はまだ厳しそうだ。

「温室がなければ枯れるので、大規模な栽培は難しいかもしれません。ただ、魔力を受けることで世代交代の度に少しずつ変化が見受けられます」

「代替わりで目に見える変化があるのは面白いですね。わたくしも魔力を注ぎましょうか？」

魔力を注ぐだけならば得意だ。わたしは文官達に協力を申し出たけれど、フェルディナンドに止められた。

「待ちなさい。女神を降臨させたことがある君の魔力は少々特殊だ。対照実験のためにも魔力を与える対象を限定してみたい。少し準備が必要になるので後日にしよう」

フェルディナンドがどの品種にわたしの魔力を注ぐのか、どこで魔力を注げば他に影響が出ないかなど、文官達と話し合いを始めた。

わたしはその間にユストクスに案内されて研究所内のフェルディナンドの部屋に入った。

「ラザファムがアレキサンドリアにやって来たら、ここの管理が彼の仕事になる予定です。おそらく城の部屋より過ごしやすいかと」

まだ魔術具は少ないけれど、薬品が調合できるようになっているので隠し部屋の雰囲気とよく似ている。

……側仕えが入れるから書類が綺麗に片付いてるけどね。

「それにしても、わたくしは今日初めて図書館へ入るというのに、どうしてフェルディナンド様は研究所の自室がこれだけ充実しているのでしょうね？」

エグランティーヌの来訪、婚約式、領主会議の準備で間違いなくわたしよりも忙しい日々を過ごしているはずなのに、研究室の充実っぷりに驚く。

「フェルディナンド様はきちんと寝ているのですか？」

わたしが尋ねると、ユストクスはチラリとフェルディナンドのいる方へ視線を向けて苦笑した。

「毒を受けて倒れる前に比べれば、睡眠時間は増えていますし、薬の量も減ってきています。ローゼマイン様と共に摂るので、昼食と夕食は必ず食べるようになりました。良い傾向です。領主会議が終わればもう少し落ち着くでしょう」

……「ローゼマイン様」か。

わたしの微妙な顔に気付いたのか、ユストクスが「呼び方に慣れませんか？」と小さく笑う。

「リヒャルダと同じように、姫様と呼んでいたのはユストクスだけでしたから……」

「正式な婚約を済ませた方を、姫様と呼んでいてはその母上に叱(しか)られます」

明らかに面白がっているユストクスを睨んでも全く効果なしだ。フェルディナンドの呼び方を変えたリヒャルダを知っているから文句を言うつもりはないけれど、ちょっと距離ができたようで寂しい気がする。

「そういえば、エックハルト兄様はアンゲリカとのお話をどうなさるのですか？　領主会議までに結論を出すように、とお母様がおっしゃったでしょう？」

実は、エックハルトとアンゲリカの婚約話が再度浮上したのだ。主が二人ともアレキサンドリアに落ち着くことになり、婚約したのだから二人も復縁すればどうか、と。これにはボニファティウスが全力で賛成していた。

「エックハルト兄様とアンゲリカは仕事の姿勢など気が合う部分もありますからね。でも、アンゲリカの気持ちも一応確認してくださいませ」

わたしがそう言うと、エックハルトは「そうだな」と頷き、アンゲリカに向き直る。

「其方はどうしたいのだ？　まだ私はフェルディナンド様を陥れたアーレンスバッハの貴族を許していない。縁談を持ち込まれるのを防ぐには其方と結婚するのがちょうど良いと思う」

「先日わたくしも弱い騎士から申し出を受けて、何と言って断れば角が立たないのか考えるのが面倒だったのでちょうど良いと思います」

……え？　ちょっと待って。あっという間に話し合いが終わったよ⁉

事の顛末を聞いたらエルヴィーラがガッカリしそうなあっさり具合で二人は再び婚約することに決めてしまった。「お姉様らしいこと」とリーゼレータが微笑んでいるけれど、そんな理由で決めてしまっていいのだろうか。

「あら、ローゼマイン様と同じではございませんか？　お姉様も懸想はしていないけれど、弱い騎士の方はお断りしたくて、エックハルト様とのお話はお断りしないのですから」

「……そう言われてみればそうですね」

何となくアンゲリカと一緒にされるのは釈然としない。わたしは一応フェルディナンドと家族になりたいと思ったし、ここまであっさりと結婚を決めたわけではないのだ。

むぅっと唇を尖らせながら、わたしはフェルディナンドの部屋を出る。

「フェルディナンド様、わたくし図書館へ向かいますね」

エントヴィッケルンが終わってまだ日が浅く、温室以外はほとんどが空室の研究所を見ても別に楽しくない。フェルディナンドの部屋の位置だけ覚えれば十分だ。

……図書館はもっと空っぽなんだけど。

研究所の渡り廊下を歩いているうちにフェルディナンドが追い付いてきた。ユストクスが鍵を開けてくれたので図書館へ入る。

「わぁ！」

本棚にはまだ一冊も本が入っていないけれど、写真で見たり、脳内に思い浮かべたりしていた大英博物館閲覧室のような図書館が目の前にあることに感動する。ぶわっと祝福が飛び出したけれど、今更図書館に興奮するわたしを気にする者はここにはいない。

「この図書館はすごいのですよ。天井が半球状になっていて、窓がずらりと並んでいるでしょう？採光性をできる限り高めているのですけれど、同時に、本にはできるだけ日が当たらないように壁がぐるっと本棚になっているのです」

明かりをつける魔術具はあるけれど、図書館で日常的に使うには魔力の無駄だと却下されるのが今のアレキサンドリアの実情である。そのため、図書館の設計は日光の利用を最大限に活かすものにしたのである。

「天井の下、放射線状に閲覧机があることでどの机にも光がほぼ均等に当たるのです。貴族院の図書館のキャレルのように時間帯や位置によって採光性に大きく差が出るということがありません。

そして、あの中心には貴族院の図書館と同じように魔術具があり、閉館時間を光で示すことになっています」

わたしはこの図書館の素晴らしさを語りながら、放射状にある閲覧机の中心部分を指差した。

「わたくし、あそこをオパックやケンサクの待機場所にする予定で……」

「待ちなさい。耳慣れない言葉が出てきたが、何の話だ？」

フェルディナンドに咎められて、わたしは首を傾げる。

「検索を専用とする図書館の魔術具の名前です。これだけの広さですし、壁と本棚が同化していて人の手では取れないところも多いので、複数の魔術具が必要でしょう？」

コルネリウスが「まだその名前を諦めていなかったのか」と肩を落とした。とても機能がわかりやすい名前だと思うが、フェルディナンドにも「耳慣れず、響きが美しくない」と却下された。特にケンサクがダメらしい。

「アーレンスバッハの城にあった本はそれほど多くない。魔術具はしばらく一体あれば十分だと思うぞ」

「検索用と、本の無断持ち出しをしたり図書館で暴れたりするような不心得者を追い出す警備用を別に作るつもりなのです。どのくらい必要でしょうね」

クラリッサが恐る恐るという感じで挙手する。

「数はともかく、エーレンフェストの防衛のために作った魔術具よりは攻撃力を控えめにしましょう、ローゼマイン様」

「……構いませんけれど、改良するのはクラリッサかハルトムートかライムントに頼みますよ」

「その点はお任せくださいませ」

クラリッサだけではなく、ライムントも請け負ってくれる。この図書館に合わせて最適な機能になるように改良してくれるそうだ。

「それにしても、これだけ大きな図書館を作ったところで収納する本がありませんよ。もっと狭くてもよかったのでは？」

ライムントが広大な図書館を見回しながらそう言った。エントヴィッケルンには多大な魔力が必要なのに、無駄に思えて仕方がないそうだ。

「人間が作った構造で本より長持ちする物はない、とアイアンクィルも言っています。いくら余裕があるように見えても、いずれ本が入りきらなくなるのです。わたくしはその日が今から楽しみです」

この図書館から本が溢れるくらいになる頃には、平民の識字率も上がっているはずだ。今度は平民のための図書館を作ってもいいし、貴族街の端に新しく図書館を増設してもいい。貴族ならば騎獣で簡単に移動できるし、物を転移させる転移陣を設置しておけば、別館からの本の貸し出しはそれほど大変ではないはずだ。

そんな話をしながら閲覧室を横切り、研究所への渡り廊下から図書館のエントランスへ移動する。そこから司書達の部屋のある棟へ向かった。階段を上がったところにある扉の前でハルトムートが足を止める。

「こちらがローゼマイン様のお部屋になります」

まだ何も入っていない部屋に案内される。ここに家具を入れて、いずれ図書館で暮らせるようにする予定だ。

「本を読むための机と椅子、寝そべるための長椅子は必須ですね」

「図書館で興奮しすぎたり、作業して疲れて倒れたりした時のために、本を読むための机と椅子より寝台の準備を優先すべきではないか」

フェルディナンドに指摘されて、側近達が揃って頷く。何だか相変わらずフェルディナンドも側近達も過保護である。

「長椅子さえあれば大丈夫だと思うのですけれどね……」

生活できるように色々な設備があることを確認し、どこからどこまで整備するのかリーゼレータに問われる。

「基本的な生活は城でするので、しばらくは本を読むための机と椅子があれば他は特に必要ないと思いますよ」

「いつでも使えるように、初めにきちんと整えなさい。君はそういうところを面倒がって疎かにするから、いざという時に何の準備もできていなくて慌てることになるのだ。君が神殿へ入ってきた当初、家からの通いだから必要ないと寝台に布団を準備していない中で倒れて、皆を慌てさせたことを忘れたのか？」

フェルディナンドがはるか昔のことを例に出すと、顔色を変えた側仕え達がわたしの部屋を整えるための話し合いを始めた。

「ローゼマイン、ここに隠し部屋を作っておくぞ」

「……わざわざ隠し部屋を作らなくても、お部屋だけで十分だと思うのですけれど?」

「君にとって大事なものをこの図書館に入れるためには必要なのだ」

フェルディナンドに急き立てられ、わたしは隠し部屋を作る。壁に赤い魔石を押し付けるフェルディナンドの手に自分の手を重ねて魔力を流し、二人分の魔力を登録した。

「隠し部屋へ二人で入るのはお待ちくださいっ!」

ハッとしたコルネリウスが慌てて叫んだ時にはフェルディナンドに手を引かれて、わたしは隠し部屋の中にいた。

「またコルネリウス兄様に叱られますよ、わたくし」

「今度脅して黙らせておくので安心しなさい」

「ちょっと待ってください。全く安心できません。脅さなくても良いですから!」

わたしが必死に止めると、フェルディナンドはフンと鼻を鳴らし、メスティオノーラの書を出して転移陣を設置し始めた。隠し部屋に設置される、人が移動するための転移陣の使い道は一つしか思い浮かばない。

「フェルディナンド様。この転移陣……もしかして……」

「……平民の街にある君の部屋に繋がるようにしている。君の家族に繋がる扉のようなものだ」

完成した転移陣を見下ろす。跪いて触れれば魔力が通って魔法陣が光った。城と貴族院の寮のように行き先を限定している転移陣だ。

「この先に家族の家があるのですか？」

「あぁ。エーレンフェストから彼等に移動してもらわねばならぬし、予定の摺り合わせなどもあるので、いつでもというわけにはいかぬと思うが、君が帰るための道だ」

わたしがアウブでなくなり、城で生活することがなくなってもその道が消えないように、フェルディナンドは図書館の部屋に隠し部屋を作り、メスティオノーラの書でなければ使えない転移陣を設置してくれた。

「領主会議が終わり、彼等の引っ越しが終わり、執務がある程度落ち着いてからだ。おそらく季節一つ分は後になるが……」

転移陣の設置だけではなく、具体的なスケジュールまでできているらしい。胸の奥が熱くなった。自分と一緒にいてくれるのがこの人でよかったと思う。

わたしは魔法陣から手を離して立ち上がると、フェルディナンドに抱きついた。

「……一緒に行きましょうね。わたくしが家族に会いに行く時は、フェルディナンド様も一緒ですよ」

「いや、私は……家族の時間を過ごす上で邪魔になるので良い」

やや狼狽えた様子で離れようとするフェルディナンドを睨み、わたしは抱きついた腕に力を込める。

「邪魔なんかじゃありません」

「ローゼマイン、離れなさい」

家族関係には後ろ向きの言動をすることが多いフェルディナンドを離したくない。

「嫌です。一緒に行ってくれると言うまで離しません」

「貴族である私が行けば、君の家族が困るではないか。気を遣わせるだけだ。それに、私がいれば君も家族に甘え難いであろう？」

視線を逸らして溜息混じりにそう言われ、わたしは言葉に詰まる。わたしから見たフェルディナンドと平民の目で見たフェルディナンドは違う。それはわかっているし、実際に彼が家に行ったら家族は驚くし、気を遣うだろう。けれど、わたしはフェルディナンドと婚約したのだ。

「貴族の家族は婚約式に出席してくれたけど、下町の家族は婚約式に出られないし、わたしが婚約したことを知らないじゃないですか。わたし、ちゃんと家族に紹介したいです。フェルディナンド様のことを、わたしが結婚する人だって。……わたしの家族に紹介されるのは嫌ですか？」

じっと見上げていると、少し視線を下げたフェルディナンドと目が合った。

しばらくの逡巡（しゅんじゅん）の後、フェルディナンドは「……嫌ではない」と抵抗を諦めたように目を伏せる。

口元がほんの少し綻んでいるように見えた。

エーレンフェストへ

「君はこちらを確認しておきなさい」

図書館や研究所の見学を終えて領主居住区域にある自室に戻るや否や、わたしはフェルディナンドに「エーレンフェストでやることリスト」を渡された。書かれている内容の半分ほどは以前に聞いていた通りだ。

「本当にわたくしがエーレンフェストへ戻っても大丈夫なのですか？」

「問題ない。そもそも君と側近達がエーレンフェスト防衛戦の後でこちらへ来たのは中央の戦いのためだ。問題が解決するまでの数日間だけ滞在する予定で準備したのではなかったか？」

確かに数日間の予定で荷物を準備させた。引っ越しには到底足りていない。わたしだけではなく側近達にも生活の場を移すための準備期間は必要だ。

「君達は元々中央へ移動するための準備をしていたようだが、行き先が変更された。あまりにも急だ。家族や親族との話し合いが必要な者もいるに違いない。……王の養女の側近として中央へ移動するのと、敵として攻め込んできた領地へ新しいアウブの側近として移動するのでは、周囲の受け取り方が全く違うからな」

わたしにとっては移動時期が同じなので行き先が変わっても問題ないという認識だったし、生活水準が明らかに下がる王の養女より新しい図書館を自分で作れるアウブの方がよほど嬉しい。けれど、それは側近達やその親族には当てはまらないようだ。

「城や神殿にある隠し部屋の閉鎖、それから君に譲った図書館の片付けと鍵の返却も必要だ」

「うぅ、わたくしの図書館がなくなるなんて……。ローゼマイン図書館エーレンフェスト支所として置いておけませんか？」

「馬鹿者。あの建物はアウブが所有し、領主一族が成人したら与えられる館の一つだ。アウブ・アレキサンドリアになる君が、自分が住むわけでもないのにエーレンフェストの領主一族の館を占有するつもりか？　傲慢で強欲にも程があるぞ」

ちょっと言ってみただけだが、予想よりずっと強い口調で怒られた。

「フェルディナンド様だって、お城に自室があって館に住むわけではない未成年のわたくしに譲ったではありませんか。わたくしも領主一族の誰かに譲れば……」

「状況が違う。私は図書室の本を餌にして君に譲れば、城へ移動させるより自分の荷物とラザファムの安全性を確保できるとわかっていたし、当時の君はヴィルフリートと婚約していてずっとエーレンフェストにいるはずだった」

当時は聖典の盗難事件が起こった直後で、旧ヴェローニカ派の粛清を控えていた。ゲオルギーネの手駒が容易に入り込める城に置くよりわたしに館を譲る方が安全だとフェルディナンドが考え、ジルヴェスターが許可を出したそうだ。

「だが、今は別に荷物をエーレンフェストに置いておかなければならない状況ではないし、その館の管理に人手を割く意味もない。そもそも館の管理を誰にさせるつもりだ？　ヴェローニカに目をつけられていて逃げ場所が必要だったラザファムと違って、普通の領主一族の側近は一人だけ城勤めから外されたら主に冷遇されていると考えるであろう」

「図書館に住めるなんて最高ですのに……」

「君を基準に考えるのではない。館を譲れば、そこにある本の所有者も館を譲られた相手になる。

城の図書室に本を移動させられて、館を閉鎖されても文句は言えぬぞ」

館にある本を貸すのは構わないけれど、所有者が変わるのは嫌だ。強欲で傲慢と言われても、わたしは少しでも多くの本を自分の物にしたい。

「ハァ、図書館が減るのは悲しいですけれど、きちんと片付けるしかありませんね」

しょんぼりしているわたしの前にフェルディナンドが手を差し出した。意味がわからなくて、わたしは首を傾げつつ彼の手から顔へ視線を上げていく。

「何でしょう？」

「先程渡した婚約魔石をこちらに渡しなさい。明日の出発までにネックレスに加工しておく」

「魔石の状態で渡されたので、婚約魔石は自分で好みの形にするのかと思っていました」

婚約した女性は誰もがしているネックレスだが、婚約式で渡された時は魔石のままだった。後から加工するならば最初からネックレスにして渡せばいいのに……と思いつつ、わたしはリーゼレータに声をかけて婚約魔石をフェルディナンドに渡してもらう。

「婚約式では魔石に刻まれた言葉をお互いに確認することが大事なのだ。加工すると見えなくなることも多いので魔石の形で渡す。婚約魔石はそこから滲み出ている魔力を肌に触れさせて、相手の魔力に少しずつ慣れるための魔術具なので、ネックレスに加工する際は相手の魔力で作った金属の飾りや鎖を使う。知らないか？」

「初めて知りました。わたくし、そういう教育は受けていませんね。ヴィルフリート兄様と婚約していましたが、魔石の交換もしませんでしたし……」

「婚約の年齢が幼すぎたからな。二人に魔力感知が発現すれば魔石の交換を行ったはずだ」

それより先に婚約が解消されたということだろう。ヴィルフリートとの婚約は終わったことだが、フェルディナンドとは婚約したばかりだ。貴族の常識というか婚約に関する知識が全くないのは困る。わたしはそう訴えたが、フェルディナンドは少し眉間に皺を刻んだ。

「必要性は理解するが、婚約魔石に関する知識が領主会議や就任式より重要だとは思えぬ。その辺りの教育は追々考えるとして、加工はどうする？　強いこだわりがあるならば別に自分でネックレスに加工しても構わぬが、今の君には難しいのではないか？　好みの形や取り入れたい意匠があれば考慮するが……」

「その辺りにこだわりはありません。でも、ただでさえ忙しいのに明日の出発までに作る必要がありますか？　領主会議までにできれば良いでしょう？」

魔石に触れることが怖いので、わたしはできるだけ婚約魔石を身につけるのを後回しにするつもりだった。わたしはすでにフェルディナンドの魔力で染まっているし、エーレンフェスト側では婚約式を行ったことが知れ渡っているので、ネックレスへの加工を急ぐ必要はないと思う。

「婚約式を終えた女性が城内を歩くならば必要だ。魔術具としての特性上、完全に肌に触れない形状にはできぬが、なるべく魔石が目に触れ難いデザインにするので、着けておきなさい」

フェルディナンドが絶対に拒否を許さない目をしている。わたしがいくら反抗しようとしても無駄だ。言いくるめられるに決まっている。それに自分で魔石を加工するのも怖い。任せられるならば任せたいのが本音だ。

「フェルディナンド様にお任せします。でも、忙しいのに無理はしないでくださいね」

わたしとしてはできていなくても問題なかったけれど、転移陣の控えの間へ見送りにやって来たフェルディナンドの手にはネックレスの形になった婚約魔石があった。荷物やわたしの側近達が順番に寮へ転移していく中、フェルディナンドは箱に入れられたネックレスを見せてくれる。

「ローゼマイン、こちらを」

金属の繊細(せんさい)な飾りが大きな虹色魔石を程良く隠してくれているデザインだ。婚約魔石であることはわかるけれど、わたしが怖くならない絶妙な塩梅(あんばい)である。細かい金属の細工が美しく、わたしと違ってセンスが良い。お任せして正解だった。

「わぁ、よくこれだけ細かいものをたった一日で作りましたね」

わたしが感心していると、フェルディナンドがそれを手に取った。着けてくれるのだろうと判断して、わたしは椅子に座ったまま彼に背を向けるように体の向きを変えて後ろ髪をまとめて退(ど)ける。

ヒヤリとした金属と肌に触れる魔石の感覚に一瞬ビクリと体が跳ねた。けれど、そこから漏れている魔力は自分と同質で肌に馴染んでいるため、金属が体温に馴染むと存在が気にならなくなってくる。

指先でネックレスに触れてみた。魔石より先に金属に指が触れるので、予想していたより魔石の恐怖を感じない。

「不快感はないか?」

フェルディナンドが周囲を見回してから尋ねる。わたしも自分の周囲にいるのがエーレンフェスト出身の者達だけになっていることを確認してから頷く。

「大丈夫です。フェルディナンド様の魔力が滲み出ているせいか、普通の魔石より怖くありません」

フェルディナンドが「そうか」と満足そうに頷いた。

今日の出発までにわたしは旧アーレンスバッハの貴族から側近を新しく召し上げた。フェルディナンドが先に選別した者達の中から選んだだけだが、魔石恐怖症のことは領主会議が終わった後に教えることになっている。周囲に知らない人が急に増えると、自室であっても緊張する場面がどうしても増える。本音を言うとエーレンフェストに戻れるのはありがたい。

「ローゼマイン様、他の側近達は全員転移しました。我々も行きましょう」

転移陣の間で側近達に指示を出していたコルネリウスに声をかけられ、わたしは立ち上がる。

「染料の調合と紋章の清書は早急に終えるように。終わったら一報を入れてくれ」

「わかりました。フェルディナンド様も何かあれば連絡してくださいね。わたくし、すぐに戻りますから」

寮を使って行き来すればアレキサンドリアへ戻るのは簡単だ。わたしが笑顔でそう言うと、フェルディナンドは顔を顰めて首を横に振った。

「行き来は容易だが、君は就任式が終わるまでアレキサンドリアへ戻ってはならない」

エーレンフェストですべきことをするために戻るだけのつもりだった。まさかアレキサンドリアへの立ち入りを禁じられるとは思わなかった。

「どうして戻ってはならないのですか？　わたくしがアウブですのに」

「だからだ。領主会議までにアーレンスバッハの悪習が残らないように破壊したい。そのためにもお人好しで他者の訴え全てに耳を傾けようとする君は邪魔だ」

　始まりの庭でジェルヴァージオに同情したことを例に出され、わたしは「うぐぅ……」と小さく唸る。旧アーレンスバッハの実情を理解しないまま、「可哀想」とか「そういう事情があるなら」とか最高権力者であるアウブに感情だけで発言されると迷惑だと言われれば反論できない。

「わかりました。領主会議までは城に戻りません。でも、悪くない風習もあると思うので、その点は気を付けてくださいね」

「あぁ、執務ではエーレンフェストより優れた面もある。それは把握している」

　わたしが変な口出しをしたら進むものも進まなくなるし、発言によって起こった変化の全てに責任を負わなければならなくなる。フェルディナンドは徹底して就任式が終わるまでのことは、わたしではなく旧アーレンスバッハの責任として片付けるつもりなのだ。

　……色々と罠を仕掛けるんだろうな。フェルディナンド様がやりすぎなきゃいいけど。

「気になるのはわかるが、君が関知してはならない。それより領地の地理や産業に関する勉強をしておきなさい。教材は今日送った荷物に入っているはずだ」

　わたしや側近達は旧アーレンスバッハの貴族ならば当たり前に知っているはずの地理や主要産業に関する知識がない。わたしはレティーツィアが使っていた教材を譲り受けて領主会議までに勉強することになっている。

……新しい教科書だよ。いやっふぅ！

「リーゼレータ、ローゼマインに教材を与えるのは、ツェントにマントと紋章の提出を終えた後だ。くれぐれも順番を間違えないように」

「フェルディナンド様、失礼ですよ。わたくしだって一応優先順位くらいはわかっています」

「一応と口にする時点で注意が必要ではないか。ローゼマイン、就任式の日はお茶会室まで迎えに行く。それまでは頼むから問題を起こさないように」

そう言いながらフェルディナンドの手がするりと頬を撫でた。昔ならば頬をつねられていた場面である。きっと頬のお肉がなくなってつまめなくなったに違いない。成長したわたしの勝利だ。

「では、いってきます。フェルディナンド様も食事と睡眠を大事にしてくださいね」

フェルディナンドにちょっとしたお小言を返すと、わたしはリーゼレータとコルネリウスと一緒に転移陣に乗り込んだ。


貴族院の寮へ転移すると、転移陣の控えの間には先に転移していたわたしの側近達が見えた。

「エーレンフェストに到着の知らせを……」

「先程オルドナンツを飛ばしました。グレーティア達はお茶会室で待機中です」

ハルトムートの言葉にわたしは頷くと、彼等を伴って移動し、お茶会室に入った。

すぐにエーレンフェストの側近達がお茶会室にやって来た。ダームエル、フィリーネ、オティーリエ、ベルティルデ、ユーディットの五人だ。見慣れた顔だけではなく、旧アーレンスバッハ貴族の新入り側近達もいることに緊張しているのが伝わってくる。

「ここにいる者は全員わたくしの側近です。就任式までの間、連絡のやり取りなどで顔を合わせることもあるでしょう。お互いに顔と名前を覚えてくださいませ。中でもダームエルとフィリーネは将来的にアレキサンドリアへの移籍を予定しています」

わたしはそれぞれの側近達を紹介する中でダームエルとフィリーネにアレキサンドリアの認証のブローチを渡す。

「貴族院を通って行き来が可能な期間、二人にはわたくしの側近としてアレキサンドリアの寮と城へ出入りすることを許可します。フィリーネは貴族院の期間、わたくしの側近として動く場面もあるのでお互いに交流を大事にしてくださいね」

側近同士の自己紹介を終えると、わたしは全員の顔を見回した。これからここで側近達は今後の仕事の分担や引っ越しの時期について話をすることになっている。

「側近同士での話し合いにわたくしは不要でしょうから先にエーレンフェストへ移動しますね。ユーディット、オティーリエ、ベルティルデ。行きましょう」

わたし達はアレキサンドリアのお茶会室を出ると、エーレンフェストのお茶会室から寮へ入って転移陣の間へ歩いていく。ユーディットがチラリと後ろを振り返って、そっと息を吐いた。

「フィリーネやダームエルが羨ましいです。わたくしも皆と一緒にアレキサンドリアへ行きたいのにお父様には反対されていますし……」

中央ならば「婚約者によっては考えても良い」くらいの態度だったのに、行き先がアレキサンドリアになると「絶対に反対」になったらしい。

「親の立場から考えれば当然ですよ、ユーディット。親や親族のいない場所で結婚や子育てをするのは簡単ではありませんから。遠くへ行ってしまうと手助けもしてあげられませんもの。親の目が届く範囲内にいてほしいと思うのは不思議なことではないでしょう」

　オティーリエが苦笑した。子供の洗礼式が終わるまで、よほど親しくない者には子供の存在を隠すのが貴族社会だ。女性も外に出にくく、閉ざされた世界で生活することになる。夫がどのような人なのか、その親族と上手く付き合っていけるのか、全くわからないところへ嫁に出すのは心配で仕方ないと親の立場から意見してくれる。

「まだ安定していない土地に未婚の娘を出すのは、親の心情としては難しいと思いますよ」

「オティーリエもハルトムートを出すのは心配ですか？」

「ユーディットとは別の方向で心配ですね。ハルトムートはあの通りの性格でローゼマイン様至上主義ですから、周囲のご迷惑を考えると……」

　優秀だが暴走するし、突然わたしに関する賛美を滔々と語り始めるハルトムートの姿が思い浮かんで、皆が一様に納得の表情になる。

「ダンケルフェルガー出身のクラリッサが婚約者に決まっていますし、殿方は仕事に没頭できる環境であれば何とかなるので生活面での心配は特にしていません。けれど、ユーディットのご家族は心配するでしょう。男女の性差は大きいです」

せめて信頼できる親族がいれば別だけれど、アレキサンドリアは元アーレンスバッハ。エーレンフェストに攻め込んできた貴族がいる土地である。これからの関係を強化するためにアウブの側近は婚姻相手として望まれるが、別の視点で見るとアウブにとっての人質にもなり得る。

「ローゼマイン様にお仕えしたい気持ちはわかりますけれど、ユーディットはわたくしと一緒にお姉様にお仕えしてくださいませ」

ベルティルデがユーディットの手を取ってそう言った。彼女もエーレンフェストに残る側近仲間が欲しいのだろう。

「その方がご家族も安心ですし、わたくしもお姉様も嬉しいです。それにローゼマイン様が残したものを守る者だって必要だとお姉様やシャルロッテ様はおっしゃいました。それだってローゼマイン様の側近のお役目だと思いませんか？」

一生懸命にユーディットを勧誘するベルティルデの様子を微笑ましそうに見ていたオティーリエが、真面目な表情で改めてわたしを見た。

「子育てに関しては経験してみなければわからないことも多いので、まだ若くて未婚のローゼマイン様に多くを望むのは酷かもしれません。けれど、エーレンフェストを離れて貴女に仕える女性側近達の将来に関してはよく気にかけてあげてくださいませ」

「わかりました」

転移陣でエーレンフェストへ移動すると、ヴィルフリート、シャルロッテ、メルヒオールが出迎えに来てくれていた。

「おかえりなさいませ、お姉様。お父様達は領主会議の準備が忙しいので、わたくし達だけのお出迎えになりますが、お許しください。本来ならば他領のアウブとなるお姉様を出迎えるために領主夫妻が出るべきなのですけれど……」

「気にしないでください、シャルロッテ。忙しい中、わざわざ婚約式に来てくださったのですもの。それに、わたくしはまだ正式に就任式を終えていないので、アウブではなく養父様の養女です。お気遣いなく」

婚約式のためにスケジュールを空けてくれた領主夫妻に城への出迎えまでしてほしいと言うつもりはない。正直なところ、三人が出迎えてくれるとも思っていなかったくらいだ。

皆で北の離れに向かって歩き始めると、微妙な顔をしていたヴィルフリートが口を開いた。

「ローゼマインが婚約魔石を着けていると、変な感じだな」

「変な感じとはどういう意味ですか、ヴィルフリート兄様？」

ヴィルフリートの一言で周囲の視線が婚約魔石に向けられる。何となく注目されたくなくて、わたしは手で婚約魔石を隠した。

「あの叔父上が本当に其方と婚約したのだと思うと変な感じがしないか？　本音を言うと、叔父上が其方の婚約者になって安心した。其方の暴走も少しはマシになるだろう」

「あら、フェルディナンド様の暴走に比べたら、わたくしなんて可愛(かわい)いものですよ」

ヴィルフリートは王族との話し合いや継承の儀式での暴走具合を知らないからそんなことを言え

るのだ。王族を脅しまくるし、エアヴェルミーンに攻撃するし、フェルディナンドはやりたい放題だった。

「自覚的にやる叔父上と、何も考えていない其方では違うだろう。どちらにせよ、ローゼマインはジギスヴァルト王子より叔父上の方が……」

「お兄様、ジギスヴァルト様とお呼びしなければなりませんよ。ツェントはグルトリスハイトの継承と就任式を終えて交代しました。呼称を間違えるとツェント・エグランティーヌに対する不敬になります」

シャルロッテの指摘が入る。トラオクヴァールがツェントでなくなったため、ジギスヴァルトやアナスタージウス、ヒルデブラントはもう王の子ではない。名前や敬称に変化があるのだ。

「少し間違えただけではないか」

「その少しが大きな問題に発展することがあるのです」

兄姉の言い合いから視線を外してメルヒオールがわたしを見上げた。

「ローゼマイン姉上が私も継承の儀式を観覧できるように口添えしてくださったと父上や母上から聞きました。私も参加できて嬉しかったです。継承の儀式は本当に素晴らしかったですね。ローゼマイン姉上から漂う女神の御力が講堂全体に広がっていました」

メルヒオールが興奮気味に儀式の思い出を語る。入学前の子供にも特別に許可が出た初めての貴族院、光の柱が伸びていく奉納舞、動いた祭壇、女神の化身から与えられるグルトリスハイト。

……あれ？　そんな儀式だったっけ？　入場前からお守りの魔石がピカピカ光り始めて、何とか

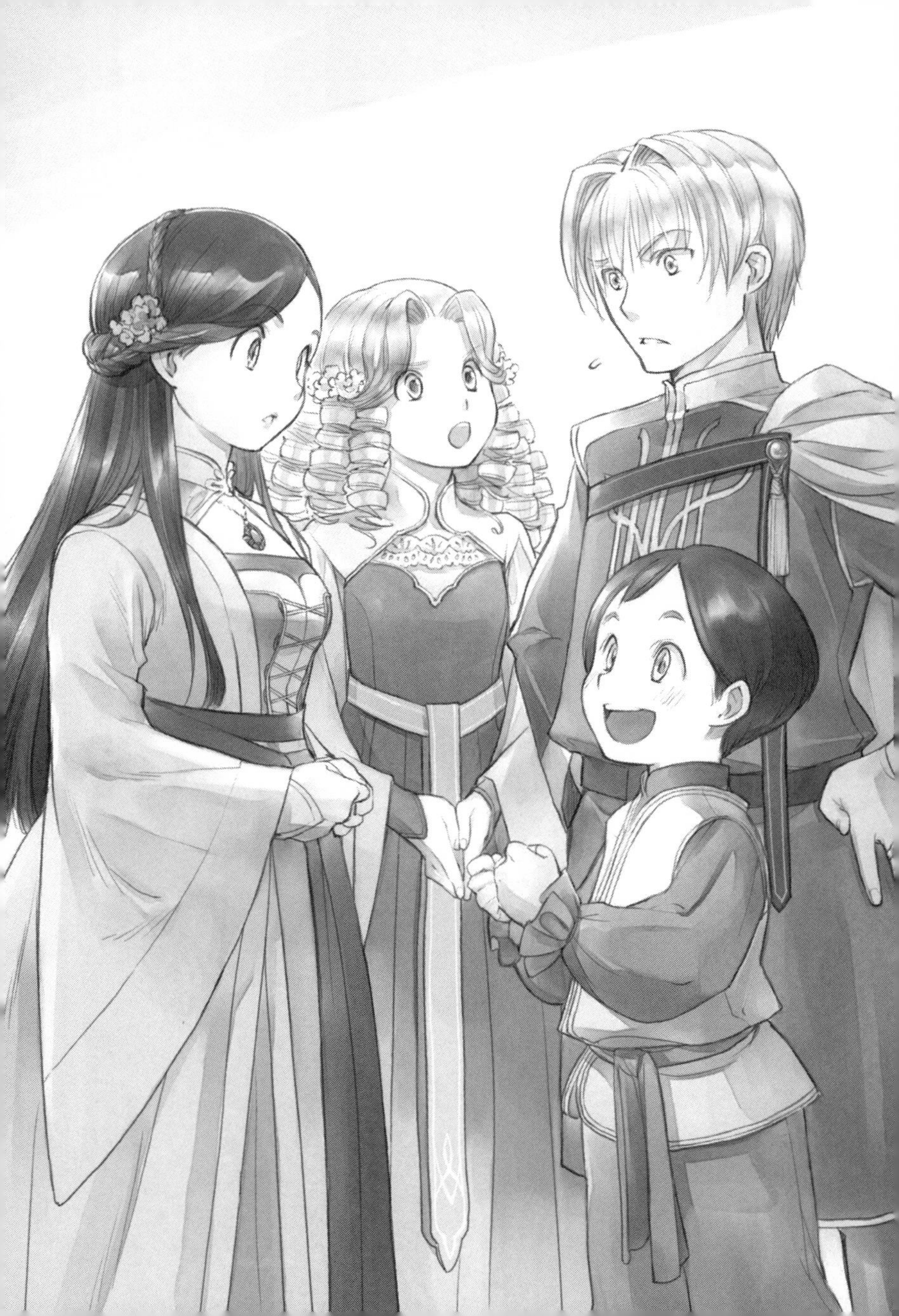

舞い終わったら始まりの庭に強制転移させられて、神々の御力を流し込まれて大変だった記憶しかわたしにはないんだけど……。

メルヒオールの語る儀式の様子はわたしの記憶とずいぶん違うけれど、神秘的に見えていたならばよかったと思う。儀式としては大成功だ。

「こちらの神殿の様子はどうですか？　フィリーネは祈念式から戻ったようですが、全員終わったのですか？」

「まだあと二人が戻っていませんが、順調です。私も農村で祈って、昨日戻ったばかりです」

エーレンフェスト防衛戦の影響で少し祈念式の時期は遅れたけれど、順調に予定は進んでいて、ゲルラッハやイルクナーなど、戦いの起こった土地にも神官達は無事に派遣されたらしい。

「旧ベルケシュトックのギーベ達に奪われた魔力が戻って、祈念式を無事に行えたので、今年の収穫も何とかなりそうです」

去年より収穫量は落ちるだろうと予測されているけれど、平民が生活できないような荒れ具合ではないようだ。わたしはホッと安堵の息を吐いた。

話がちょうど途切れたところで「あの、お姉様」とシャルロッテが声をかけてきた。

「突然の行き先変更についてグーテンベルク達に話をしていないのではございませんか？　アウブからの命令でブリュンヒルデが設計図の確認のために招集したところ、ずいぶんと驚いていたようです。改めてお話をしなくて大丈夫でしょうか？」

中央からアレキサンドリアにちょっと行き先が変わっただけというわたしの感覚は通用しないと

フェルディナンドに言われたところだ。脳裏にベンノの怒り顔が思い浮かぶ。

……こんな土壇場で行き先変更なんて、ベンノさんに怒られるっ！　ひぃっ！　どうしよう⁉

「養父様から伝えてほしいとは言いましたが、わたくしからは話をしていませんね」

わたしがアレキサンドリアのアウブになると決めた時がエーレンフェストを離れる直前だった。中央の戦いや王族との話し合いなどバタバタしていてエーレンフェストにいられる時間がなかったのだ。ベンノ達に伝える時間なんてなかった。けれど、それはわたしの事情だ。振り回される彼等が大変であることに変わりはない。

「メルヒオール、ツェントへの提出物を揃えたら連絡するので、グーテンベルク達を神殿に集めてくれますか？　その時にわたくしから改めて報告します」

「それは構いませんが、神殿へ来るならば神官達の手続きもした方が良いですよ。フィリーネに聞いたのですが、確か神殿の側仕えを新領地へ連れていきたいのでしょう？　彼等の買い取り手続きや移動手段の手配をしなければならないとカジミアールが言っていました」

メルヒオールの指摘に、わたしは頷いた。それはフェルディナンドに渡されている「やることリスト」にも載っている。フラン達の主であるわたしがしなければならないことだ。

「商人達との話し合いの日に手続きも行いたいと思います。メルヒオールから神官長に書類を準備するようにお願いしてくれますか？」

「任せてください」

メルヒオールが胸を張って請け負ってくれた時、北の離れに繋がる渡り廊下に到着した。

「お姉様、側近達が順次引っ越しをするために寮を行き来することは聞きました。お姉様のご予定は決まっていますか？」

「明日はわたくしの図書館へ行きます。マントの染料を調合しなければならないのです」

「あぁ、基本色の染料か。初代の領主は大変だな」

貴族院の領主候補生コースで習っているヴィルフリートが納得の声を出した。まだ習っていないシャルロッテとメルヒオールが目を瞬かせる。

「基本色の染料とは何ですか？」

「領地の色を決めるための染料だ。エーレンフェストの色はメルヒオールも知っているだろう？魔術具として調合することで、下地の色合いに関係なくマントやタペストリーの色を完全に変えられるらしい。様々な領地の者がいる建領時に必要な物だと習った」

どんな色のマントであっても同じ色に染めるための魔術具の染料だ。これがあれば魔法陣の刺繍などをそのままに、新しい領地のマントにできる。

「マントは平民の染色職人が染めるのだと思っていました」

「新しい領地になったからといって、新しい色のマントを全ての貴族にすぐに与えられないのですよ。布を準備するのも、染色するのも時間がかかりますから。でも、貴族院の新入生に与えられる新しいマントは平民の染色職人が染めたものになりますよ。その染色職人がお手本にする基本色をアウブが準備するのです」

下地がどんな色でも全く同じに染められる染料なので基本色と言われるのだ。それを手本にして平民の染色職人が色を作ると習った。

「婚姻で他領へ移動する時に基本色の染料を使えば、それまでの刺繍が無駄にならないのに新しいマントを購入しますよね？　何故でしょう？」

「基本色の染料にはその領地特有の素材を使わなければならないし、調合も複雑だ。上級貴族や領主一族でなければ基本色の染料を作るのは難しいと思うぞ。下級や中級の貴族は新しいマントに刺繍をする方が早いと考えるのではないか？」

「悪事に使われないように基本色の染料のレシピを非公開にして、マントの売買を管理している領地もありますからね」

シャルロッテの疑問にヴィルフリートとわたしが答える。

「新しいマントはツェントから与えられると聞いていましたけれど、ローゼマイン姉上が準備するのですね」

「えぇ。エーレンフェストでマントを一枚買って、調合した染料で染めてツェントに提出するように言われています。それを就任式で新領地の色として賜るのですよ。紋章の清書と提出書類はハルトムートが筆頭文官として作成すると張り切っています」

最初は紋章もわたしが清書するつもりだったが、「絶対にローゼマインにやらせてはならない」とフェルディナンドに禁じられた。紋章に入っている図書館の魔術具の意匠をこっそりレッサー君にしてやろうと考えたのを見抜かれてしまったせいだ。ぐぬぅ。

「領主会議まで大変ですね。頑張ってくださいね、ローゼマイン姉上」

「必要ならば協力するぞ」

自室に戻るメルヒオールやヴィルフリートと手を振って別れると、わたしはシャルロッテと階段を上がっていく。

「お姉様、領主会議までにやることが多くて大変だと思いますが、エルヴィーラのところには必ず顔を出してくださいね。その……アウレーリアと会話する場所も必要でしょうし、エルヴィーラと親子の時間を取れるのは今だけでしょうから、とお母様が……」

わたしはコクリと頷いた。アウレーリアにとっては辛い話になるだろうけれど、避けて通れないことはわかっている。必ずエルヴィーラに連絡を入れると約束してシャルロッテと別れると、わたしは自室に入った。

「おかえりなさいませ」

部屋で出迎えてくれたのはリヒャルダだった。ジルヴェスターの命令で、城にいる間はわたしの側近として動いてくれるらしい。

「リーゼレータとグレーティアが引っ越し準備でお側につけないならば、人手が足りないでしょう？　ブリュンヒルデ様も最後まで側仕えとしてお仕えしたいとお望みでしたが、成人したアウブの婚約者として領主会議でもお役目がありますから」

エーレンフェストには成人している領主一族が少ない。領主会議は原則として成人しか参加できないため、ブリュンヒルデはアウブの婚約者としてやることがたくさんあるようだ。

……貴族院の寮でわたしに付いていてくれたのは、本当に特別だったんだな。

「明日からの予定ですが、姫様は……あぁ、失礼いたしました。婚約したのでもう姫様ではございませんね、ローゼマイン様は……」

「リヒャルダ、わたくし、婚約式が終わるとすぐユストクスに呼び方を変えられて少し寂しかったのです。もうこの先わたくしを姫様と呼ぶ者はいなくなるでしょう？　わたくしがエーレンフェストにいる今だけで良いですから、領主会議でアウブ・アレキサンドリアになるまでは姫様と呼んでもらえませんか？」

わたしがお願いすると、リヒャルダは少し考え込み、不承不承というように息を吐いた後、諦めたように微笑んだ。

「仕方のない姫様ですこと。……でも、このお部屋の中だけですよ。外では示しが付きません」

リヒャルダの譲歩にわたしは嬉しくなった。エーレンフェストに帰ってきたという実感が湧いてくるのと同時に、最後の「姫様」の期間だと実感する。早くアレキサンドリアの新しい図書館に本を詰め込みたい気持ちと、エーレンフェストで過ごせる最後の時間を惜しむ気持ちがごちゃ混ぜだ。何だかじっとしていられなくて、わたしはフェルディナンドに渡されている「やることリスト」を手に取った。

「リヒャルダ。わたくし、エーレンフェストでやることがたくさんあるのです」

「えぇ。手紙での連絡があったので存じていますが、今日はその確認をするだけですよ。予想より姫様のお戻りが遅かったので、夕食まで時間があまりございません。護衛騎士も少ないので、彼等が戻るまで勝手な行動は慎んでくださいませ」

今までと全く変わらないリヒャルダの声に何だか力が抜ける。

「わたくし、リヒャルダのお茶を飲みたいです。そうすれば何だか落ち着ける気がして……」

「フフッ……。お任せくださいませ、姫様」

基本色の調合

わたしはリヒャルダの淹れてくれたお茶を飲みながら今後の予定を側仕え達と相談する。

「オティーリエ、お母様にわたくしがエーレンフェストに戻っていること、染料の調合などを終えたら実家へ行くこと、アウレーリアとお話しすることがあると伝えてくれるかしら？」

「かしこまりました」

「姫様、明日は図書館へ行くと伺いましたが、あちらの荷物はどのような状態でしょう？　荷物を運び出す下働きや馬車を手配した方がよろしいですか？」

「明日は調合が優先です。荷物の片付けは始めますが、運び出しはラザファムと相談して後日に行うつもりです」

「神殿のお部屋はどうなっていますか？」

「元々領主会議を機に出ることになっていたので、ある程度は片付いています。最終的な運び出しの日は神殿へ行く日に決めるつもりです」

神殿や図書館の荷物も引き上げなければならないし、城の部屋にある荷物の運び出しも行わなければならない。季節違いの衣装はいつから運び出すのか、いくつか届いている新しい衣装に問題がないか確認するのをいつにするのか、決めることは多い。

「ただいま戻りました、ローゼマイン様」

話し合いながらどんどんと予定を入れていると、アレキサンドリアでの顔合わせと打ち合わせを終えた側近達が戻ってきた。

「コルネリウス、ハルトムート、ローデリヒはアレキサンドリアに残りました。マティアスやラウレンツと入れ替わりでコルネリウスが、クラリッサと入れ替わりでハルトムートが戻ってくることになっています」

レオノーレの報告があまりにも意外で、わたしは目を丸くしてクラリッサに視線を向けた。明日から基本色の染料の調合や新領地の紋章の清書をする予定だ。わたしの筆頭文官として絶対に自分がやると言っていたハルトムートがアレキサンドリアに残るとは思わなかった。

「クラリッサ、あのハルトムートが戻らないなんて何があったのですか？　誰が明日からの調合や清書をするのです？」

「調合補佐や紋章の清書はわたくしが担当することになりました。ハルトムートはローゼマイン様の筆頭文官であるために、今は領主会議までにできるだけ多くの資料に当たりたいそうです」

昨日わたしは領主会議のために旧アーレンスバッハ貴族から新しい側近を召し上げた。エーレンフェストから来たばかりのわたし達には土地の基礎知識がない。それを補える側近候補として敵意がなく危険がないとされた貴族をフェルディナンドや側近達が厳選し、わたしが指名したのだ。その中にはフェルディナンドの執務を補佐していた先代領主ギーゼルフリートの文官達がいる。

「ハルトムートが高い能力を持っていることは周知の事実です。けれど、アレキサンドリアの文官として考えると、領地に関する基礎知識が全くありません。他領と交渉する上で自領の知識がない文官ではアウブのお役に立てないのです」

どう考えても今年はハルトムートがわたしの筆頭文官として領主会議に行くのは難しいし、さすがに年齢や領地の基礎知識を考えると、数年間は筆頭文官を名乗れないだろうと言われたそうだ。

……今までが特殊な状況だったからね。

普通ならば十代のハルトムートが筆頭文官になることはない。普通は領主一族が側近を決める際、親によって文官見習いの教育係を兼ねた三十代から四十代くらいの筆頭文官が付けられるからだ。だが、わたしの場合は洗礼式で突然養子縁組が発表されたこと、平民出身で信用できる貴族の選別に時間がかかること、わたしが神殿育ちの上に養子縁組後も神殿に出入りするため貴族達が忌避したこと、印刷業を進める中で従来の文官のやり方をわたしが嫌ったこと、ユレーヴェで約二年間意識がなかったこと、後見人のフェルディナンドが教育係を兼ねていたことなど、様々な理由が積み重なって年嵩（としかさ）の文官が付けられていなかった。

けれど、それはアレキサンドリアでは通用しない。わたし達には基礎知識がないし、フェルディナンドは後見人ではなく婚約者になってしまったし、神殿への出入りが忌避される空気は薄まっている。何より新しいアウブの側近になりたい貴族は多いのだ。

「ハルトムートに筆頭文官としての力量が今の時点で足りないのは仕方ないことでしょう？　だからこそフェルディナンド様は基本色の染料の調合や紋章の清書をさせようと考えたのではありませんか」

　ハルトムートがわたしの筆頭文官としての面子(メンツ)を保てるように、フェルディナンドは初代アウブがこなさなければならないエーレンフェストでの作業を任せたのだと思う。

「エーレンフェストで新領地の準備をするか、今回の領主会議で文官としてアウブの側に付くための勉強を優先するか、ハルトムート本人もずいぶん考え込んでいました。最終的に、初回の領主会議で文官としてアウブのお側に付けなければ、周囲に筆頭文官として認めさせられないと判断したようです」

　ディートリンデの我儘(わがまま)で左遷(させん)されたり、有益な提案が却下されたりしていたから優秀な文官達が活躍できなかっただけで、大領地だった旧アーレンスバッハには優秀な貴族も多いそうだ。その中で領地の基礎知識もなく、年若いハルトムートがアウブの筆頭文官を名乗るのは非常に難しい。それでも彼はどうしても周囲に認めさせたいようだ。

「ハルトムートが決めたのでしたら、わたくしは応援します。あまり無理をしないようにクラリッサからも言ってくださいね」

「ローゼマイン様からの応援があれば、ハルトムートはきっとやり遂げますよ」

クラリッサは嬉しそうに笑ったけれど、息子の様子を聞いたオティーリエは呆れ顔になった。

「そういう事情があればハルトムートは領主会議までほんの一時も惜しむでしょう。引っ越し準備はどうするつもりなのかしら？」

「隠し部屋の閉鎖もあるので、おそらく一度は戻ってくると思いますが、短時間になるはずです。どうしてもハルトムートでなければできないこと以外は家族に任せると言っていましたから」

引っ越し準備を任されたオティーリエは困った顔になった。

「十年後に筆頭文官になることを目指せば良いのに、本当にあの子は……」

「それができないのがハルトムートなのです。仕方がありませんわ。わたくし、できるだけ補佐するつもりです」

苦笑するクラリッサに、オティーリエが「世話をかけますね」と肩を落とす。

「コルネリウスも戻っていませんが、ハルトムートと同じ理由ですか？　しばらくはシュトラールに騎士団長を任せるのが適当だと納得していたと思ったのですけれど……」

普通はアウブの筆頭護衛騎士が騎士団長を務める。騎士団長は騎士達の名前と顔を覚え、貴族の血縁関係や派閥をある程度把握しなければ、指示を出すこともできないし、従ってもらえない。いくらわたしの護衛騎士としては年長のコルネリウスであっても、エーレンフェストからやって来ていきなり騎士団長は無理だ。

誰を騎士団長に任命するか様々な意見が出る中で「やはり気心の知れている兄に騎士団長を務めてもらった方がアウブも安心では？」という意見が強かったため、一年半アーレンスバッハにいたエックハルトに騎士団長に就任してもらう案も出た。

だが、騎士団長はアウブの筆頭護衛騎士だ。主を変更しなければならない。貴族達がエックハルトに打診したところ、「どのような理由があろうとも、フェルディナンド様以外に仕える気はない。ローゼマインに私の主が務まると思っているのか？」と断固拒否された。フェルディナンドの護衛騎士に戻るために背中から刺されそうで、わたしだってエックハルトの主なんて怖くて嫌だ。

そんなやり取りの結果、シュトラールがフェルディナンドの側近を抜けてわたしの護衛騎士となり、騎士団長に返り咲いたのである。

「コルネリウスはシュトラールが騎士団長になることに納得していますよ。彼が残るのはエーレンフェスト籍のローゼマイン様の側近が完全に不在になるのを避けた方が良いという判断によるものです。情報収集や連絡役は絶対に必要ですから」

コルネリウスをエーレンフェストに戻したければ、早く引っ越し準備を終えなければならないとレオノーレは言った。マティアスが腕を組んで何度か頷く。

「私とラウレンツは騎士寮の一室を片付けるだけなので、それほど時間がかかりません。なるべく早く移動するつもりです。コルネリウスは貴族街に実家がありますが、レオノーレは騎士寮だけではなくライゼガングの実家の部屋を片付けるので大変だと思います」

「コルネリウスとレオノーレには結婚後のためにエックハルト様から譲られた館もあるのでは？」

ラウレンツがニッと笑うと、レオノーレが軽く息を吐いた。

「元々中央へ移動する予定だったのですから、実家や譲られた館はほとんど片付いています。けれど、騎士寮の部屋はまだ片付け始めたところですし、隠し部屋の閉鎖をしたり親兄弟や親族へ挨拶をしたりするためにライゼガングへ一度帰らなければなりません」

本来ならば本格的な引っ越し準備をする時期を戦いに費やしたのだ。削られた時間の中で様々なことを終わらせなければならない。わたしはかなり大変なことを側近達に強(し)いている。

「あの、レオノーレ。わたくし……」

「ローゼマイン様が気に病むことではございません。準備期間としてお休みをいただければ、それで十分です」

「それはもちろん構いません。それでも……」

「普通は中央以外の他領へ移動する際は馬車を使って荷物を運ぶのに、わたくし達の移動には寮の転移陣を使わせていただけるのです。ずいぶんと楽なのですよ」

レオノーレはわたしを宥(なだ)めながら「ローゼマイン様こそ城、図書館、実家、神殿と片付けるところが多くて大変でしょう」と笑った。わたしこそ側仕え達に任せきりなので、自分でやることはない。わたしが動いたら怒られる。

「皆に時間がないことはわかりますが、一斉に引っ越し準備で休むと姫様の護衛騎士が不足するのではありませんか？」

「大丈夫です、リヒャルダ。アンゲリカは隠し部屋を片付けるために一日休むだけで、それ以外は護衛騎士として頑張ってくれることになっていますから」

「え？　アンゲリカの引っ越し準備はそれほど簡単に終わるのですか？　さすがにたった一日で全

てを終えるのは無理だと思いますけれど」

アンゲリカの実家は貴族街にあるので、レオノーレに比べれば時間はかからないと思うけれど、荷物をまとめようとすればそれなりにお休みが必要なはずだ。

「ご安心ください、ローゼマイン様。わたくしは隠し部屋から荷物を出して閉鎖したら、後はリーゼレータと家の側仕え達が何とかしてくれます」

キリッとした顔で言っているけれど、多分アンゲリカがいる方が進まないのだろう。そう思っていたら、わたしの考えを見通したようにリーゼレータが苦笑した。

「お姉様の代わりに、わたくしが少し長めにお休みをいただきますね」

「二人分の準備は大変でしょうけれど、頑張ってくださいね」

何人もの側近達が引っ越し準備で休む中、わたしは朝食を終えるとすぐに図書館へ移動した。護衛騎士としてダームエルとユーディットが、文官としてクラリッサとフィリーネが、側仕えとしてオティーリエとベルティルデが同行している。

「おかえりなさいませ、ローゼマイン様。フェルディナンド様の荷物はいつでも運び出せますよ」

ラザファムはフェルディナンドに名を捧げている下級側仕えだが、戦闘力が足りないためエーレンフェストで待機を命じられていた。アーレンスバッハからアレキサンドリアに変わったことで早く移動したくて仕方がないようだ。

「ただいま戻りました、ラザファム。フェルディナンド様からの伝言です。これを覚え次第アレキサンドリアへ移動しろ、ですって」

わたしは新領地の認証のブローチと、ユストクスが作成した書類をラザファムに渡す。書類にはアレキサンドリア特有の植物や鉱物、それらに由来する毒の情報が詰まっている。同じものが旧アーレンスバッハ出身の側近達にも配られ、早急に覚えるように命じられたらしい。フェルディナンドが領主一族の側近に求める危機管理能力に驚いていたそうだ。

わたしの側近達も教育中だと聞いている。リーゼレータやグレーティアは「アーレンスバッハで生活してきた彼等のおかげで楽をさせていただいています」と言うけれど、わたしは新しい土地の見知らぬ動植物にそこまで警戒が必要だと思っていなかった。

「ここに載っているのは最低限だそうです。これを覚えなければ毒見も任せられないとユストクスが言っていましたよ」

「ずいぶんと詳細な情報があるのですね。城で執務漬けと伺っていましたが、領地全域の主要な物を把握しているように見えます」

パラパラと書類を見たラザファムが不思議そうにそう言う。気持ちはわかる。わたしも預かった時はよくそんなに情報を集める時間があったなと思ったものだ。

「その情報を仕入れたのは去年の祈念式だそうです。ディートリンデに祈念式を押しつけられて、領地内を回ったことは伝えたでしょう？　お土産の素材もいただきましたし……」

去年、手紙でフェルディナンド達が祈念式を命じられたと知らされた時は、「エーレンフェスト籍の彼等にアーレンスバッハの神事を押しつけるなんてひどい」とわたしは憤(いきどお)っていた。けれど、彼等はそれを絶好の機会と捉えたようで、その土地特有の動植物や魔物の把握、ギーベの人となりを確認することに努めていたらしい。

「祈念式のお土産に調合素材ではなく、こちらの情報をいただきたかったです。これだけあると、すぐには移動できませんよ。領主会議の直前までかかりそうです。まるでローゼマイン様の調合や引っ越し準備が終わるまで目を離すなと言わんばかりの……」

言葉の途中でラザファムが何かに思い至ったように「あぁ」と納得の声を出した。

「どうかしたのですか？」

わたしが首を傾げると、ラザファムが自分の首元をトントンと叩く。それがわたしの首元にある婚約魔石を示していることはわかったけれど、先程の会話からどう繋がるのかわからない。

「ご婚約、心よりお祝い申し上げます。ローゼマイン様はもう私にとって仮の主ではありません」

「そうですね。フェルディナンド様に呼ばれたので仮の主は終わりだと思います」

「違います。仮の主ではなく、私の主の婚約者になったのです」

……主の婚約者になったけど、それが何？

説明が曖昧すぎて全くわからない。そんなわたしにラザファムがニコリと微笑んだ。

「この書類を覚えるまで来るなという課題の裏には、側仕えとして主の婚約者の世話をせよというフェルディナンド様の意図があります」

「……それはさすがにラザファムの考えすぎだと思いますよ。せっかく呼ばれたのですから、ラザファムはわたくしのことなど気にせず……」

「フェルディナンド様が多忙で不在の今、主の婚約者に不都合がないように差配するのは側仕えの役目でしょう。調合室にご案内します」

絶対にラザファムの考えすぎだと思うけれど、課題を課された当人が何やら楽しそうなので良しとする。

「わたくし達は調合するので、オティーリエとベルティルデは荷物をまとめてくださいね。それから下働きや馬車の手配など、荷物の運び出しについてラザファムと打ち合わせをお願いします」

調合室に入ると、わたしとクラリッサはフェルディナンドに渡されたレシピと素材の箱を広げた。フィリーネやダームエルが興味深そうに覗き込む。

「基本のレシピはあるのですね。一から試行錯誤(しこうさくご)するのかと思っていたのでホッとしました」

「基本色は新領地ができる時にどの領地でも作られますから。魔術具の染料としてのレシピ自体はあります。フェルディナンド様によると望んだ色を作るのが大変らしいですよ」

様々な素材で組み合わせや配分を変えて、自分の望む色を作り出さなければならないのだ。試行錯誤は絶対に必要だろう。

「紺色になる素材の組み合わせについてフェルディナンド様の覚え書きがあるので、それから調合してみましょう」

「覚え書きがあるなんて、フェルディナンド様はあの忙しい中で基本色の染料まで作るつもりだったのでしょうか？」

「旧アーレンスバッハの貴族には関わらせたくないようでしたし、アレキサンドリアの素材について詳しいのはフェルディナンド様やユストクス様ですから」

クラリッサは素材を量りながらそう言った。わたしはアレキサンドリアの城で領主居住区域に隔離されていたが、クラリッサはフェルディナンドの執務室にも出入りしていた。わたしよりフェルディナンドの考えや貴族達の動向に詳しい。

「ローゼマイン様、量り終えた素材から雑多な魔力を抜いてください。フィリーネとダームエルは下準備を終えた素材を細かく刻んで。ユーディットは調合器具の洗浄を」

護衛騎士まで助手として駆り出されているが、ここで調合する時には珍しいことではない。わたしはクラリッサが指示を出すまま、調合の下処理をする。

「カテンゼルの蕾がついた枝を主材料にした方をわたくしが、ローゼマイン様はグラナルーケの実を主材料にして染料を作ってみてください」

基本のレシピに沿って、フェルディナンドが指定した素材で染料を調合する。できあがった染料はどちらもやや暗い青だが、紺色というにはかなり遠い色だった。

「次は闇属性の素材を増やして黒の吸収力を上げてみます」

「それより黒色を強める素材を足してみるのはどうでしょう?」

「とりあえずカテンゼルとグラナルーケの両方を入れたら何とかなりませんか? もしくは金粉をドパッと入れれば……」

それぞれに意見を出し合うが、全属性の金粉を使って属性値を上げれば良いわけではないとわたしの改良案は後回しにされてしまった。わたしが作る金粉を素材にすると、後世の者が困る可能性があるらしい。

……ちまちま調整するの、面倒臭いのに……。

「染料が完成したらわたくしとダームエルにもいただけますか？　移動する時に使いたいです」

「構いませんけれど、フィリーネ達の移動はまだ二年くらい先なので、その時に新しく染料を作り直しますよ。今回は領主会議に行く貴族達が優先です」

就任式や星結びの儀式が行われる午前中、旧領地の貴族達は旧領地の色のスカーフを着けて領主会議に出席する。これは旧アーレンスバッハだけではなく、トラオクヴァールやジギスヴァルトの領地になる貴族達も同じだ。そして、就任式で新領地の色の発表を終えた午後からは新領地の色に染まったマントを使うのだ。

「最低限、出席する人数分の染料が必要になります。レシピが完成した後の大量生産はローゼマイン様にお願いすることになります。残念ながらわたくしの魔力では大量生産に足りませんもの。試行錯誤にもローゼマイン様のお力を借りなければならないなんて……。文官として力不足で申し訳ございません」

「クラリッサは悔しそうですけれど、適材適所だと思いますよ。わたくしは魔力が多くて調合に慣れているので大量生産は得意ですから」

なかなか良い色にならないせいか、クラリッサが落ち込み始めた。わたしとしては「このくらいの色でいいんじゃない？」と思う染料になっているけれど、クラリッサはどうしても許容できないらしい。「ローゼマイン様の髪の色は違うのです！　こんな色を領地の基本色として提出したらハルトムートに叱られます！」と納得してくれない。

「気負わなくても大丈夫です。今回の調合で形にならなかったとしても、試行錯誤の経緯を書いて送ればフェルディナンド様やハルトムートから何か助言があるでしょう。わたくし、試作品作りはライムントの補佐で慣れていますから気にせずに色々と試していきましょう」

分量を変えたり素材を変えたりして試行錯誤を繰り返す。何をどう変えているのか、わたしにはわからない。言われるまま、出される素材をそのまま調合鍋に入れてかき混ぜていくだけだ。

「フィリーネ、染めてください」

「はい！」

できあがった染料にフィリーネが色や素材の違う複数の端切(はぎ)れを入れた。生地に違いがあっても同じ色に染まるかどうか、染まった色が望む色か確認するのだ。下町の平民が作る染料と違って、魔術具の染料は洗ったり干したりしなくて良いので色の確認が簡単だ。

「どうですか、クラリッサ？」

「色は良いです！　これに艶があれば完璧です！」

布をつかんで「惜しい」と唸るクラリッサを見て、わたしはダームエルと顔を見合わせた。

「……わたくし、貴族院で見たことがないのですけれど、マントに艶なんて必要なのですか？」

「必要ないと思います。それにどうしても艶のあるマントにしたければ布の素材で何とかできるのでは？」

フィリーネとユーディットも首を捻る。

「ローゼマイン様の髪の色であって、ローゼマイン様の髪の質感は求められていないと思いますけれど……」

「その染料でカーペットやタペストリーも染めるのですよね？　全てがローゼマイン様の髪のようにツルツルになると困りません？」

わたし達の視線を受けたクラリッサが「うっ」と一瞬言葉に詰まった後、手にしていた布を再び広げた。

「わかりました。試作はこれで一旦終了いたします！」

本当は艶が欲しいですけれど、と未練がましく言っているクラリッサを無視して、わたしはダームエルを振り返る。

「染料の試作品が完成したとフェルディナンド様に連絡してくださいませ。問題がなければ、明日から染料の量産を行います」

試作品をアレキサンドリアに持っていってもらったところ、無事にフェルディナンドとハルトムートから合格が出た。

「基本色はこれで良い。エーレンフェストのマントを一枚買って染めてツェントに提出しなさい。その際はツェントの側近に連絡を入れるように。側近同士のやり取りで提出できるので、君が貴族院へ行く必要はない。これ以上ツェントの忙しい時間を奪ってはならぬ」

フェルディナンドの手紙にある通り、わたしは側近に頼んで紺色に染めたマントと、クラリッサが清書した領地の紋章を提出した。もちろん領主会議へ行く貴族達に配付するための染料の大量生産も頑張った。

……これで新しい教科書を読めるよ。いやっふぅ！

アウレーリアの立場

ツェントへの提出を終えたご褒美（ほうび）として、アレキサンドリアから運び込まれた教科書が解禁された。わたしはリヒャルダが出してくれた教科書や資料の数々に飛びついた。これらはレティーツィアが使い終わった教材だ。アレキサンドリアの地図や産業、動植物、一年間の主な行事などを学べる。旧アーレンスバッハの貴族ならば誰もが知っているような内容で、機密でも何でもない。領地の基礎知識である。

「領主会議までにできるだけ頭に入れておいた方が良いと言われているのです。フィリーネも一緒に勉強しますか？」

「はい」

いずれアレキサンドリアに行くフィリーネはできるだけ皆に離されないように、必死でアレキサンドリアの情報を手に入れようとしている。レティーツィアの教科書にはフェルディナンドが作成した資料も付いていて読み甲斐がある。

「わたくしが読み終わった後、フィリーネにはこの教科書を貸してあげます。アレキサンドリアに移動する日までによく勉強してください」

「はい。ダームエルも喜ぶと思います」

教科書から顔を上げたフィリーネが嬉しそうに笑った。当然のように「ダームエルと一緒に勉強する」と言った彼女の姿を見れば、本当に二人の関係に変化があったのだとわかる。

「ところで、ダームエルが求婚したのですか？　それともフィリーネから？　一緒に移動すると決めたようですが、詳細はフィリーネに聞いてくださいとダームエルには逃げられたのです。婚約式の後で時間がなかったせいもありますけれど……」

「わたくしも詳細は秘密です！」

顔を真っ赤にして涙目でブンブンと首を横に振るフィリーネを見ていると、何となくわたしがいじめているみたいな気分になる。更に突っ込んで聞いてみたいが、どうにも聞き難い。

「祈念式で何かあったみたいですよ。フィリーネはわたくしにも教えてくれないのです」

わたしの背後に控えていたユーディットがこっそりと耳打ちした。フィリーネが「ユーディットまで……。もう止めてくださいませ」と顔を伏せる。

「フィリーネはずっとこのような感じなのです。もしかしてダームエルに強引に迫られて断りたくても断れなかったとか、人に言えないようなことをされて不本意な形で了承したのではないかと怪しんでいるのですけれど……」

「ダームエルはそんなことをしてくれません！」

「……ですよね」

フィリーネの反応から実に紳士的なお話し合いによって、成人後の移動が決まったことだけは何となくわかった。

「ローゼマイン様、ユーディット。フィリーネをからかうのはそのくらいにして出かける準備をしてくださいませ。エルヴィーラ様のところへ行く時間ですよ」

「レオノーレ、騎士寮の片付けは終わったのですか？」

「はい。先程荷物を貴族院やアレキサンドリアへ運び終えました。今日はエルヴィーラ様にご挨拶して明日にはライゼガングへ移動します。マティアスとラウレンツが出発したので、そろそろコルネリウスが戻ってくると思います」

コルネリウスと一緒にローデリヒも戻ってきた。よほど仕事を積み重ねられていたのか、疲労の色が濃い。

「フェルディナンド様がフィリーネとダームエルをお呼びです。不正の証拠固めのためには計算に強い文官が一人でも多く必要だとおっしゃって……。エーレンフェストのお茶会室でラウレンツが案内係として待機しています」

ローデリヒからの伝言にダームエルが「私は文官ではないのですが」と項垂れつつ、フィリーネと一緒に文官仕事に必要な物を準備し始める。

「どういう状況にせよ、わたくしの側近として顔を売っておく方が大事ですよ。ダームエルは文官に間違われるかもしれませんけれど、騎士なのでフィリーネの安全を守れます。あまり雰囲気が良くなさそうなので目を離さないでくださいね」

「はっ！」

「フィリーネ、メルヒオールからの返事があって明日は午後から神殿へ行く予定です。ダームエルはともかく、フィリーネは神殿へ行くのでアレキサンドリアでのお手伝いができないとフェルディナンド様に言っておいてください。それ以外の日は大丈夫だと思いますけれど……」

「わかりました。いってまいります」

ダームエルとフィリーネが出て行くのを見送り、ローデリヒには休息と引っ越し準備を命じる。それから、アンゲリカとユーディットに向き直った。

「二人はこの後お休みしてください。実家への移動にはレオノーレとコルネリウスが同行しますし、親族での話し合いになりますから。わたくし、今晩は実家に泊まるので、明日の昼食後に迎えに来てほしいです。神殿への護衛は二人に任せますね」

レオノーレはエルヴィーラに挨拶した後ライゼガングへ帰るし、コルネリウスは引っ越し準備を優先させることになる。そのうえにダームエルが文官仕事に取られたのだから、アンゲリカとユーディットは領主会議まで休めない可能性もある。二人は「わかりました」と笑顔で頷いて退室していった。

「おかえりなさい、コルネリウス、ローゼマイン。ようこそいらっしゃいましたね、レオノーレ。引っ越しの準備は順調かしら？」

騎獣で降り立つわたし達をエルヴィーラが出迎えてくれる。応接室に移動すると、エルヴィーラはコルネリウスとレオノーレの二人を手招きして引っ越しや星結びの儀式の段取りについて話を始めた。その間わたしが手持ち無沙汰(ぶさた)にならないように、話し相手としてミュリエラが呼ばれる。

「ローゼマイン様、おかえりなさいませ！」

わたしが不在だった貴族院の期間に成人したミュリエラは髪がまとめられたせいか、ずいぶんと大人びて見えた。彼女は今エルヴィーラの下で原稿を集めたり、印刷工房を増やすための視察に同行したりするので忙しいらしい。

「こちらの館にフィリーネの部屋もできたのですよ。冬の社交界の時期や神殿のお仕事に余裕がある時はこちらで過ごすことになっています」

ずっと神殿にいると貴族の情報に疎くなるので、定期的に貴族街で過ごす時間を取るようにフィリーネは言われているらしい。ミュリエラはフィリーネに教える貴族情報をまとめる仕事もしているようだ。

「あの、ミュリエラ。アーレンスバッハとの戦いで周囲の目が厳しくなり、ミュリエラの立場が悪くなったのではなくて？」

「わたくしは大丈夫です。多くの方々にご配慮いただいていますから」

粛清時に名を捧げることで連座を免れた者達は、エーレンフェスト防衛戦の期間、城に軟禁されていたらしい。そこでおとなしくしていたミュリエラはフロレンツィアの側近や監視係をしていた貴族達からも好評価を得たが、反抗的な態度を取っていたバルトルトは彼等の反感を買ったようだ。

「もしかするとバルトルトには何らかの罰が下るかもしれません。彼の妹達が巻き添えを食らわなければ良いのですけれど」

「処罰はまだ決まっていないのですか？」

「おそらく領主会議の後になると思いますよ。想定外のことが起こりすぎて領主一族はバルトルトなんかに時間を割いていられませんから」

エーレンフェスト防衛戦から日を置かずに王族との話し合いを主催することになって、継承の儀式や婚約式への出席と領主夫妻の外出も立て続けだった。まずは目前に迫っている領主会議を乗り切ることが最優先で、エーレンフェスト防衛戦の後始末の中でも領地内で片を付けられることは後回しにされているようだ。

「ミュリエラが無事でよかったです」

「わたくし、エルヴィーラ様にお仕えできて嬉しいです。許可してくださったローゼマイン様とアウブ・エーレンフェストに心より感謝しています」

幸せそうに過ごしているミュリエラの姿に、わたしもつられて笑う。

「わたくし、ローゼマイン様が治める新しい領地にも行ってみたいです。エルヴィーラ様に伺いましたが、図書館都市にするのでしょう？　響きだけで素敵ですもの」

「ミュリエラはわかってくれますか!?」

……手放した側近が一番の理解者になってくれそうだったなんて！

わたしが「今からでもわたくしのところへ来ますか」と勧誘しようと思ったところで、ミュリエラが大きく頷いた。

「わたくしにはローゼマイン様の望みがよくわかります。せっかくですもの。図書館都市を恋物語でいっぱいの都市にしたいですね」

うっとりとした顔で言われて、わたしは慌てて勧誘の言葉を呑み込んだ。危ない、危ない。図書館都市に望む方向性が違う。ミュリエラは恋物語の表現が理解しきれないわたしより、何でも恋物語のネタにするエルヴィーラの下で働くのが一番良さそうだ。


「そろそろアウレーリアを呼んでも良いかしら？」

エルヴィーラの声にミュリエラは「失礼いたします」と去っていき、コルネリウスとレオノーレは席を立って護衛騎士としてわたしの背後に立つ。わたしは憂鬱な気分になって重い溜息を吐いた。この後アウレーリアと話さなければならない内容を考えると、どうしても気が滅入(めい)る。

……彼女の家族がどんな処罰を受けるかなんて話したくないよ。

応接室に入ってきたアウレーリアがわたしを見て「まぁ、ローゼマイン様ですか？」と驚いた声を出した。彼女の顔には相変わらずヴェールが付いている。エルヴィーラに隣の席を示されたアウレーリアが座ると、二人とわたしが向かい合う形になった。

「お久し振りですね、アウレーリア。わたくし、神々の御力によって急激に成長したので驚いたでしょう？」

「えぇ、とても美しく成長されましたね。お義父様(とうさま)やお義母様(かあさま)から聞いていましたが、想像は難しかったですから」

「まだローゼマインの成長した姿を見ていない貴族も多いですから、フェルディナンド様と婚約と聞いた時は見た目の釣り合いを心配する声が多かったですけれど、今の姿を見ればそのような声は上がらないと思いますよ」

側仕え達がお茶を淹れ終えて人払いがされるまでの間、当たり障(さわ)りのない会話が続く。側仕え達がいなくなると、エルヴィーラがわたしを見つめて口を開いた。

「……ローゼマイン、話を聞かせてちょうだい。アウレーリアに重要な話があるでしょう?」

「はい、お母様。このような話をしなければならないのは本当に残念なのですけれど、アウレーリアの実家の家族には重い処罰が下りました。特にディートリンデの側仕えだったマルティナは重い処罰を受けます」

アウレーリアの妹のマルティナは、ディートリンデの側仕えとしてアダルジーザの離宮に同行していた。英知の女神の命令で「命を奪うな」とされているが、軽い刑では済まない。

「メダルの破棄によってシュタープを失い、平民の身分に落とされ、どこかの領地へ引き渡されて魔力を注ぎ続けることになります。行き先は領主会議で決まりますが、すでにメダルはわたくしが破棄しました。彼女はもう貴族ではありません」

中央に引き渡された犯罪者のメダルはエグランティーヌがアレキサンドリアを訪れた時に破棄している。もうマルティナもディートリンデもシュタープを失った平民だ。

説明を受けてアウレーリアはヴェールの上からそっと口元を押さえる。

「お父様もマルティナと同じ罰を受けるのでしょうか？」

「いいえ、アウレーリアのお父様は……その、ランツェナーヴェの掃討戦の折に乱闘に巻き込まれたようで、すでに亡くなっていらっしゃいます」

ゲオルギーネと懇意にしていたらしい彼女の父親は、処罰云々(うんぬん)の前に死亡している。館に印が付いていたのでランツェナーヴェの者が襲う対象ではなかったはずだし、朝食を共に摂ったという妻の証言はあるけれど、何故か館の外で殺害されていた。ランツェナーヴェに味方した貴族達が館から引きずり出されて襲われている時に同様の目に遭ったのではないかと言われている。

「第一夫人とその子達は捕らえられて重い処罰を受ける対象になっていますが、第二夫人は今のところ処罰が保留されています。彼女は子供を二人とも即死毒で亡くし、錯乱状態なのです」

アウレーリアの父親はどこの派閥にも入れるように、自分の子供を色々なところへ置いていたようだ。第一夫人の子は城勤めでゲオルギーネやディートリンデに与(くみ)していたらしく、すぐに捕らえられた。第二夫人の子はレティーツィアの側近だった。領主執務室でレオンツィオに即死毒を使われた時に亡くなったらしい。明らかに何も知らされていなかった第二夫人を重罪にするか否か、まだ決まっていないとフェルディナンドが言っていた。

「……そうですか。このような言い方は良くないのですが、お父様が亡くなっていることにわたくしは少し安心いたしました」

まさか淡々とした声で「安心した」と言われるとは思わなかった。わたしはアウレーリアを凝視(ぎょうし)する。けれど、魔法陣の刺繍がされたヴェールの奥にある顔を見ることはできない。

「お父様は先代領主の弟ですから味方する貴族も多いのです。お父様が生きていると、ローゼマイン様の御代(みよ)を乱す存在になったでしょう。わたくしもどのように利用されるかわかりませんでした。混乱の中で亡くなっていてよかったと思います」

わたしや新領地のことを心配してくれているのだと思うけれど、ヴェールの奥に隠された彼女の感情が見えず、淡々と語られる口調からも何を考えているのか感じられず、どうにも怖い。

「……アウレーリア、貴女がどんな表情をしているのか、何を考えているのかわからなくて少し怖いのです。本当に申し訳ないのですけれど、ヴェールを外してもらっても良いですか?」

「え?」

思いもしなかったことを言われたような声を出してアウレーリアが固まった。それから周りを見回し、助けを求めるようにエルヴィーラの方を向いて止まる。

「父親が死んだことを報告したのに、安心したとかよかったと言われると普通は驚くのですよ。特にローゼマインは養子縁組先でも家族仲が良いですから」

「そうなのですか」

「レオノーレはコルネリウスの婚約者なので、ここにいる者は今後ジークレヒトの後ろ盾になれる親族ばかりです。アウレーリア、ヴェールを外しなさい」

エルヴィーラから少し強い口調で説得され、アウレーリアは躊躇いがちにヴェールを外した。深緑の目が少しつり目だから性格がきつそうに見えるだけで、普通に美人だ。不安そうにヴェールを握り、わたし達の反応を窺っている彼女の素顔に反応したのはたった一人だった。わたしの背後にいたレオノーレが小さく息を呑んで「ガブリエーレ様……」と呟いた。

「……コルネリウス様やローゼマイン様はわたくしの素顔を見ても驚かないのですね」

「私はガブリエーレ様の顔をよく知らないからな」

「わたくしもコルネリウス兄様と同じです。どうしてレオノーレはそんなに昔の人の顔を知っているのですか？」

ガブリエーレがアーレンスバッハから無理を押して嫁いできたヴェローニカの母親で、ライゼガング系貴族の不幸の元凶だったことは知っている。けれど、その顔なんてわたしは知らない。

「ライゼガングの館にはガブリエーレ様に対する憎しみを一族が忘れないように、ライゼガングを苦境に陥れた元凶を忘れないように、曾祖父様が飾った絵があるのです。コルネリウスは見たことがあるはずですよ」

「……親族の集まりで見たかもしれないが、よく覚えていないよ。私にとっては死んだ女の絵より、生きていて直接的に顔を合わせていたヴェローニカ様の方がよほど有害だったのだから」

コルネリウスは絵をよく覚えていなかっただけで、ガブリエーレやヴェローニカに対する憎しみがないわけではないようだ。

「あの絵のせいで一族の誰もがガブリエーレ様の顔を忘れないでしょう？　だから、アウレーリアは外に出る時にヴェールを外せないのです」

エルヴィーラが忌々しそうに眉を寄せた。アウレーリアが旧ヴェローニカ派の貴族と接触しないように守ってきたエルヴィーラが、自分の一族に腹を立てる気持ちはよくわかる。

「馬鹿馬鹿しいですね。とっくの昔に死んだ人のせいで、何も悪いことをしていないアウレーリアが苦労するなんて」

「えぇ、本当に。アウレーリアは嫁いできてからアーレンスバッハと懇意にしている貴族とは完全に距離を取っていますし、わたくしのお友達と上手く付き合っています。先日の戦いでは我が家を守るために鎧をまとい、武器を手にしていました。その歩み寄りや努力を、顔が似ているというだけで否定しないでほしいものです」

ガブリエーレやヴェローニカにされたことを、昔のことだから早く忘れろとは言えないが、顔が似ている他人に迷惑をかけるのは良くない。

「ガブリエーレ様も曾祖父様ももう亡くなっていて、ゲオルギーネまで続いた因縁も先日の戦いで終わったのですから、問題の絵をさっさと外してしまえば良いのですよ。恩人ならばともかく、憎い相手の絵なんて飾っても楽しくないでしょうに」

わたしが軽く息を吐くと、レオノーレが「そうですね」と同意した。

「帰ったらお母様や伯父様へそのように伝えます。一族にはもう必要のない絵ですもの。それより、ローゼマイン様。ヴェールを外したアウレーリア様とのお話を進めてくださいませ」

レオノーレはヴェールを外した素顔に過剰反応してしまったことを謝罪し、護衛騎士として一歩引いた姿勢になった。アウレーリアはゆっくりと息を吐いて、膝の上でヴェールを折りたたむ。

「国を揺るがす者達に加担したのですから、お父様や妹が重罰を受けるのは当然のことだと思います。誰が権力を握ろうとも揺るぎない立場を得るために、お父様は手段を選ばない方でした。妻や

子の意思が反映されたことはございません」

淡々とした声だが、眉尻が下がっていて悲しそうな表情に見える。貴族として感情を抑えているけれど、彼女なりの心配と苦悩が読み取れて、わたしはホッとした。

「ローゼマイン様、わたくしの処遇はどうなるのでしょう？」

「アウレーリアの処遇ですか？」

何を言われているのかわからなくて、わたしは目を瞬かせた。

「以前の政変時は結婚して領地を離れていても、同母の兄弟姉妹や親子は連座の対象でした。わたくしもお父様や妹の連座になるはずです。どのような罰を受けるのでしょう？　ランプレヒト様やジークレヒトも巻き込まれるのでしょうか？」

アウレーリアの心配に、わたしは慌てて首を左右に振った。

「アウレーリアはゲオルギーネの来訪時に妹との面会さえ拒否しましたし、アーレンスバッハや旧ヴェローニカ派の貴族との交流が全くなかったので連座なんて考えていません。今回の一件に関しては以前の政変と同じ基準で処罰するわけではないのです」

今回は連座での処罰をしないと決めた。処罰を受けるのは、当人に明確なランツェナーヴェとの協力関係がある者だけだ。これ以上貴族を減らすわけにはいかないという理由も大きいし、王族を処罰しないのに無関係だった者を血縁者という理由だけで罰するつもりはない。

「本当に同腹（どうふく）の親子や姉妹でも連座にならないのですか？」

「えぇ。わたくし、政変後の粛清で王族が犯した間違いを踏襲（とうしゅう）する気はありません」

「……わたくし、自分の夫や息子が実家の動向に巻き込まれたり煩わされたりするのではないかと考えると気が気ではなくて……」

アウレーリアはポツポツと語る。父親に翻弄された結婚までの人生、結婚後にようやく平穏を得たこと、ゲオルギーネやディートリンデがエーレンフェストを訪れた時は心臓が縮み上がったこと……。彼女にとって実家の家族は不安と恐怖の対象だったらしい。

「今後の憂いなくエーレンフェストで過ごせることに心よりお礼を申し上げます」

アウレーリアが涙の滲んだ微笑みを浮かべる。エルヴィーラもその様子を見て、安堵したように微笑んだ。

「もしアウレーリアが連座になるならば、ジークレヒトをわたくしの息子として引き取るつもりでした。そのようなことにならなくてよかったです」

「ジークレヒト？　ランプレヒト兄様とアウレーリアの子供の名前でしたよね？」

粛清の頃に生まれたことは知っているし、ランプレヒトを通じてお祝いを渡した。けれど、「アウレーリアとの面会や赤子の存在を何に利用されるかわからないので面会は控えてほしい」と言われていて、会ったこともない。

「ちょうど良いわ。ローゼマイン、ジークレヒトに会っていってちょうだい」

「え？　よろしいのですか？」

「ゲオルギーネの件が落ち着いたらと思っていたら、貴女がアウブ・アレキサンドリアになってしまうのですもの。今後こちらに帰ってくることは難しくなるでしょう？　一度くらいは親族として顔を合わせておいてほしいの。どうかしら？」

最後の問いかけはわたしとアウレーリアの二人に向けてだった。わたし達は顔を見合わせて、フフッと笑う。

「ぜひ」

母の激励

「ジークレヒト、本当に可愛かったですね」

髪は金髪でアウレーリア譲りだけれど、目の色と容貌はランプレヒトに似ていた。その年齢の割に大きくて人見知りをあまりしない子だった。時々足元が危なっかしいけれど、もう歩き回っていて、わたしにも元気に突進してきた。おむつでむっちりしたお尻が動く様子が可愛くて堪らない。

「あの元気の良さと体型を考えると、ジークレヒトは騎士に向いていますね」

「今の時点で本能的に動く傾向が強く見えるから心配なのです。頭を使える騎士になってくれるかしら？」

……うん。わたしもおじい様から始まる脳筋騎士の血が濃そうだなって感じたよ。

ジークレヒトとの面会の後、昼食を終えると、レオノーレとコルネリウスはエックハルトから譲られた館を片付けに行った。そこにある荷物はそのままエントヴィッケルンでできたアレキサンドリアの新居に運び込まれるらしい。しばらくは騎士寮で生活しつつ、星結びの儀式までに新居を整えるそうだ。

わたしはエルヴィーラと一緒に自分の部屋へ移動する。「隠し部屋を閉鎖する前にもう一度一緒に使いましょう」と言われたからだ。

「コルネリウス兄様とレオノーレはこの夏に結婚するのですね。領地を移動してバタバタするので延期するかどうか悩んでいたことは知っているのですけれど……」

「レオノーレが引っ越し準備のためにエーレンフェストへ戻った途端、コルネリウスはアレキサンドリアで他の貴族から縁談を持ち込まれるようになったのですって。それを断るためにも早々に星結びの儀式を終えたいそうです。ハルトムートとクラリッサも同時に行うと言っていましたよ」

何故かわたしの側近達の結婚時期をエルヴィーラに教えられている。わたしがエーレンフェストに戻ってきてから決めたことなので仕方ないかもしれないが、コルネリウスは恋愛や結婚に関してわたしに内密で進めたがるのでちょっとムッとしてしまう。

……いつもわたしだけ仲間外れなんだよ。ふんぬぅ！

「お母様はエックハルト兄様とアンゲリカのことはご存じですか？」

「手紙が届いたので再度婚約することは知っています。でも、本当に簡潔な文章で、婚約を決めたこと以外は何もわかりませんでした。どのような経緯や会話があったのか知っていて？」

「わたくしがその話題を向けたので知っています」

あまりにも簡単に決まったエックハルトとアンゲリカの会話を教えると、エルヴィーラは「残念すぎますね」と溜息を吐いた。もう少し情緒が欲しかったらしい。あっさりしていた二人を目の前で見たので、気持ちはわかる。

「アンゲリカの両親には話を通しました。すでに了承を得ています」

「……早いですね」

「どちらも相手を探すのが難しい子ですし、一度婚約していた相手ですからね」

エックハルトはフェルディナンドを最優先にするし、亡くなった先妻をまだ愛している。再婚相手をその二人より上位に置くことはない。それらの事情を呑み込めて、尚且つ、エックハルトが側に置いても良いと思える女性はなかなかいない。

アンゲリカは自分より強い相手で、わたしに仕えることを許してくれる者でなければ困ると言う。結婚する上で最大の問題は、普通の貴族女性に求められる社交性や常識がアンゲリカに足りないことだ。彼女の能力は戦闘力に全振りされている。ボニファティウスに鍛えられた彼女に勝てる相手で、尚且つ、アンゲリカの社交能力の低さを許容できる男性はなかなかいない。

「まぁ、お似合いと言えばお似合いの二人ですよね」

「エックハルトもこちらに残している荷物を取りに来るでしょうから、その時はアンゲリカにお休みをくれると嬉しいです。先の予定について、先方も交えて話したいと考えています」

婚約や結婚の話のためにわざわざ帰ってくる二人ではないので、戻ってきた時に捕まえて一気に話を進めておきたいと言われた。結婚を決めても結婚自体には非協力的で、他領へさっさと行ってしまう子供を持つと親は大変だ。

「お二人でお話をするのでしたら、こちらをどうぞ」

側仕えからお茶の載ったワゴンを預かって隠し部屋に入る。エルヴィーラが準備されているお茶を淹れてテーブルに置いた後、くるりと中を見回した。ちょっとお茶を飲める程度のテーブルと椅子しかない小さな部屋だ。

「二人でここを使ってから約一年というところかしら？」

「もうそんなに経ちましたか？」

去年の領主会議で祠巡りをしてツェントとの養子縁組が決まった。エルヴィーラと話をしたのはその後。領主会議が目前に迫ってきたので、確かにそろそろ一年になる。たった一年でずいぶんと状況が変わったものだ。自分のことながらビックリする。

「もうあの時のような悲壮な気持ちで娘や息子を見送ることはないのですね。フェルディナンド様やエックハルトがアーレンスバッハで辛い思いをしているのではないか、身に危険が迫っているのではないかと気を揉むこともありません」

お茶を手にして、ほぅとエルヴィーラが息を吐いた。あの時と違って、その顔には嬉しそうな微笑みがある。

「よくやってくれました、ローゼマイン。貴女以外の誰にもできなかったことです」

メスティオノーラの書を手にしていなければ、ダンケルフェルガーを動かすことも、国境門を使うことも、ジェルヴァージオに勝つことも、フェルディナンドやエックハルトを救うこともできなかった。

「貴族院を使ってエックハルトが戻ってきたので、着替えがあれば準備してほしいと言われて慌てて準備したのですよ。それから一日二日のうちに国境門を使ってフェルディナンド様を救出に行った報告と、アーレンスバッハが攻め込んでくる可能性が高いからと我が家の男達が城に詰めることになった報告と、ボニファティウス様がイルクナーへ向かった報告が次々に届いたのです。その時のわたくしの心情がわかるかしら？」

知らされるだけで動けないもどかしさをエルヴィーラに訴えられ、わたしはいの一番に飛び出していった自分を省みて項垂れる。

……心配ばかりかけて本当に申し訳ないです。

「フェルディナンド様の救出が成功した報告と、ゲオルギーネ様を討ち取った報告は同時でしたからね。我が家の男達は緊急事態や警戒の連絡は早いのですけれど、成功の報告が遅いのです」

危険は知らせてくれるけれど、危険が去ったことは教えてくれないとエルヴィーラが愚痴(ぐち)を言う。

「待っている側にしたら心配しているのですから一言くらいは欲しいでしょう？　でも、経験上カルステッド様やランプレヒトに期待しても無駄ですからね。殿方とは立場も優先順位も違うと考えて貴女も女性の情報網を確立なさい」

そこからは旦那や息子への愚痴からわたしに対する注意になった。

「新領地で貴女が派閥を作る際に旧アーレンスバッハの貴族に手伝わせることは大事ですが、あくまで貴女が全ての貴族女性を掌握(しょうあく)するのですよ。いくら派閥が大きかろうが、アウブが権威を他者に譲ってはなりません」

「はい」

「フェルディナンド様に与えられる情報だけに頼らないように気を付けなさい。貴女は女性の社交を面倒がりますし、興味が本にしか向いていません。けれど、アウブになる以上、情報の仕入れ先はいくつも用意なさい。全てを他人任せにしてはなりませんよ」

「うっ、努力します」

フェルディナンドに頼りすぎている自覚はあるし、読書を優先させて色々なことを放り出す傾向が強いことはわかっている。

「貴女は未成年ですし、生い立ちが複雑で領主一族の思惑によって親族との交流を制限されてきました。親世代の目線での考え方や親戚付き合いの重要性を理解できないのではないか心配です」

「オティーリエにも同じような心配をされました」

エルヴィーラは「それだけ貴女が危うく見えるのです」と心配そうな目でわたしを見つめながら指摘する。

「普通は意見してくれる年嵩の側近がいるのですけれど、新領地へ同行する貴女の側近は年若くて既婚者がいないでしょう？　フェルディナンド様も家族や親族との関係が希薄な方ですし、あの方の側近にも家族や親族を重視する者がいませんでしたからね。アーレンスバッハで付けられた側近達との関係にもよりますが、結婚して子が生まれると主従関係だけに目を向けていられないことをどの程度理解していらっしゃるのか……」

アーレンスバッハへ移動してから付けられた側近には年嵩の者や家族のいる者もいるが、基本的に人間不信のフェルディナンドが信用して重用するのは名を捧げた者だけだ。旧アーレンスバッハの側近の家族や親族関係まで気を配っているかどうかわからない。

「貴女も領主会議のために旧アーレンスバッハの貴族を側近に取り立てたと聞きましたが、すでに家族がいる者もいるでしょう。彼等の家族や親族との結びつきを頭から否定してはなりませんよ」

貴族女性の立ち回りについて、いくつも注意される。離れてしまう娘に対する注意が多いのはどこの母親も同じなのだろうか。

……マインからローゼマインになる時の母さんも多かったな。

「貴女はただでさえ虚弱なのですから、体には気を付けるのですよ。貴女が元気で過ごすことが何よりも大事なのですから」

並べられるお小言の全てに心配と愛情が籠もっている。離れるだけではなく身分が変わる。この先は気安くお小言を述べられるような関係でなくなるのだ。最後になるかもしれないエルヴィーラからのお小言をわたしは神妙に聞く。

「王の養女にはなりませんでしたが、史上初の未成年女性のアウブになるのです。貴女の肩に重い責任が乗っていることに変わりはありません。それでも、今回は貴女が望む図書館都市を造るためですし、フェルディナンド様が一緒に担ってくださるのです。わたくしは貴女の新しい領地がどのようになるのか楽しみにしていますす」

エルヴィーラに胸を張ってみせられるアレキサンドリアにしたいと思う。今までは行き来に注意が必要だったが、アレキサンドリアとエーレンフェストならば情勢が落ち着けば行き来も頻繁にできるようになるだろう。

「コルネリウス兄様とレオノーレに赤ちゃんが生まれる頃には領地も落ち着いているでしょうから、ぜひ顔を見に来てくださいませ」

「あら、ローゼマイン。そこはわたくしに子が生まれたら、と言うべきですよ。貴女も婚約したのですから」

エルヴィーラがからかうように漆黒(しっこく)の瞳を輝かせる。これはまずい兆候(ちょうこう)だ。わたしは急いで否定した。

「待ってください、お母様。わたくしは未成年ですから結婚はまだまだ先ですし、両想いで結婚するコルネリウス兄様達とは違うのです」

「成人すればすぐに結婚ですし、婚約式のフェルディナンド様を見れば、子ができるのなんてそれほど遠い未来でもないでしょう、何より貴女が自分で望んだ婚約者ではありませんか。コルネリウス達と大して変わりませんよ」

婚約式に来た皆の前で「フェルディナンド様を幸せにする」と宣言したことを引き合いに出してコルネリウス達と同じだと言われた。だが、声を大にして言いたい。その時にもわたしは懸想ではないと言ったはずだ。

「婚約式の時にも言ったように、お母様が盛り上がるような恋愛感情ではないのですよ。わたくしとフェルディナンド様とは家族同然で……」

「それのどこに問題があって?」

予想外の言葉にわたしは思考が一瞬止まった。まるで恋愛感情ではなくても問題ないような言葉ではないか。

「貴族女性の結婚なんて基本的に政略結婚ですよ。家長が決めれば拒否なんてできません」

エルヴィーラが真面目な顔で貴族女性の結婚について語る。基本的に家と家の結びつきが重視され、家長が子供の結婚を決める。そのため、恋愛感情どころか相手の顔を知らないことも珍しくないらしい。相手の評判が悪くなければ御の字で、信頼できそうな相手ならば諸手(もろて)を挙げて歓迎すべきだと言う。

「そんな貴族社会の中で、貴女は自分が家族になりたいと望んだ人に、同じように本物の家族になりたいと望んでもらえたのですよ。恋愛感情でなくても両想いで良いではありませんか」

……そっか。ここでは別に恋愛感情を求められないんだ。

周囲が「懸想」とうるさいので、わたしの反応も感情的になっていたけれど、結婚に懸想が必要ないと言われてストンと感情が落ち着いた。

「……懸想でなく、家族同然でも良いのですか?」

「家族になる前からお互いを家族と思えるなんて幸せだと思いますよ。信頼し合える夫婦となれば、そのうち感情も追いついてきます」

結婚してから恋愛感情が芽生えることもあると言われて、わたしはチラリとエルヴィーラの様子を窺う。

「……お父様とお母様も結婚してから恋愛感情がわかったのですか？」

「お互いに信頼できる夫婦になったのが、貴女が来てからですもの。そのうち恋愛感情になるかもしれませんし、ならないまま終わるかもしれません」

「えぇ⁉」

……お父様！　お母様はまだ恋愛感情じゃないって言ってますよ！

衝撃的すぎた。聞いてしまってよかったのだろうか。わたしはどう反応して良いのかわからなくてオロオロしてしまう。

「そのくらい気長に構えていれば良いのですよ。思い詰めたところで、自分に都合の良いように感情が湧くわけではないのですから」

エルヴィーラは悠然とした笑みを浮かべてわたしの反応を一頻り楽しんだ後、お茶を一口飲んだ。

「貴女がフェルディナンド様を幸せにしたいと思っていて、フェルディナンド様が貴女を守り、共に歩んでいきたいと望んだのでしょう。それ以上を望む必要なんてありません。激しすぎる感情は滅びに繋がることも多いもの。物語ならばともかく、現実は穏やかな関係が続くのが一番だと思いますよ」

無理に恋愛感情を抱かなくても良いという言葉に、肩の力が抜けた。麗乃時代の記憶があるせいか、お互いが望んで結婚するならば恋愛感情があるものだと思い込んでいたが、そうではなかった。

「周囲が盛り上がるので何となく恋愛感情を抱けない自分に罪悪感というか、焦りがあったのですけれど、心が軽くなりました」

「それはそれとして、わたくしはフェルディナンド様からの婚約魔石にどのような言葉が刻まれていたのか気になりますけれど」

フフッとエルヴィーラが笑って、わたしの婚約魔石をじっと見つめる。わたしはすかさず婚約魔石を手で隠した。

「からかわれるなんて嫌ですから、お母様には教えません！　それで恋物語を書く気でしょう!?」

「当然ではありませんか。王命によって引き離された運命に抗い、相手の窮地を救出して新領地を興して結ばれたのですよ。これ以上に創作意欲の湧く題材があって？　貴女の恋愛感情なんて、わたくしが書けば解決しますもの」

「捏造はしないでくださいませ！」

とんでもないものができあがってしまう。わたしは必死に止めるが、エルヴィーラはクスクスと笑うだけだ。

「嫌だわ、ローゼマインったら。この物語は虚構の話であり、登場する団体・人物などはすべて架空のものです、と明記すれば良いではありませんか」

……あああぁぁぁ！　それ、わたしが教えたやつ！

「それに、わたくしがペンを手に取ったのはフェルディナンド様を物語の中だけでも幸せにするためでした。フェルディナンド様が幸せになる物語をわたくしが書かないわけがないでしょう？」

……そもそもお母様に物語を書くことを勧めたのがわたしだったよ！

何とか止めなければと思うのに、わたしの口はハクハクと動くだけでエルヴィーラを止められる言葉が出てこない。

「皆様、とても楽しみにしていらっしゃるのに、わたくしの子供達は誰も彼も非協力的ですこと。仕方がないので、婚約魔石に刻まれた言葉もわたくしが考えます」

ひぃっ！　と息を呑んで必死に止めるけれど、エルヴィーラは止まらない。

「お母様っ！　アレキサンドリアに納本することになっているのですからフェルディナンド様に知られたら叱られますし、販売を差し止められますよ！」

「大丈夫ですよ。真実から離れた部分が多ければ多いほど、架空だと認識されやすくなりますもの。それに新刊をアレキサンドリアに納本するように定められたとしても、他領での販売を差し止める権利はございませんから」

ホホホと笑うエルヴィーラに怖いものなど何もない。アウブ・エーレンフェストを通じて販売を中止させることは可能だが、そのためには領主会議を通さなければならない。時期を見定めれば約一年間は販売可能だと言い切るエルヴィーラの優秀さが恐ろしい。

「わたくしが書く物語を越えるくらいに幸せになりなさい、ローゼマイン。貴女が幸せでなければ周囲の者を幸せにすることはできません。まずは自分が幸せになるのですよ」

神殿の側仕え達

　翌朝の朝食後、エルヴィーラの専属針子達によって新しい衣装が次々と運び込まれてきた。見覚えのないデザインの衣装もあるし、どう考えても注文した数より多い。不思議に思っていたが、アウブとして領主会議の期間中ずっと出席しなければならないわたしのために、エルヴィーラが掛け合ってフロレンツィアだけではなくボニファティウスの第一夫人の衣装もいくつか譲ってもらい、リメイクしてくれたらしい。

　衣装を合わせて不備がないか確認したら昼食を摂って、神殿へ出発することになる。側仕えやグーテンベルク達へ移動の説明をしたり、色々な手続きや手配をしたり、プランタン商会の新しい店主と顔合わせをしたりする予定だ。

　わたしは側仕え達に自室の隠し部屋からテーブルや椅子を運び出してもらい、魔法陣に手を触れて隠し部屋を閉ざした。

「ローゼマイン様が巣立つのは喜ばしいけれど、寂しいものですね」

　しみじみとした声でそう言ったのは、マインからローゼマインになって初めてこの館に来た時からわたしの世話をしてくれる側仕えだった。

「わたくしはローゼマイン様を洗礼式前から存じていますから、尚更成長を早く感じるのでしょう。

ローゼマイン様がこちらの館で過ごした時間は短いですが、それによって本当に良い変化がたくさんございました。気兼ねなくこちらに戻れる時期が来ることを望んでいたのですけれど、ね」

ライゼガング系貴族と領主一族の溝が埋まり、親族との付き合いを増やしても問題なくなれば、わたしが実家へ戻れる機会も増えると側仕え達は聞いていたらしい。けれど、他領のアウブになるとエーレンフェストに招かれても城で客人扱いを受けるため、この館を訪れる可能性は低い。

「派閥の関係上、なかなか戻れなかったのは残念です。けれど、わたくしはこの館の者達全員に感謝しているのですよ」

「わたくし達に、ですか？」

「ええ、神殿育ちのわたくしにとって、この館は初めて触れる貴族社会でした。ここに神殿育ちだと軽んじたり蔑んだりする者がいれば、わたくしは領主の養女になれなかったかもしれません」

この館で存在を受け入れられたから、わたしは神殿育ちが貴族社会でどれほど蔑まれる存在か実感しないまま領主の養女になれた。領主一族に名を連ねた後はその立場がわたしを守ってくれたけれど、もし洗礼式前で貴族になる前にこの館で悪意に晒されていたらどうなったのか。もちろんエルヴィーラやフェルディナンドが見張っていたのだろうが、それでも自室で世話をしてくれる側仕え達の態度はとても大事だったと思う。

「わたくしをこの館の娘として受け入れてくれてありがとう存じます。アウブ・アレキサンドリアを育てたのは自分達だと自慢しても良いですよ」

「フフッ、そうですね。我が子には自慢させていただきましょう。ローゼマイン様のお世話ができたことを、わたくしは誇りに思っていますから」
「あの頃から覚えが良くて非常に優秀でしたね」とか「エルヴィーラ様が洗礼式の衣装に悩んで二つも誂えたのですよ」とか「図書室に行くと張り切りすぎて廊下で行き倒れましたよね？」とか「夜中のトイレを怖がっていたローゼマイン様がもう婚約とは……」とか、洗礼式前後の思い出を側仕え達が語り合う。

……夜中のトイレじゃなくて、初めて見たトイレのねばねばが怖かっただけだから！

訂正したいが、訂正することに何の意味もない。余計に微笑ましいものを見る目で見られるだけだ。当人の前でこういう思い出話は恥ずかしいので止めてほしいけれど、彼女達の中に残っているわたしの思い出はその頃のことばかりなのだ。わたしは彼女達と新しい思い出を作っていない。

側仕え達の話を聞きながら、わたしは玄関に向かう。護衛騎士が迎えに来ていると連絡があったからだ。

「お迎えに上がりました、ローゼマイン様」

アンゲリカとユーディットが待っていた。フィリーネは朝から神殿に行っているらしい。ミュリエラが文官の仕事道具を抱えて一緒にいる。

「ローゼマイン、神殿で商人との話し合いがあるのでしょう？　ミュリエラも同行させてください。プランタン商会の新しい店主との顔繋ぎをさせておきたいのです」

エルヴィーラの頼みに、わたしは頷いた。わたしがいなくなった後のエーレンフェストの印刷業を育てていくには、エルヴィーラとプランタン商会の関係が重要になる。

「わかりました。一緒に行きましょう、ミュリエラ」

わたしは見送るために整列している側仕え達を見回す。エルヴィーラとはまだ貴族院の寮や領主会議でも顔を合わせるけれど、側仕え達は最後になる。

「昔は女性の領主候補生が婚姻によって領地を出る時にユーゲライゼに御加護を祈っていたそうです。ですから、今日は時の女神ドレッファングーアではなく、別れの女神ユーゲライゼの御加護を祈ってくださいませ」

「ローゼマイン様に別れの女神ユーゲライゼの御加護がありますように」

「ありがとう存じます」

エルヴィーラを始めとした館の者達に見送られ、わたしは側近達を伴って神殿へ移動した。


「おかえりなさいませ、ローゼマイン様」

神殿ではフィリーネの他に、神殿の側仕え達が全員揃って出迎えてくれた。普段は工房で仕事をしているギルやフリッツがいるのは少し珍しい。

「ただいま戻りました。フラン、ザーム。もうフィリーネ達から聞いていると思うのですけれど、わたくし、アウブ・アレキサンドリアになることが正式に決まりました」

改めて報告して「一緒に来てくださいね」と望むと、二人は柔らかく微笑んだ。

「フェルディナンド様とローゼマイン様に神々のお導きがあったことも伺っています」

「あぁ、そうなのです。エアヴェルミーン様や英知の女神だけではなく複数の神々の影響があって、本当に大変だったのですよ」

　神々の御力のせいで光るわ、記憶は消えるわ、死にかけるわ、本当に大変だったことを思い出してわたしが苦い顔になると、フランとザームが「え？」と鳩が豆鉄砲を食ったような顔になった。

「……ん？」

「ローゼマイン様、我々はフェルディナンド様との婚約をお祝いしようと……」

　ザームに困惑した顔で「婚約されたのですよね？」と確認される。

「あ、そちらの話でしたか。えぇ、婚約式も終わりました。正式に婚約者です。これは婚約魔石で、貴族が婚約する時にお互いが贈り合う物なのですよ」

　勘違いしたのを誤魔化すために、わたしは婚約魔石を見せる。「本当に神々の御力に翻弄されるなんてローゼマイン様だけですよ」と護衛をしているユーディットが小さな声で呟いた。

　……それはそうだけど！　珍しい出来事だったから話題に出したのかと思ったんだよ！

　わたしが振り返ると、ユーディットはニコッと笑って「正面玄関前で話さずに中に入りましょう」とフラン達を促す。フィリーネも大きく頷いた。

「神殿長室で移動に関して話をするのですよね？　大きな変更が多いので、メルヒオール様とお話しする前に、意見や意識の摺り合わせが必要だとユーディットに言われたので、こうして神殿の側仕え達を全員集めたのです」

　フランとザームが神殿へ踏み入る。わたしも続いて神殿へ入ろうとしたところで子供の声が玄関ホールに響いた。

「早くしないと遅れるぞ！」

「今行きます！」

神殿内に子供の声が響くことにビックリして、わたしは思わず声の先を見た。玄関ホールでディルクが三階に向かって声をかけていて、青色巫女見習い達が慌てた様子で階段を下りてくる。

「ディルク様、子供の声はよく響きます。神殿には客人が来るのですから、お部屋の外でそのように大きな声を出してはなりません」

フランが注意すると、ディルクと青色巫女見習いがハッとした様子で「気をつけます」と謝罪した。素直に謝る様子を見て、フランは同行している側仕え達にも「主が急がなくて良いように事前の準備をすべきですよ」と言った。

「あ、ローゼマイン様！　ようこそいらっしゃいました」

フランと一緒にいたわたしに気付いたディルクがパッと笑顔になる。子供らしくて可愛いけれど、貴族らしい振る舞いとしてはまだまだだ。きっとわたしが叱られていたように、周囲から何度も「貴族らしく」と叱られていることだろう。

「皆が元気そうで何よりです。祈念式も頑張ったと聞いています。ずいぶん急いでいるようですけれど……」

「あぁ、そうです。会議室で神事についての勉強会があるので失礼します」

フランのお説教から逃れる隙(すき)を見つけ、ディルク達は会議室へ急ぐ。わたしは彼等を見送り、フランの後ろをついて歩き始めた。

「では、ローゼマイン様はこちらへ」

いつもは神殿長室に到着したらすぐに着替えるのだが、フランは執務机を示した。部屋の片隅には積み上げられた木箱がいくつもあり、普段ならば着替えの準備をするモニカとニコラがお茶の準備をしている。

「今日は神殿長服に着替えなくて良いのですか？」

「はい。ローゼマイン様が戻らない可能性が高い中でエーレンフェストの祈念式を行うと決まった時に、メルヒオール様が神殿長に就任しましたから」

わたしが中央の戦いや王族との話し合いをしている間に、神殿長がメルヒオールに交代していたらしい。確かに神殿長が不在のままで神事を行うより、後任が決まっているならば交代してしまった方が良いと思う。

同時に、自分の知っている神殿から変化していることが少しだけ寂しい。目に見える変化としては衣装一つだが、もうわたしの場所ではなくなっている。

「ここも早々に閉ざさなければなりませんね」

わたしは執務机ではなく、隠し部屋へ向かった。ここの隠し部屋は許可の証であるブローチを着けた者ならば入れる。そのため中は綺麗に片付けられていて、何も残っていなかった。落とし物や忘れ物がないことを確認して、わたしは隠し部屋を閉鎖する。ユレーヴェに浸かって約二年間籠もっていたのだから、実はこの隠し部屋にいた時間はかなり長い。

「ローゼマイン様、大きな変更とは何でしょうか？」

わたしが執務机に座ると、フランが皆を代表して質問した。

「元々は王の養女として中央へ行く予定だったのですが、旧アーレンスバッハのアウブに変更になりました。それに伴い、新領地の神殿の改革が必要になったのです」

新領地の神殿が昔のエーレンフェストの神殿のような状態であること、戦いによって親を失った子を神殿の孤児院で引き取るつもりであること、神殿学校を作りたいと思っていることなどを説明する。

「その、フィリーネには本当に申し訳ないのですけれど、フラン達にはわたくしの成人を待たずに移ってほしいのです」

成人するまでフランかザームのどちらかを補佐に残すと話をしていたが、神殿改革を行うならばエーレンフェストの神殿改革に携（たずさ）わったことがある側仕え達をできるだけ早く連れていきたい。

「フランとザームの移動は覚悟していましたが、モニカとニコラはどうなりますか？　二人も移動させるのですか？」

エーレンフェスト防衛戦の後、フェルディナンドとハルトムートが二人がかりで引き抜きをかけている時点で、フランとザームはこの神殿に残らなそうだとフィリーネは覚悟を決めていたらしい。わたしから言質を取るためにフェルディナンド達が色々な根回しをしていたことを知っているので、非常に申し訳ない気持ちになってしまう。

「フランだけは早急に、できればザームも連れていきたいです。でも、モニカとニコラにはフィリーネの成人まで残ってもらいます。その後はフィリーネと一緒に移動しても残っても構いません」

「モニカとニコラが残ってくれるならば大丈夫だと思いますが、できれば書類仕事の得意な側仕えがもう一人いるとありがたいです」

フィリーネが言い難そうな顔で申し出る。仕事内容を熟知しているフランとザームを連れていくのだ。一人増やすくらいは問題ない。わたしはフィリーネに側仕えをもう一人召し上げる許可を出して、ヴィルマとギルに視線を向けた。

「ヴィルマとギルはわたくしが成人したら買い取ると話をしていましたが、成人後ではなく一緒に移動して、しばらくは神殿で生活してほしいと思っています」

戦いの後に親を失った貴族の子が孤児院に増えた以上、彼等の生活や教育環境を整えるためには女子棟に入れる灰色巫女のヴィルマが必要だし、孤児院の者達が働く工房を作るのはギルでなければわからないことが多い。

「灰色神官や灰色巫女という身分のままでプランタン商会と一緒に移動して神殿の改革を手伝ってもらい、それが軌道に乗ってから買い取るという流れにしても良いかしら？」

「わたくしはしばらく神殿で過ごせる方がありがたいので構いません。少なくともローゼマイン様のいらっしゃる神殿ならば城より安全でしょうし、戦いで親を失った子供達の面倒を見るならば仕事内容としてはこちらと同じですから」

元々神殿から出るのが不安だったと、ヴィルマはあっさりと了承してくれた。わたしはヴィルマからギルに視線を移す。

「移動するのは今でも別に良いのですが、神殿から出られるわけではないのですか」

ガッカリして肩を落とすギルの背中をザームが軽く叩いた。

「ギルが神殿から出るのを楽しみにしていたことは知っていますが、神殿の工房について一番詳しいのは貴方です。工房の設立に関しては私やフランではローゼマイン様のお役に立てないことも多いと思います。管轄が違うので……」

ギルが腕を組んで「あぁ」と納得したように頷く。

「確かに神殿は隔離された世界なので、孤児院工房を作るならば私が行く方が良いでしょう。それに、プランタン商会も神殿で仕事をした実績があれば、商業ギルドに受け入れられやすいと思います。ベンノさんやルッツも新領地の事業展開について色々と心配していました」

わたしの声がけで仕事をしている実績があれば、商業ギルドもプランタン商会を無下にはできないとギルが言う。神殿育ちだけれど、長期出張で何度も神殿から出て商人の世界に揉まれているギル以外にはない意見だ。

「わたくしが成人する頃には買い取って、神殿から解放すると約束します。それまでの間、神殿の改革を手伝ってくれると嬉しいです。……だって、わたくしに孤児院の改革を最初に訴えたのはギルですよ？」

「……あ」

地階の惨状を知って、「あいつらを助けてほしい」と最初に言ったのはギルだった。神官長に「責任を持てるのか？」と問われて孤児院長になる責任に怖じ気づいていた頃を思い出しながら、わたしは微笑んだ。

「わたくし、ギルには孤児達の目標であってほしいのです」

孤児院の工房が軌道に乗ったのは、ギルとルッツが協力し合ったからだ。プランタン商会やグーテンベルク達と協力し合い、長期出張に出ているギルは灰色神官や孤児達にとって神殿以外の生き方を見せてくれる身近なお手本である。それをアレキサンドリアでもしてほしい。

「エーレンフェストの神殿から出て家庭を持ったフォルクのように、新領地の神殿を出て下町で仕事をするギルの姿を見れば、それを目標にする孤児達も出てくるでしょう。神殿学校にやって来る商人の子供と対等に商売の話ができる者がいれば、灰色神官や孤児を蔑む者が減るでしょう。新領地の工房が軌道に乗るまで、協力してくださいませ」

わたしが頼むと、ギルがニカッと笑って誇らしそうに胸を張る。その笑顔からはわたしの側仕えを辞めさせられるのではないかと不安がっていた様子は見当たらない。自分の仕事に自信を持っているのが一目でわかる。その頼もしい笑みにギルの成長を感じずにはいられなかった。今のギルを見て、孤児院一の悪童だった姿を想像できる人はいないだろう。

「わかりました。神殿だけではなく、領地のあちらこちらで工房を立ち上げた私に任せてください。ローゼマイン様の無茶振りには慣れていますから。ただ、一人で全部を請け負うのは大変なので、助手ができる灰色神官を三人くらい一緒に移動させてほしいです」

しっかりと先のことを考えた上で力強く請け負ってくれたギルが、フリッツに視線を向ける。

「フリッツ、工房の管理者が一人だと大変だから、誰かを代わりに召し上げてもらうなら今の内にローゼマイン様に頼んだ方が……」

「そうですね。ローゼマイン様、メルヒオール様かカジミアール様にバルツを工房の管理者として召し上げてほしいとお願いしていただけますか？　本当はディルクに召し上げてもらいたいですが、難しいでしょう」

側仕えが一人増えると、必要な生活費が大きく膨らむ。工房の管理者は一日の大半を工房で過ごす。部屋にいられない側仕えを召し上げる金銭的な余裕なんてディルクにはない。

「わかりました。メルヒオールに頼んでみます。フリッツはメルヒオールの側仕えに異動するので問題ありませんか？」

「はい。神殿長の側仕えでなければ工房を守ることは難しいですし、領主一族に意見を直接通せる立場でありたいと思っています」

側仕え達の意見を一通り聞いて、わたしは軽く息を吐いた。移動先が中央からアレキサンドリアに変わると、色々なことが大きく変わる。今日の話し合いではベンノに睨まれそうだが、移動時期の早まったフラン達も一緒に連れていってほしいと頼まなければならない。神殿育ちの彼等だけで長距離の移動なんてさせられないだろう。

……この木箱の山も移動させなきゃダメだね。

もう神殿長ではないわたしがいつまでも神殿長室を占領するわけにはいかない。

「ここの荷物はある程度まとまっていますから、城から馬車や下働きを借りて、なるべく早くメルヒオールに部屋を明け渡したいですね」

「ローゼマイン様、そうされると出発までの間、我々は居場所に困りますが……」

「あ……」

自分が神殿長でなくなった以上、早く神殿長室を引き払わなければと気が急いていた。けれど、出発までの期間、フラン達の過ごす場所がなくなってしまう。

「フィリーネ、神殿長室の引き渡しから出発の日まで孤児院長室の側仕え部屋を借りても良いかしら？」

孤児院長室には主と同じ階に同性用、階下に異性用の側仕えの部屋がある。かつてフランやギルが使っていた部屋を少しの間使わせてもらえると、非常に助かる。そんなわたしの提案に眉を寄せたのはフィリーネではなくユーディットだった。

「ローゼマイン様、階が違っても同室ですよ。自分の側仕えでもない殿方を出入りさせるなんて、フィリーネの外聞に良くないのではございませんか？」

……あぁ、貴族の外聞！

そこに考えが巡らなかった。他の手段を考えようとしたところで、ミュリエラが「フィリーネが孤児院長室に泊まらなければ良いだけでは？」と言った。

「フィリーネにはお城の側仕え室もまだ残っていますし、カルステッド様の館にもお部屋がありま す。神殿で寝泊まりしなければ良いのではございませんか？」

「そうですね。今は神殿に寝泊まりしなければならない時期ではありませんし、ローゼマイン様の出発まではエーレンフェストとアレキサンドリアを行き来するので城で過ごす予定です。フラン達が孤児院長室を使っても問題ないと思います」

フィリーネから了承を得たので、神殿長室を引き払ったフラン達は孤児院長室の側仕え室を使えることになった。彼等の居場所が決まって一安心だ。

「ローゼマイン様、大変恐れ入りますが、孤児院を訪れていただいてもよろしいですか？　デリアから話したいことがあると言われました」

「孤児院の者がローゼマイン様を呼びつけるのですか？」

驚いたようにユーディットとミュリエラが目を丸くする。

「呼びつけたくて呼びつけるわけではないのですよ。デリアはアウブ・エーレンフェストからの罰で孤児院から出られないのです。五の鐘までにはまだ時間がありますし、最後に孤児院を見ておきたいと思っていたからちょうど良いですね。今から行きます」

先触れのためにヴィルマが退室し、ギルとフリッツは工房へ向かうと言う。

「フィリーネ、グーテンベルクとその家族を含めて移動する者が何人いるのか、それからプランタン商会の新しい店主についてまとめた資料が欲しいのですけれど、ありますか？」

「覚え書きはございますが、資料としてまとめていません」

「できれば五の鐘に始まる商人達との話し合いまでにまとめてほしいのですけれど……」

「孤児院長室に戻ってすぐに作成すれば大丈夫です」

「ローゼマイン様、わたくしもフィリーネと一緒に行って良いですか？」

エルヴィーラに派遣された文官として同行しているミュリエラは、孤児院へ行くよりフィリーネの書類作成を手伝う方が有意義に違いない。

「構いません。フィリーネを手伝ってあげてください」

フィリーネとミュリエラがモニカとニコラを連れて孤児院長室へ向かうのを見送り、わたしはフラン達と孤児院へ向かう。

「……ローゼマイン様やフェルディナンド様とご一緒できるのは嬉しいですが、移動準備の期間は段々と自分の場所が自分のものでなくなっていく気がして、どうにも落ち着きません」

「よくわかります。わたくしも新しい生活は楽しみですし、それを自分が望んでいるのですけれど、馴染んだ場所や人々との別れが惜しくて堪らない気持ちになりますから」

フランやザームはギルと違って神殿を出て別の場所で生活したことがないのだ。不安は大きいだろう。わたしは主として彼等を支えなければならない。気合いを入れたところで孤児院の女子棟に到着した。


「ローゼマイン様、お待ちしておりました」

わたしは灰色巫女達に出迎えられて孤児院の食堂を見回す。今は青色神官達の下げ渡しが足りなくても、自分達で食事を得られるようになった。食堂の片隅には本棚や玩具(おもちゃ)箱があり、教材が揃っている。

……本当に変わったよね。

変わったのは孤児院だけではない。人も変わった。洗礼式を終えた見習いも増えているし、成人した者もいる。

……そういえばトゥーリが成人したんだから、ルッツは今年の夏の終わりに成人式だよね。春の終わりにアレキサンドリアへ移動したら、家族に成人を祝ってもらえないんじゃ？

ルッツの移動だけ延期してもらった方が良いかもしれないと考えながら灰色巫女達を見ていく中で、わたしはデリアと目が合った。すごく懐かしい気分になる。何度か孤児院へ足を運んでいるつもりだけれど、顔を合わせたのはずいぶんと久し振りだったようだ。わたしは自分の不在期間が長かったことを改めて感じた。

「ローゼマイン様、少しだけお時間をいただいてもよろしいですか？」

わたしが了承すると、デリアは立ち上がる。跪いている時は顔を伏せがちで距離があったので気付かなかったが、あまり顔色は良くないし、無理をして笑っているように見えた。

「先程ディルクに会ったけれど、元気そうで安心しました。デリアはあまり元気がないように見えますね」

「ディルクと離れて寂しいのです。今ならば家族と離れたくないと言っていたローゼマイン様の気持ちがよくわかります」

デリアの水色の目が伏せられた。彼女もきっとあの頃を思い出しているに違いない。前神殿長とビンデバルト伯爵に騙されてディルクの従属契約をしたこと、わたし達とビンデバルト伯爵との対立、わたしがデリアの助命を願い、ジルヴェスターが許可してくれたこと……。様々な思い出が浮かんでは消える。

少しの沈黙の後、デリアが顔を上げた。

「ローゼマイン様、こちらはわたくしが預かったままでもよろしいですか？」

デリアが持っているのは、いざという時にディルクと従属契約をするための書面だ。何年も前の物だけれど、デリアは大事に持っていたらしい。

「ディルクは時々孤児院へ来て話をしてくれますが、やっぱり大変みたいです。ディルクが本当にどうしようもない状況になった時は、ローゼマイン様を頼らせてください」

お守りとしてこれからも大事に持っていたいとデリアは言う。けれど、わたしはそれを取り上げた。この先デリアにこの契約書を使わせるわけにはいかない。

「ダメですよ。ディルクはもう身食いの孤児ではなく、エーレンフェストの貴族になりました。わたくしはもう孤児院長や神殿長でありませんし、ここの領主一族でさえなくなります。別の領地のアウブになるわたくしが、アウブ・エーレンフェストの許可なくエーレンフェストの貴族と従属契約を結ぶなど、絶対にしてはならないのです」

下手すると領地間の問題に発展しかねない危険なことだ。全く予想もしなかったという顔でデリアがわたしを見る。

「ディルクに何かあった時は、まず神殿長のメルヒオールや、後ろ盾であるアウブを頼りなさい。絶対に順番を間違えてはいけません。貴女の不用意な行動でディルクが更に大変な状況に陥る可能性もありますし、助けられる者も助けられなくなります」

デリアが青ざめた顔になって胸の前で両手をきつく握る。かつて彼女は助けを求める先を見誤った。そのせいでディルクを危険に晒し、自分は処刑されるところだったのだ。次は絶対に間違えないと水色の目が雄弁に語っている。

「……アウブ・エーレンフェストの許可を得た後ならば、わたくしはいくらでもディルクの力になります。それは約束しますから」

「はい」

デリアの目には置いて行かれる者の寂しさが見える。ディルクが貴族になった今、デリアはやり甲斐を感じられなくなっているに違いない。彼女にしかできない役目が何か必要だ。

「デリア、ディルクは孤児や灰色神官では貴族の横暴を防げないと考えたから貴族になりました。孤児院と、ここから出られないデリアを守るためです」

「知っています。でも……」

「だから、デリアもディルクと一緒に孤児院を守ってください」

守られるだけではなく守る立場になれと言われて、デリアが「……え？」と虚を突かれた顔になった。

「貴族になったディルクは外側から守ってくれます。デリアは内側から守ってください」

「内側から？」

「貴族の横暴がなくても、孤児院の中が荒めば世話をされずに放置される子供が出てくるかもしれません。そんな子供を二度と出さないと約束してほしいのです」

「それは……約束にかかる手間が違いすぎると思うのですけれど」

嫌そうに顔を顰めているが、水色の目には元気が出てきた。わたしはフフッと笑う。彼女をやる気にさせるなんて簡単だ。

「デリアは孤児院のお姉ちゃんになって、ここにいる孤児や見習い達を自分の弟や妹と思って可愛がってちょうだい」

昔ディルクの世話を押しつけた時とできるだけ同じ気安さと言葉で、今度は孤児や見習い達の世話を押しつける。一瞬呆気(あっけ)に取られた後、デリアは小さく笑って「もー」と一度小さく呟いた。それから、大きく息を吸った。

「……もー！　ローゼマイン様はそうやっていつもあたしに面倒を押しつけるんですから！」

わざわざ大きく息を吸って怒ってみせるデリアだが、その怒りなんて口先だけで顔が笑っているので全然怖くない。

「あら、デリアならできるでしょう？」

「そのくらい簡単ですもの。……お約束します。あたし、この孤児院のお姉ちゃんになって内側から孤児院を守ってみせますわ」

わたしとデリアの間に新しい約束ができた。

商人達との話し合い

孤児院での話し合いを終えると、わたしはメルヒオールの部屋へ移動することになった。「商人

達が来る前に書類を片付けましょう」とオルドナンツが飛んできたからだ。

「ローゼマイン姉上、お待ちしていました」

神殿長服を着ているメルヒオールの挨拶を受けると、わたしは神殿を離れる寂しさより申し訳なさを強く感じてしまった。可愛い弟は神殿長に就任したにもかかわらず、わたしが荷物を残しているせいで神殿長室に入れないのだ。メルヒオールの立場に相応しい場所をなるべく早く明け渡さなければならない。

「早く神殿長室を片付けてメルヒオールに引き渡しますね。まさか祈念式に参加できなくて、早々に神殿長を交代すると思っていませんでしたもの」

「元々の引き渡し予定が領主会議の直前だったので大丈夫ですよ。しばらくアーレンスバッハへ行くことになるなんて、ローゼマイン姉上も予想外だったでしょうし……」

「それより、ローゼマイン様の側仕え達について今後の予定を教えていただけませんか？」

メルヒオールの側近で神官長のカジミアールが書類を広げた机を示す。そこにあるのはわたしの側仕え達の書類だ。

「予定が変わってしまい、申し訳ないのですけれど、フラン、ザーム、ギル、ヴィルマの四名は新領地の神殿へ移動、モニカとニコラはフィリーネの側仕えに異動、フリッツはメルヒオールの側仕えに異動する予定です。それに加えて灰色神官を三名、新領地の神殿でも工房を始めるために移動させます」

フェルディナンドとハルトムートが引き抜きをかけたことはカジミアールも知っているようで、

「困りましたね」と腕を組んだ。

「神殿長室付きのフランとザームの両名が抜けると、神殿長業務を知る者がモニカとニコラだけになってしまいますから」

わたしはカジミアールの言葉に首を傾げた。そんなはずはない。

「わたくしが青色巫女見習いだった頃、当時の神殿長が碌に仕事をしないのでフェルディナンド様が神官長業務と神殿長業務の両方をしていました。その頃から神官長の側仕えだったロータルやギードは神殿長業務にも精通しているはずです。そうですよね、フラン？」

ザームはわたしが神殿長に就任してから、フランだけでは神殿長業務を捌けないだろうと増やしてくれた側仕えだが、最初から神殿長業務に詳しかった。元フェルディナンドの側仕えならば、神殿長業務にも詳しいと思う。

「イミルとクルトは神殿長業務に携わった時期が短いですが、ロータルとギードならば問題ないでしょう。ローゼマイン様がユレーヴェに浸かっていた期間はフェルディナンド様が神殿長業務もしていましたから」

フランの説明にザームも頷く。現在神官長のカジミアールを説得できなければ、フェルディナンドが招いてくれても移動できないので二人とも真剣だ。

「神殿長室と神官長室に新しく側仕えを召し上げて、彼等に育ててもらえば良いのでは？　選抜基準をフェルディナンド様と同じにすれば、それなりに優秀な者を召し上げられると思います」

「フランとザームはそう言っているが、ロータルはどう思う？」

メルヒオール付きになっているロータルに視線が集まる。

「私とギードが神殿長室を、イミルとクルトが神官長室を回すしかありませんね。そのためには書類仕事に長けた側仕えを新しく召し上げてほしいと思います」

カジミアールが「フェルディナンド様の選抜基準を後で教えてもらおう」と頷いたので、わたしは工房の管理者も召し上げてほしいとお願いする。

「ギルが移動するので、メルヒオールかカジミアールにバルツを工房の管理者として召し上げてほしいと思っています。フリッツ一人では彼に何かあった時に困りますし、領地内で要望があっても長期出張に出せませんから」

「ローゼマイン姉上、元々ギルを引き受ける予定だったので私が召し上げます」

工房の管理者を増やすことはあっさりと受け入れられた。今までメルヒオールやカジミアールが触れていない場所なので、管理者がいないと困ることは目に見えている。

「メルヒオール、カジミアール。神殿の工房は孤児達が自分の努力で食べていくために作った場所です。貴族の権力で彼等の収入を奪うようなことだけはしないでくださいね」

わたしが去った途端に、領主一族直営の工房として彼等の収入を搾取（さくしゅ）されては困る。「絶対に許しません」とメルヒオールとカジミアールに釘（くぎ）を刺した。

「ローゼマイン姉上は私がそのようなことをすると思うのですか？」

「メルヒオールには残酷な現実だと思いますが、お金が動くところでは不正が起こりやすいのです。自分が搾取しなければ良いのではなく、他の者にもさせないように目を光らせることが領主一族である貴方の役目だと思ってください。残念なことに、孤児達が収入を得ることを良く思わず、取り上げようとする者は意外と多いのですよ」

メルヒオールやカジミアールが不正をするとは思わないけれど、カジミアールは神殿を蔑視して育った世代だし、孤児達の生活を切り捨てることに躊躇いを見せない貴族らしい一面が見え隠れしている。

「いくら貴族として有能な文官でメルヒオールにとっては良い人であっても、孤児院を守ってくれるとは限りません。ディルクやコンラートはそういう貴族の存在を心配して、自分が孤児院を守れる立場になりたいと望みました。ディルクが孤児院や工房を守れるように、メルヒオールは協力してあげてください。お願いします」

「わかりました。私は神殿長として、孤児院を守ります」

わたしはカジミアールが並べている異動や移籍の木札を確認し、フランとザームにお金の準備をさせる。その様子を見ながらカジミアールが深々と溜息を吐いた。

「一番の痛手はローゼマイン様が去ることですね。祈念式にこれほど魔力が必要だとは思いませんでした。エーレンフェストの神殿はローゼマイン様の魔力量にずいぶんと甘えていたようです。今年は女神の御力の満ちた魔石があったので恙なく終えられましたが、来年が怖いです」

シャルロッテやヴィルフリートが祈念式を回る時も、わたしの魔力が籠もった魔石を渡していた。成長してきたので今は完全に魔石頼りの神事ではないが、まだ全てを自分の魔力で行っているわけでもないし、自分の魔力が籠もった魔石を準備してくるわけでもない。

「カジミアール、領主会議で希望を出せば、中央神殿に取られた青色神官達をそれぞれの領地に戻してくれることになりました。アウブに希望を出すようにお願いしてください」

「それは助かります。青色神官の数はどう考えても足りていませんから」

エーレンフェストの神殿にはそもそも大人が足りていないのだ。お手伝いをする領主候補生や新しく増えた見習い達を見ればわかるように子供の方が多い。わたしが青色巫女見習いになる前は、神事に参加できるのは成人だけだったなんて、今の神殿を見て信じられる者はいないだろう。

「もしかすると戻ってくる青色神官や青色巫女だけでは足りないかもしれません。少しでも多くの貴族達を神殿に呼び込む方法を考えた方が良いと思います。貴族達が先を争って神殿へ来たくなるような条件を付ければどうですか？」

「ほぅ、たとえば？」

よほど切実なのか。カジミアールが身を乗り出すように尋ねてくる。

「再取得の機会が巡ってきた時に十五以上の御加護を得られなかった者は領主一族の側近として失格にするとか、貴族院の御加護を得る儀式で十を超える御加護を得た者は優先的に側近に召し上げるとか？　養父様の判断次第ですけれど、効果はあると思いますよ」

「ローゼマイン様、それはあまりにも……」

カジミアールの唖然とした顔を見れば、少々非常識な提案だったらしい。

「神具に一定量の魔力を奉納すると、神具を出せるようになります。わたくしの側近達は誰が一番早く神具を出せるようになるか争って魔力を奉納したことで、御加護を増やしました。無理な話ではないのですよ」

「……助言に感謝申し上げます。心に留めておきましょう」

わたしは側仕え達の書類にサインをして、移籍に伴うお金を払う。買い取りと違って移籍はずいぶんと金額が安い。各地から神官や巫女を移籍させていた中央神殿が格安で人手を得ていたことを今更知って、ちょっとだけ腹が立った。

「メルヒオール様、プランタン商会が裏門に到着しました」

門番から客人の馬車が正門へ移動していると連絡が入り、メルヒオールは出迎えの側仕えを玄関へ向かわせる。お茶を準備する側仕え達も動き出し、部屋の中が慌ただしい空気になった。

「アンゲリカ、フィリーネにオルドナンツで知らせを。フラン、わたくし達は客人を迎える部屋へ移動しましょう」


商人達との話し合いに使われる部屋へ移動すると、程なく客人もやって来た。ベンノに続いて見知らぬ男女。それから、ディモ、ザック、ヨハン、ヨゼフなどの移動するグーテンベルク達。相変わらずハイディはお留守番をさせられているようだ。

……ルッツとマルクさんがいないのは珍しいね。

神殿へ来る商人は一つの店につき三人までの出入りが基本だ。今回は新しい店主との顔合わせなのでルッツとマルクはお留守番なのだろう。

新しい店主として来ているのは見知らぬ男女だが、女性の顔立ちは何となくコリンナと似ていて、髪の色や目の色がベンノと似ている。血縁者であることは一目でわかる。男性は彼女の夫だろうか。

「こちらはプランタン商会の新しい店主のヤレスとミルダです。今後は神殿の会合にプランタン商会の代表として出席します。どうぞお見知りおきください」

ベンノに紹介された二人がわたしとメルヒオールの前に進み出て跪く。

「水の女神フリュートレーネの清らかな流れのお導きによる出会いに、祝福を賜らんことを」

「心よりの祝福を与えましょう。水の女神フリュートレーネの祝福がヤレスとミルダにもたらされんことを」

メルヒオールとわたしは挨拶の祝福をすると、ベンノ達に椅子を勧めた。

「ミルダは私の妹で、ギルベルタ商会のコリンナの姉です。結婚して別の町にいましたが、今回プランタン商会を継がせるために呼び戻しました。元々ギルベルタ商会で後継ぎとしての教育も受けていたので、商売上の不安は特にありません」

……そういえばギルド長の息子と結婚させられそうになって、逃げるために別の町の男と結婚した妹がいるって聞いたことがあるような、ないような……。

昔のことなので裏事情はあまりよく覚えていないけれど、プランタン商会の後継ぎがベンノの妹ならば何となく安心だ。コリンナと同じでおっとりふんわり微笑みながら利益をしっかり持っていくタイプに違いない。

「わたくし達は新参者に思えるかもしれませんが、どうぞご安心くださいませ。この街以外の場所でリンシャンのための素材を探したり、紙に使えそうな植物を探したり、インク研究のための素材を調達したり……もう何年も前から別の町でギルベルタ商会やプランタン商会の仕事に関与して参りました」

……それ、わたしのせいでベンノさんの無茶振りを受けていたって意味じゃない？

「わたくしはこの街で生まれ育ち、結婚が決まるまではギルベルタ商会の跡取りとしての教育も受けました。個人的な事柄ですが、オトマール商会や商業ギルドには取り引き材料もございます」

……待って。結婚時のいざこざをネタにギルド長を脅せるよって聞こえたけど？

さすがベンノの妹である。多分コリンナよりずっと強い。ベンノ達がいなくなっても、ミルダがいればプランタン商会は安泰に違いない。

「今回はローゼマイン様が移動した後の工房の管理者や新しい主と顔合わせをできれば……と考えて参上いたしました。可能でしょうか？」

「工房の管理者はフリッツが引き続き行い、バルツを新しく管理者に召し上げる予定です。メルヒオール様、二人を呼びましょうか？」

「お願いします、カジミアール」

ミルダがカジミアールやメルヒオールとやり取りしている様子を、ベンノは少し心配そうに見ている。その心配の理由に心当たりがあったわたしは説明を加えた。

「フリッツとバルツの新しい主はメルヒオールなので、神殿の工房は今まで通り領主一族の管理が続きます。その点はご安心ください」

「ご配慮、恐れ入ります」

領主一族が管理するのか、間に別の貴族が入るのかは平民の商人にとって大きな違いだ。ベンノが安堵したように肩の力を抜いた。その直後、商人らしい作り笑いと赤褐色の目に力が籠もる。

「では、ローゼマイン様。我々はいつどこに向かえば良いのか、詳細をご説明いただけませんか？様々な情報が錯綜していて、我々には理解が難しいのです」

……ひぃっ！　ベンノさんが怒ってる。笑顔だけど、目が怒ってるよ。

「ローゼマイン様がこの春の終わりに中央へ移動すると伺い、それに合わせて約一年間準備していましたが、春の半ばに西門の兵士からアーレンスバッハの新領主になるようだと情報が入り、それから何の知らせもないままブリュンヒルデ様に新しい店舗や工房の設計図を見せられてアレキサンドリアの領主になると言われました。ローゼマイン様は一体どこへ移動されるのでしょう？」

ベンノの説明を聞くと、中央からアーレンスバッハ、更にアレキサンドリアと短期間でクルクルと行き先が変わったように思えるし、何が起こっているのか意味不明だ。自分が巻き込まれているのに正確な情報がなくて、どう準備を進めて良いのかわからないのだからイライラもするだろう。

……全部説明できたらいいけど、できないの。でも、怒らないで！

フェルディナンドを救出するために礎の魔術を奪ったとか、メスティオノーラの書を手に入れたとか、神々に翻弄されていたとか、言えないことがいっぱいあるのだ。隠し部屋を使うことが許されるならば暴露してもわたしは構わないけれど、魔術に触れることがないベンノ達に理解できる事柄ではない。

「あの、本当に突然の変更で申し訳ないのですけれど、わたくしの移動先は中央からアレキサンドリアになりました。名前が変わるだけで、向かう土地としては旧アーレンスバッハです。領主会議で正式にアウブに就任します」

ベンノが「ローゼマイン様がアウブ……」と少しばかり嫌そうに呟く。その響きで中央とそれ以外の領地へ行くのでは心証が違うと言われたことを思い出した。ここでベンノに移動を拒否されたら困る。わたしは必死でアレキサンドリアの良いところをアピールすることにした。

「グーテンベルク達は専属なので、わたくしの移動に巻き込んでしまうことに関してはお詫びします。でも、アレキサンドリアはとても良い街になりますよ。なんと図書館都市になるのです。プランタン商会の印刷業がなければ始まりませんし、グーテンベルクの店舗や工房に関しては設計図を確認してもらった通りになりました」

「……店や工房がもうできているのですか？」

「先日、わたくしが魔術で新しい城や街を造りました。ベンノはハッセの小神殿を建てた魔術を覚えていますか？　あれを街全体で使ったと考えてください。フィリーネ、地図を」

フィリーネがテーブルの上に詳細な街の地図を広げ、グーテンベルク達に店や工房の設計図と周辺の簡単な地図の写しを渡していった。グーテンベルク達は地図と設計図をじっと見つめる。

「グーテンベルクの新しい住まいや店、工房はこの辺り。下町の中心部に固まっています。エントヴィッケルンで新しく造った街はここからここまでです。平民達の荷造りや移動を考え、順次街を造り替えていく予定です」

ベンノが地図や設計図を見ながら「マルクがいないのが痛いな」と呟いた。マルクの代わりに来ているミルダとヤレスは今メルヒオール達と話をしている。あの二人はエーレンフェストに残留なので、アレキサンドリアの話よりメルヒオールとの交流を重視するだろう。

「ローゼマイン様、新しい工房や家に窓や扉はあるのですか？」

「木工職人のディモにとっては気になるところでしょうね。勝手に入れられているので、気に入らなければ後から各自で直してください」

一度に全ての住居の扉や窓を新調なんてできないので、古い家の扉や窓がそのまま利用されていると聞いた。金のある人だけが新しく直すらしい。

「ベンノさん、それを俺のアレキサンドリアでの最初の仕事にしてくれても良いですよ。木工工房として名を上げられますから」

「ベンノさん、ドアノブとか蝶番とか豪華なのをヨハンに依頼しません？　細工は完璧ですよ」

ディモに便乗して鍛冶職人のザックが身を乗り出した。グーテンベルク達の中で一番お金があり、店構えに凝るのはプランタン商会だ。営業先としては正しいが、ベンノは顔を顰めた。

「お前達の最初の仕事は印刷機作りだ。それがなければ印刷業が始められないだろう」

「……ってことは、オレ達の仕事は金属活字か」

ヨハンがガックリと肩を落とす。ベンノはフンと軽く鼻を鳴らし、設計図を折りたたんだ。

「ローゼマイン様、私が確認したいのは街の詳細よりグーテンベルク達の移動日です。中央へ移動すると、ローゼマイン様の成人まで事業に手を出せないと伺っていましたが、アウブになるならば前提が変わりませんか？」

「あ、あぅ。……変わりました」

悔しいが、「成人するまで印刷関係者に移動はありません」と言ったわたしより、「ローゼマイン様の事業計画は前倒しになります」と言ったベンノが正しいと証明されてしまった。ベンノの赤褐色の目が雄弁に「それ見たことか」と言っている。

「わたくしは領主として自領の事業を発展させなければなりません。グーテンベルク達にはできるだけ早く移動してほしいと思っていますが、早期の移動は可能でしょうか？」

正直なところ、約一年かけて準備していたベンノ達と違って、わたしの成人後の移動を見据えていたグーテンベルク達には難しいと思う。

わたしが彼等を見回すと、目の合った鍛冶職人のヨハンは「元々オレはプランタン商会と一緒に移動するつもりだったので」と小さな声で言った。そういえば親方の孫娘にふられて、早く移動したいと言っていたことを思い出す。

「ウチはハイディが最初から乗り気だったし、この設計図を確認させられた時点で急いで引っ越し準備を始めろってプランタン商会から号令があったから……可能と言えば可能ですよ」

インク職人のヨゼフが設計図を指先で軽く叩く。まさかエントヴィッケルン前に設計図を確認させられた時から号令がかかっているとは思わなかった。

……うぇっ!?　ベンノさんの未来予想がすごすぎる！

わたしが驚いてベンノを見ると、「このような予想は当たってほしくなかったのですが……」という呟きと共に軽く睨まれた。周囲に貴族がいるので控えめにしているだけで、隠し部屋ならば頭を拳でグリグリされながら怒られていたに違いない。

……ごめんなさい。そして、ありがとう！　マジ助かります。

「ただ、すぐに移動するとホレスの資格取りを手伝えなくなって、インク工房の跡取りがいなくなる可能性があるので、ハイディの研究成果を一つ置いていこうと思います。そのインクを使うとホレスに金を払わなければならなくなりますが、それに許可をいただけますか？」

無理を言っているのはこちらだ。お金で解決するならば喜んで払う。研究熱心なハイディが一緒に行くのだから、すぐに新しいインクがアレキサンドリアで誕生するし、印刷業が二年間動かなくなることに比べれば大した痛手ではない。

「許可します。ハイディ達が移動できない方が困りますから」

「助かります」

わたしはヨゼフからディモに視線を移した。

「ウチも移動だけなら、荷物を載せる馬車の手配をしていただければ何とか……。さすがにこれほど急に長距離の移動を頼める当てはないです」

馬車の都合がつけばディモも来てくれそうだけれど、最後に一人残ったザックは皆の視線を受けて「妻の準備次第です」と少し苦い顔になった。

「俺だけなら長期出張用の荷造りも慣れているので平気なんですけど、家財道具一式をまとめて一家の引っ越しとなると……」

「親と同居で荷物だけまとめられたら後を任せられるウチと同じようにはいかないよな」

ヨゼフとハイディは夫婦で長期出張もしたことがある上に妻の方が移動に積極的なので、ザックの家庭とはまた違う。普通は急すぎて無理だろう。

「難しいならば、ザックは後から移動しても構いませんよ。本来はわたくしが成人する二年後が移動予定だったのですから」

「うーん……。新しい場所で仕事を始めるなら、最初からいた方が良いんですよ」

ザックが悩む様子を視界の端に留めつつ、わたしはベンノに「プランタン商会のルッツも後で構いません」と声をかけた。

「何故ですか？」

「確か成人間際だったと記憶しています。ご両親はきっと成人式を楽しみにしているでしょうから、ルッツは成人式が終わってから移動しても良いと思っています」

ちょっと言葉が足りないけれど、ルッツの家族はルッツを大事にしていた。きっと成人式も楽しみにしているに違いない。ほんの季節一つ分なのだから、成人式が終わるまでは家族のところにいた方が良いと思う。

「ザックが言うように、新しい場所で仕事を始めるならば最初からいた方が良いのです。おそらく家族からの成人祝いより移動を取ると思いますが、一応伝えておきます」

わたしの気遣いは不要だとベンノが言う中、ザックはまだ難しい顔で悩んでいた。

「なぁ、ザック。奥さんに合わせてやれよ。工房はオレ一人で何とかするからさ」

ヨハンがザックの肩を軽く叩く。アレキサンドリアでザックとヨハンは同じ工房で働くので、少しでもザックの力になりたいと思っているに違いない。そんなヨハンの申し出をザックはあっさり切り捨てた。

「あ？　どう考えても無理だろ？」

言葉の荒さも手伝って、その場がシンと静まった。わたしは取り成そうと今後の予定を伝える。

「最初は神殿に印刷工房を作る予定ですから、ヨハンだけでもできると思いますよ。長期出張でしていた仕事とそれほど変わらないでしょう」

「そうだ、そうだ。オレだって少しは……」

ヨハンが勢い込むと、ザックの灰色の瞳がギラリと光った。

「調子に乗るなよ。出張先で鍛冶職人に活字の作り方を教えるのと、新しい工房を立ち上げるのを仕事として行うのは全然違うぞ。ウチの奥さんに工房の書類仕事を任せるつもりだが、俺達が到着するまで、お前に金勘定(かねかんじょう)ができるのか？」

ザックから「設計図を引く時に持ち手と刃渡りを足した全長は計算できても、材料の合計金額は間違えるくせに」と言われたヨハンが言葉に詰まる。

「そ、それは……」

「何の繋がりもない場所で客引きができるのか？　金属活字や印刷関係の小道具、ポンプなんかを鍛冶協会に登録して商業ギルドに売り込みするのが最初の仕事だぞ？」

「うっ……無理」

ガクリとヨハンが項垂れる。反論は完全に封じられた。確かにヨハンは職人として黙々と作り続けるのは得意だけれど、作る以外のことは苦手なようだ。

「気持ちだけはありがたいが、新領地の工房がいきなり躓くのは困るんだよ」

ザックはハァと大きく息を吐いた後、背筋を伸ばしてわたしに向き直る。

「ローゼマイン様、妻には怒られると思いますが、何とか間に合わせます。正直なところ、移動するならプランタン商会の旦那様と一緒の方が安心ですから」

グーテンベルク達は何とか準備して来てくれるようだ。ホッと胸を撫で下ろしつつ、わたしはベンノの様子をチラチラと窺う。移動に関してもう一つお願いしたいのだが、怒られないだろうか。しばらくわたしの視線を見て見ぬ振りしていたベンノだが、仕方なさそうにニコリと笑った。

「何でしょう、ローゼマイン様？　まだ何かございますか？」

……うぐっ。その目、「これ以上無茶振りする気か、この阿呆」って言いたいんでしょ？　その通りだよ。

「大変なところ本当に申し訳ないのですけれど、神殿から移動する者達も一緒に連れていってくれませんか？」

ベンノが苦虫を噛み潰したような顔になった。他に貴族がいる前でこれだけ苦い顔になるのだ。かなり無理な頼みらしい。

「フラン達がアレキサンドリアの神殿へ移動することが決まったのですけれど、神殿の側仕え達は世間知らずでしょう？　彼等だけに旅をさせることはできなくて……。もちろん移動に必要なお金はわたくしが払いますから」

「……金銭的な問題ではありません。大人数になると、船や馬車の準備が難しいのです。食料や衣服、生活雑貨が必要で、長距離の移動になると一人に馬車が一台か二台は必要になります」

祈念式の時に馬車の準備をする様子を思い出し、わたしは移動する人数を指折り数えて溜息を吐いた。確かにすごい数の馬車が必要になる。祈念式と違って宿泊場所が準備されているわけでもないし、引っ越しなので家財道具一式も加わるし、新しい店舗や工房に持ち込む仕事道具の量も馬鹿にならない。

女子供も一緒に移動するし、どうしても進みが遅くなるので野盗に襲われやすい。護衛を増やしたいが、どこからどこまで何人雇うのか。彼等の分の荷物が更に増えるなど、かなり大変らしい。

「グーテンベルクの長期出張のようにローゼマイン様が騎獣で運んでくださるわけではないのでしょう?」

「……難しいですね。わたくしは新領地がある程度落ち着くまで予定が詰まっていますし、領主会議の後は容易にエーレンフェストに立ち入れなくなりますから」

だが、ベンノにとっても難しいことだし、急な予定変更を強いているのはわたしだ。

「……皆が運ぶ荷物を減らし、旅で使用する必要最低限の荷物だけ持っていく形にすれば、フラン達も連れていってくれますか?」

「荷物を減らすとは?」

「わたくしも引っ越すので、転移陣や貴族院の寮を使ってたくさんの荷物をエーレンフェストからアレキサンドリアに運びます。わたくしの荷物と一緒にグーテンベルクの荷物も魔術で送って、城の空き部屋で管理しておくのはどうでしょう？」

一家での引っ越しになると家財道具一式を運び出すわけだが、仕事道具や家財道具、季節外の衣装など旅の間に使わない物も多い。移動中に使わない物を転移陣で送れば、馬車にはかなり余裕ができるはずだ。そんなわたしの言葉に飛びついたのは、ベンノではなくグーテンベルク達だった。

「それは助かります。インクの素材や道具は多いですし、ハイディは道中で更に素材を増やしそうなので……」

「それなら今回は諦めるしかないと思っていた道具も運べるんじゃ？」

ヨハンが金属活字とそれに必要な道具だけではなく、もっと色々と持ち込めそうだと言った途端、ディモとザックが目を輝かせた。

「あちらで組み立てたらすぐに使えるように印刷機一式を送っておくのも良いかもしれませんよ」

「ポンプを持っていきましょう。新しい家の井戸には必須ですから」

新生活が楽になるように色々と持ち込むのは構わないけれど、まず馬車に載せる荷物を減らすための提案だとわかっているのだろうか。

「転移陣が使えるのは領主会議までの期間ですから、早急な準備が必要になります。でも、そうすれば馬車に余裕ができるでしょう？　フラン達をお願いできませんか？」

ベンノがわたしを見ながら軽く目を閉じた。色々と計算しているに違いない。

「……西門からライゼガングへ向かう船と、カンナヴィッツからアレキサンドリアの街へ向かう船を我々の移動に使えるように手配してください。ライゼガングからカンナヴィッツまでの間は馬車で移動するので、馬車と護衛を手配していただきたいです」

馬車で行くより船を使う方がよほど早く着けるとベンノは言った。カンナヴィッツは確か空から神々の御力をダバダバと注いで漁師達に感謝された場所だ。わたしの許可証があれば問題ないと思う。

……ただ、護衛はねぇ……。

ライゼガングの兵士や護衛ができる者に声をかけるべきだと思うが、当てがない。レオノーレが帰る前ならば打ち合わせもできたが、すでにレオノーレはライゼガングを離れてこちらに戻っている最中である。それに、エーレンフェスト側は手配できても、アレキサンドリア側はどこの誰に頼めば良いのかさっぱりわからない。

「あの、ローゼマイン様。わたくしとダームエルがグーテンベルクの護衛に付きますよ」

「え？　よろしいのですか、ユーディット？」

平民の護衛を貴族のユーディットが申し出ると思わなくて、わたしは目を丸くした。

「よろしいも何も……。聞いていませんか？　シャルロッテ様に頼まれたのです」

「シャルロッテに？」

ユーディットによると、シャルロッテは「お姉様が大事にしているグーテンベルクが移動する際、エーレンフェスト内で彼等が害される事態は絶対に防がなければなりません」と言ったらしい。何かあれば、フェルディナンドを救出した時のような勢いでわたしがエーレンフェストに突っ込んでくるし、領地間の関係に亀裂が入ると考えているそうだ。

……まぁ、移動する中に下町の家族がいる以上、何かあったら全力で助けに行くよね。

「境界門までは絶対に必要で、できれば新領地の城までと言われました。わたくしやダームエルならばローゼマイン様からアレキサンドリアに入るための許可を得やすいと考えた人選だそうです。就任式が終われば護衛騎士としてのお役目もなくなりますから、わたくし、アレキサンドリアのお城まで護衛しますよ」

ユーディットの菫色の瞳が期待に満ちている。これは間違いなく「お役目で他領へ行ってみたい、見てみたい」という期待だ。婚約式もお留守番だったので、気持ちはわかる。何より魔術具を使える騎士が同行してくれると連絡が取りやすいし、野盗は近付けない。グーテンベルク達の旅は非常に安全になる。

「わたくしはとても助かりますし、許可を出すのは構いませんが、未成年のユーディットが他領に立ち入るには、貴女のお父様の許可が必要ですよ」

「またお父様ですか！」

「最後のお役目としてわたくしからも頼んでみますが、ユーディットに関してはお父様の判断次第ですね」

……とりあえずおじい様と相談してダームエルは護衛に決定しておこうっと。

護衛の件が片付きそうなので、わたしはベンノに向き直った。

「こちらが無理を言う立場なので、船、馬車、護衛の手配はしましょう。それから、こちらを。わたくしの専属である証明と、アレキサンドリアへの移動を要請する書類です。多少の融通を利かせてもらえると思います」

わたしが証明書を渡すと、ベンノは満足そうに唇の端を上げた。

「ローゼマイン様の要望通り、なるべく早く移動します。この図書館都市から国中に印刷業を広げるのでしょう?」

地図をトントンと指差しているベンノの野望に満ちた赤褐色の目は、とても馴染みがあるものだ。わたしもやる気満々になってフフンと笑う。

「えぇ、ユルゲンシュミット中に本を広げて、全ての本をわたくしの図書館に収めるのです。そのためにも早くアレキサンドリアに来てくださいね。待っています」

アレキサンドリアでの再会を約束して、わたしは商人達との話し合いを終えた。

就任式の衣装と図書館の閉鎖

「姫様、姫様」

必死で読み込んでいた教科書をリヒャルダに取り上げられて片付けられる。わたしがハッとして顔を上げると、おそらく何度も声をかけたらしいリヒャルダが、やれやれと言わんばかりに息を吐いた。

「そろそろフロレンツィア様やシャルロッテ姫様の専属針子がいらっしゃるので本館へ移動しますよ。本日届けられる衣装の中から就任式でお召しになる衣装や装飾品を決めてくださいませ」

「婚約式で着た衣装はダメなのですか？　あれは季節の貴色の緑ですし、王族との養子縁組のために誂えたので就任式にも相応しいと思うのですけれど……」

母さんが染めた布とフェルディナンドに贈られた薄布を使い、トゥーリの髪飾りと合わせてある衣装なので思い入れが深い。就任式も同じ衣装を使うつもりだったが、リヒャルダやオティーリエに渋い顔をされた。

「王族との昼食会に婚約式と公式の場で二度使っています。フロレンツィア様やシャルロッテ様の専属針子まで動員して衣装を誂えていただいたのに、全て同じ衣装ではアウブ・エーレンフェストがお気の毒ですよ。領主会議は何日も続くのですから、お気に入りは他の日に使ってください」

これからアウブになる養女に衣装も与えていないのかと、旧アーレンスバッハの貴族達から陰口を叩かれる可能性があるらしい。エーレンフェストの領主一族であるわたしがアウブになることを不満に思う貴族は当然いる。余計な隙を作るなと言われれば、その通りだ。

「……そうします」

「お姉様、たくさん届きましたよ。今はお母様が試着中です」

衣装が持ち込まれる部屋にはシャルロッテがいた。フロレンツィアとシャルロッテの衣装も届けられていて、並べられていく衣装を見ながらお茶を飲んでいる。フロレンツィアは衝立（ついたて）の奥らしい。

「シャルロッテ、ユーディットから聞きました。グーテンベルク達の移動に際して配慮してくれたのでしょう？　ありがとう存じます。おかげで、平民の移動に騎士を護衛に付けるのかと文句を言う者も出ず、わたくしの護衛騎士を動かせることになりました」

案の定、ユーディットは他領へ出ることを禁じられた。「境界門まで」と言われて悔しがっているが、エーレンフェスト側の配慮のおかげでアレキサンドリアからもわたしの護衛騎士を出せるようになったのだ。マティアスとラウレンツが境界門までグーテンベルク達を迎えに行く。

「お姉様のお役に立ててよかったです。その代わりと言っては何ですが、グーテンベルク達を境界門まで送った後、領地の南の境界線付近を見てくるようにユーディットとダームエルに命じてくださいませんか？」

「見てくるように、とは具体的に何をさせたいのですか？」

シャルロッテが二人に悪いことをさせるとは思わないけれど、それでも自分が去る以上、二人に不利益がないように警戒してしまう。

「ゲルラッハの戦いの痕跡を確認してほしいのです。祈念式には無理を言ってわたくしが向かったのですけれど、小聖杯に奪われた魔力を戻しても土地の全てが元通りになっているわけではありませんでした」

小聖杯で奪う時にも戻す時にも魔力が必要になる。小聖杯で土地に魔力を戻しても、目減りしているため完全に元に戻るわけではない。それなりに緑が戻り、農作業ができないような荒れ地ではなくなったけれど、収穫量に関しては予想ができないらしい。

「わたくしが行った祈念式で回復したのか、追加で魔力が必要なのか、魔力より冬に向けた食糧支援の計画を立てた方が良いのか知りたいのです。特にゲルラッハはギーベの館が襲撃を受けたため、情報のやり取りもままなりませんから」

おそらく領主会議の後で新しくギーべが任命されるはずだが、あまりにも人が殺されすぎているため、引き継ぎが上手くいくかわからないらしい。支援が必要ならば、尚更早く情報を集めたいと言う。

……わたしの妹、マジですごすぎない？　戦いに出たわけでもないのに戦いの痕跡やそこに住む領民の支援について考えられるんだよ？

エーレンフェストの大人達が領主会議の対応で手一杯の時に、グーテンベルクの安全や領民支援に配慮できるシャルロッテに感動した。

「ユーディット、そういうわけですからゲルラッハやイルクナー周辺の視察もお願いしますね」

背後に立っているユーディットに早速命じると、苦笑気味に了承してくれた。

「ローゼマイン、次は貴女ですよ。普段着は後で構いません。領主会議で使用する盛装の確認を先にしてくださいね」

衝立の奥から戻ってきたフロレンツィアの声に、専属針子達がいくつもの衣装を運び始めた。新しく誂えた衣装だけではなく、お直しした衣装もあるせいかずいぶんと多い。それぞれの工房に得意な刺繍や染め布、デザインがあるようで、並べられた衣装を見ればフロレンツィアとシャルロッテどちらの専属が誂えた衣装なのか何となくわかる。

「こちらの試着から始めましょう。どうか最後の調整だけでもさせてくださいませ」

わたしは衝立の奥へ移動させられ、言われるままに袖を通す。仮縫いにも碌に協力できない状態で、ギルベルタ商会が図書館に持ち込んだ仮縫いの衣装を参考に作ってもらったのだ。針子の皆様にとっては大変な依頼だったと思う。

「ほとんど修正が必要ないですね。見事な腕前だと思います」

わたしが褒めると、針子達は表情を綻ばせつつ「最後の細かい修正が大事なのですよ。領主会議で王族や他領の方々の目に触れるのですから」と手を動かす。

いくつかの衣装を試着すると、疲れたのでわたしは休憩に入り、代わりにシャルロッテが衝立の奥に向かった。わたしはリヒャルダの淹れてくれたお茶を飲みながら、試着の終わった衣装を見つめる。

「養母様、春の終わりの領主会議に夏の貴色である青い衣装を着てもおかしくないでしょうか？」

「青は貴女の誕生季の貴色ですから全く問題ありませんよ。気に入る衣装がありましたか？」

わたしはフロレンツィアの専属が誂えた、水色がメインで紺色を差し色に使った衣装を示した。

「養母様が誂えてくださったあの青い衣装を就任式に着ても大丈夫でしょうか？　養母様の衣装と趣が似ているのですが……」

わたしは水色で、フロレンツィアの衣装は落ち着いた草色だ。全く同じデザインではないけれど、何となく似ているのは彼女の専属針子が作ったからに違いない。

「わたくしのルネッサンスが染めた布を使っていて、柄が同じで色違いだから趣が似るのでしょうね。あのコンテストから自分の専属染色職人を決めるだけではなく、自分だけの柄を作るのが流行しているのですよ」

わたしが不在にしている間にも貴族女性の流行は色々と変化しているらしい。

「せっかく誂えていただいた衣装ですし、就任式の日はお揃いの雰囲気にしたいのですが、いかがでしょう？　わたくしとエーレンフェストの仲が良いことがわかると思うのですけれど……」

そう提案すると、フロレンツィアが嬉しそうにふわりと微笑んだ。

「あの衣装は水色の面積が大きいのでアレキサンドリアのマントを着けても馴染みが良いと思いますよ。貴重な機会ですもの。帯も合わせましょう。マクシーネ、以前に色違いで作ってもらった帯があったでしょう？　持ってきてちょうだい」

フロレンツィアは一人の側仕えに部屋から帯を持ってくるように命じると、もう一人の側仕えを呼んでジルヴェスターの側仕えに決定した衣装の詳細を伝えるように命じる。

「養父様に衣装をお知らせするのですか？」

「ええ、並んで行動するのですから、ある程度まとまりのある印象に見えるようにした方が良いでしょう？　ローゼマインもフェルディナンド様にお知らせしておいた方が良いですよ。貴女達はマントの色が揃いませんから」

わたしは就任式でツェントから新しい領地のマントを賜るが、フェルディナンドはエーレンフェストのマントのままだ。並ぶとかなりちぐはぐな印象になるのは避けられない。衣装の詳細を知らせて、合わせてくれるようにわたしは手紙を書くことにした。

「ローゼマイン、ブリュンヒルデの衣装もお揃いにしたいのですけれど良いかしら？」

今から作るわけではないので、完全なお揃いではないけれど、似た感じのデザインや色違いの帯を使えば遠目にはお揃いに見せることが可能だとフロレンツィアは言う。

「ローゼマインが嫌でなければ、のお話ですよ。ブリュンヒルデと貴女との縁を貴族達に見える形で深めておくことはとても大事なことですから」

「もちろん構いません」

貴族院の卒業式でフロレンツィアとブリュンヒルデは色違いの髪飾りを作ったと教えてくれる。麗乃時代の記憶があるせいか、どうしても第二夫人や第三夫人という存在が馴染まない。それに第一夫人と第二夫人の仲が良い話より、対立する話の方が多い。特にブリュンヒルデはライゼガング系貴族の口出しが元で領主一族との関係が拗れそうなので気になっていたのだ。ブリュンヒルデが第二夫人として尊重されることが伝わってきてホッとした。

「このような機会はありませんし、少しだけ良いかしら？」

フロレンツィアに差し出された盗聴防止の魔術具が視界に入って、わたしは思わず身震いした。バクバクと普段より大きく動く心臓と背筋を伝う冷たい汗が止められない。

「ローゼマイン、どうかして？」

フロレンツィアが不思議そうに首を傾げる。わたしとフェルディナンドの側近達が必死に隠してくれているおかげで、わたしの魔石恐怖症はフロレンツィアにも知られていないらしい。

「何でもありません」

わたしは笑顔に力を入れて、盗聴防止の魔術具を手に取った。領主会議ではきっとこんなふうに魔術具や魔石を出されることもある。魔石が怖いなんて顔に出してはならないのだ。手の内にある魔石の感触に体が震えそうだが、わたしはできるだけ普通に見えるように振る舞う。

「他領へ離れていく今になっても衣装を揃える提案をしてくれたり、シャルロッテのお願いを聞き入れたりしてくれる貴女は、やはりわたくしにとって聖女なのですよ」

意外すぎるフロレンツィアの言葉に、わたしは魔石への恐怖も忘れてポカンとしてしまった。王族との話し合いや就任式などエーレンフェストに迷惑をかけ通しの今、そんなことを言われると思わなかったからだ。

「貴女とわたくしの関係は……決して悪くはないけれど、親子ほど近くもなかったでしょう？　実母であるエルヴィーラが近くにいるし、ローゼマインの教育に関してはフェルディナンド様が決めていましたから、わたくしは手を出して良いのかわからず悩んだものです」

フロレンツィアが苦笑した。神殿育ちだからこそ貴族の常識を身につけなければならないのに、接する貴族が非常に厳選されている上に、城より神殿に滞在する時間の方が長い。印刷業を守り育てる平民を優先し、貴族の文官を切り捨てる。ヴィルフリートの婚約者になったのだから、未来の第一夫人に必要な教育をしようとしても忙しさを理由に拒絶する。我が道を突き進むわたしをどう扱えば良いのかわからなかったとフロレンツィアは言った。

「城にいたがらず、わたくしからの教育を疎む貴女に嫌われているのではないかと思ったこともございます」

「わたくし、そんなつもりは……」

貴族の柵や常識は今でも面倒臭いと思っているし、お茶会も得意ではないのであまり参加したくないが、フロレンツィアを嫌ったことはない。

「わたくしが望む未来と、貴女が望む未来の方向性や優先順位が違っただけだと、今はもうわかっています」

フロレンツィアが少しだけ寂しそうに笑った。

「エーレンフェストの領主一族として同じ未来を歩めなくなったことは残念に思いますが、今までわたくしの子供達や領地を守り、発展に力を尽くしてくださったことに感謝しています」

「わたくしも、やりたいようにやらせてくださった養母様に感謝しています」

ジルヴェスターだけではない。フロレンツィアも領主の第一夫人として頭を抱えつつ、わたしの要求を叶えるために奔走（ほんそう）したり暴走の後始末をしたりしてくれたはずだ。教育や社交について注意されたり進言されたりしたことはあっても、無理強いされたことはない。

「これから先も貴女は貴女らしく生きていくことでしょう。ただ、貴女は本当に虚弱なのですから、体調には十分気を付けるのですよ」

フロレンツィアの口から出てくる言葉に、わたしは笑いがこみ上げてくるのを止められなかった。

「何ですか？」

「母親が娘にかける言葉は皆同じなのだと思ったら何だか嬉しくて……。少々距離があったかもしれませんが、養母様も間違いなくわたくしの母なのです。養母様もご自愛くださいね」

しんみりしたところにシャルロッテが戻ってくるのが見えて、わたしとフロレンツィアは盗聴防止の魔術具をテーブルに置いた。それを見たシャルロッテが軽く眉を上げる。

「あら、お二人で内緒話ですか？」

「アウブになった後もシャルロッテと仲良くしてくださいというお話をしていただけですよ」

「シャルロッテはわたくしの可愛い妹ですもの。それは他領へ行っても変わりません」

わたし達は顔を見合わせて笑い合う。ほんの少しの時間だけれど、フロレンツィアと二人だけで話せてよかった。


「姫様、今日の予定は図書館の閉鎖ですよ。馬車と下働きを手配しています。アレキサンドリアに連絡していますか？」

朝食を終えると本日の予定確認だ。ラザファムが課題を終えたと連絡があったので、リヒャルダに荷物を運び出すための手配をしてもらったのである。図書館から運び出す荷物にはフェルディナンドの物もあるので、アレキサンドリア側で受け取ってくれる彼の側近が必要だ。

「ダームエル、あちらの様子はどうですか？」

「昨日ユストクス様と打ち合わせをしました。午後からゼルギウス様がアレキサンドリア寮で待機してくれます」

ダームエルとフィリーネは不正書類の確認にほぼ毎日駆り出されてアレキサンドリアに行っている。ついでに連絡係も請け負ってくれているのだ。ちなみにローデリヒはハルトムートから鬼のような催促が来たため、非常に慌ただしく引っ越しを終えて今はアレキサンドリアで生活している。

「ローゼマイン様、今日は図書館にお供した方が良いですか？」

「フィリーネはダームエルと一緒にフェルディナンド様のお手伝いをお願いします。荷造りはほとんど終わっていますし、運び出しの確認は側仕え達に任せられますから」

「かしこまりました。では、アレキサンドリアにいってまいります」

退室しようとするフィリーネとダームエルに、オティーリエは申し訳なさそうに声をかけた。

「ダームエル、フィリーネ。申し訳ないのですけれど、ハルトムートに伝言してくれるかしら？　さすがにそろそろ戻らなければ引っ越し準備に不都合が出ますよ、と」

クラリッサに大半の荷造りを任せていても、隠し部屋の片付けなどはハルトムート本人でなければできない。基本的にハルトムートのやりたいようにさせるオティーリエが口を出すくらいだ。余裕のない状況になってきたに違いない。

「アンゲリカ、リーゼレータの様子はどうですか？　二人分の片付けは順調かしら？」

自分の荷物だけを片付ければ良いグレーティアは職務に復帰しているが、二人分の片付けをするリーゼレータの姿はまだ見えない。アンゲリカはしばらく考え込んだ後、コテリと首を傾げた。

「……領主会議までには終わると聞いたような気がします」

「それはわたくしも知っています」

ダームエルとフィリーネがアレキサンドリアへ向かうと、わたしは側仕えと護衛騎士を連れて図書館へ行った。

「おかえりなさいませ、ローゼマイン様」

「ラザファム、課題が終わったようで何よりです」

フェルディナンドから預かった課題はかなり多そうだった。あれを全て覚えるまで移動禁止を言い渡すなんてひどいと思ったが、ラザファムは見事にやり遂げたらしい。

「久し振りに能力の限界に挑戦しました。フェルディナンド様のお側を離れると、どうしてものんびりしてしまいますから。アレキサンドリアへ移動する前に頭の準備運動ができて助かりました」

……さすがフェルディナンド様の側近。めちゃくちゃこき使われるのに慣れすぎじゃない？

穏やかな笑顔で厚い書類の暗記を「頭の準備運動」と言われて、わたしは心臓をきゅっと絞られたような気分になった。やはり能力が高くないとフェルディナンドの側近ではいられないようだ。

「荷物はもう運び出せるのですか？」

「はい。図書室とローゼマイン様のお部屋以外は片付いていますから。この館を賜った時からあった家具などは持ち出さないので、それほど荷物も多くありません」

わたしはこの図書館を譲り受けてから、応接室、図書室、調合室、自室、隠し部屋くらいしか満足に使っていない。入ったことのない部屋の方が多いくらいだ。そういう部分はラザファムが片付けてくれたそうだ。

「では、側仕えの皆は図書室を片付けてくれますか？　わたくしは隠し部屋を片付けてきます。アンゲリカ、箱を一つ持ってきてください」

わたしはアンゲリカが持ってきてくれた箱を持って隠し部屋に入ると、アーレンスバッハから届いたフェルディナンドの手紙や録音の魔術具が入っている革袋などを入れていく。それほど多くの物はないので片付けるのは早い。大事な物を箱に入れて外に出すと、他の者にも入ってもらって隠し部屋の中にある椅子などの家具を出してもらう。隠し部屋はすぐに空っぽになった。

「おや、ローゼマイン様。もうお片付けは終わったのですか？」

「多くの物を持ち込んだわけではありませんからね。それにしても、こうして空っぽになっていく図書室を見ると、とても寂しいですね。これから新しい図書館に本が増える喜びと半分半分という気分です」

わたしは書箱に詰められて玄関ホールへ運び出されていく本を見ながら息を吐く。

「ローゼマイン様はこちらで荷物の運び出しが終わるのをお待ちくださいませ」

わたしはラザファムに案内された椅子に座る。

「わたくしが初めて手に入れた自分の図書館なので思い入れは強いのですけれど、フェルディナンド様の移動時に譲られたでしょう？　そのせいか、ここにはどうしても寂しい思い出が多いように思えます。自分の図書館なのに何となく手放しで喜べない場所なのです」

わたしが館の中を見回すと、ラザファムも同じように見回して苦笑する。

「フェルディナンド様にとってもあまり楽しい思い出の詰まっている館ではないと思いますよ。私にとっても同様です。フェルディナンド様の側仕えとしてこの館を管理してきましたが、主がいる時間は本当に短かったですから」

成人すると、領主候補生は北の離れを出る。成人時点で輿入れが決まっている者は輿入れまで北の離れを使う。成人後も領地に残る領主候補生は貴族街に館を与えられるそうだ。北の離れを準備する時も一年半から二年ほどかけて準備するように、北の離れを出る準備も二年ほどかけるらしい。

「フェルディナンド様が成人する際の贈り物として先代領主からこの館を賜ったのは、貴族院四年生が終わった夏の初めでした。けれど、当時は冬以外も貴族院に入り浸りでしたから……」

大きな家具が残されていたので、特に準備する物もないと言い切って、フェルディナンドは館に手を入れるより貴族院での研究を優先したそうだ。

「先代領主が病に伏し、騎士団で過ごす時間を増やすように言われてからようやく館に出入りする時間が増えました。ここは北の離れより安全ですから」

フェルディナンドがいるのでユストクスやエックハルトもこの館で過ごす時間が長かったし、ジルヴェスターやカルステッドもよく様子を見に来たらしい。

「騎士団で過ごす時間……。騎士団長だったことがあると聞いたことがあるような……」

「ご存じでしたか。あれはダンケルフェルガーからの婿入りの打診が、マグダレーナ様とトラオクヴァール様の婚約によって立ち消えになった後のことです。ジルヴェスター様の補佐として領地に残すことをヴェローニカ様に納得させるため、先代領主はフェルディナンド様にボニファティウス様と同様の生き方を望みました。それを受けて、カルステッド様がフェルディナンド様を騎士団長として扱うようになったのです」

ジルヴェスターも賛同し、騎士団長のカルステッドはフェルディナンドを立てようと苦心していたらしい。

「今思うと、先代領主は自分が亡くなった後のフェルディナンド様の居場所を作ろうとしたのかもしれません。当時はフェルディナンド様が望んだわけでもないのに騎士団に入れられて騎士団長に祭り上げられ、研究時間が削られるのですから不愉快に思ったものです」

そして先代領主の病が重くなるほどヴェローニカの攻撃が激しくなり、領主候補生ではなく騎士団長として扱われるため貴族院でいられる時間も短くなっていく。どんどん居場所が削られていくような感覚だったそうだ。

「先代領主が亡くなるとヴェローニカ様は殺意を隠さなくなりました。ジルヴェスター様から神殿に入れと言われたフェルディナンド様は、貴族社会での居場所を消されたのです」

「養父様がフェルディナンド様を神殿に入れたのは守るためで……」

「私もヴェローニカ様とフェルディナンド様に距離を取らせるためだと伺いました。それが目的ならば、夫を亡くして精神に異常を来した者を神殿に入れればよかったでしょうに……」

……気持ちはわかるけど、辛辣！　側近仲間としてエックハルト兄様が仲良くできるわけだよ。

「フェルディナンド様はしばらくの間ここから神殿へ通っていましたが、次第に神殿へ生活の場を移すようになりました。この館には城や貴族街に用がある時に立ち寄るだけになると、私は神殿の側仕えを羨んだものです」

側仕えとして世話を焼きたいのに焼かせてくれません、とラザファムが苦笑する。

「ヴェローニカ様が捕らえられた時はユストクスやエックハルトと祝杯をあげました。他の方々は忙しかったようですが、我々はヴェローニカ様への恨みが深いせいで騎士団長に警戒されて関わらせてもらえなかったのです」

悲しそうな表情で声のトーンを落として「入れられたのが白の塔でなければ報復手段はいくらでもあったのですが」と言われた瞬間、わたしは思わずラザファムを二度見した。穏やかそうで優しそうに見えるけれど、ラザファムもやはりフェルディナンドの名捧げ側近だ。

……報復する気満々だし物騒！　そりゃ危険視されて関わらせないよ！　お父様の判断、マジでグッジョブ！

「我々は比較的暇でしたが、フェルディナンド様は神殿と城とカルステッド様の館を行き来してお忙しそうでしたね」

ラザファムがそう言いながらわたしをチラリと見た。わたしがカルステッドの館で洗礼式のために詰め込み勉強をしていた頃の話に違いない。

「ローゼマイン様が領主の養女になると、フェルディナンド様の命令を受けるためにユストクスやエックハルトが頻繁に出入りするようになりました。還俗(げんぞく)した後はフェルディナンド様がここで過ごす時間が増え、私は非常に嬉しかったのです」

ところが、王命でアーレンスバッハへ行くことになり、ラザファムは置いて行かれた。おまけにフェルディナンドは婚約者に即死毒を使われて命の危機に陥ったのだ。

ラザファムの話を聞くと、エックハルトやユストクスがどれほどディートリンデやランツェナーヴェを憎悪(ぞうお)しているのかよくわかる。同時に、わたしに関わらせないように現在アレキサンドリアで暗躍している彼等が何を企(たくら)んでいるのか不安で仕方ない。

……「命を奪うな」と命じてくれたメスティオノーラに感謝を！

あの命令のおかげで最悪の事態は免れるはずだ。

「私は仮の主としてローゼマイン様にお仕えするように命じられましたが、基本的には城と神殿を行き来していて、冬の間は貴族院。貴女もこの館にあまり滞在しない主でした」

図書館に引き籠もりたい気持ちだけは大きかったが、周囲と状況がそれを許してくれなかった。悲しいことにわたしが図書館で過ごせた時間は短い。

「それでも、ローゼマイン様と側近達のやり取りを見ているのは非常に楽しい時間でした。ローゼマイン様からの報告はフェルディナンド様に関する貴重な情報源でしたし、今ではこの館があったからこそフェルディナンド様を救えたのだと思っています」

フェルディナンドを救出に行く時、回復薬や魔術具の調合、ユストクスとエックハルトの休息などの出陣準備をここで調えた。城では文句を言ったり邪魔をしたりする貴族が出ただろう。

「……様々な意味でフェルディナンド様を救ってくださったローゼマイン様が婚約者となり、アーレンスバッハではなくアレキサンドリアという新領地に行けることを私は本当に喜ばしく思っています。約一年半、ここで待ち続けた甲斐がありました。ローゼマイン様、私の主をどうぞよろしくお願いします」

ラザファムの緑色の瞳が柔らかく細められる。そこにある信頼が面映ゆくて嬉しく、同時に重い。フェルディナンドを幸せにするつもりではあるけれど、わたしがやることは空回りも多いのだ。

「よろしくするつもりはあるのですよ。頑張ります。ただ、その、ラザファムはこの館に籠もっていて知らないかもしれませんが、実はわたくし、出会ってから今までフェルディナンド様に迷惑をかけ通しで……。アレキサンドリアでそういうやり取りが見えるようになっても、主に負担をかけて、と怒らないでくださいね」

「ぐっ……ふふっ。絶対に怒らないとは約束できませんが……ふふっ」

わたしは結構真剣にお願いしたのだが、ラザファムに笑われた。解せぬ。とりあえずフェルディナンドの側近達を怒らせた時は白の塔に籠もると決めた。報復から逃げるにはそれしかない。

「これで全部ですか？　出発します」

荷物の運び出しをしていた下働き達が声をかけてきた。ラザファムが周囲を見回して頷く。

「前方の馬車の荷物は城の転移陣の間に運んでください。後方の馬車に積まれている赤い紙がついている荷物は北の離れです。それから皆、外に出て馬車に乗り込んでください。館を閉鎖します」

下働きの者達が最初に、次にオティーリエ達が出て行く。

わたしは最後に玄関ホールから館の中を見回した。大きな家具が残っているので空っぽではない。けれど、自分達の大事な物を運び出したせいか、何故か違う館に迷い込んだような気分だった。もうわたしの場所でなくなったと肌で感じる。この館は眠りにつき、また次の主を待つのだろう。

「ローゼマイン様、鍵を閉めてください」

ラザファムに促され、わたしはずっと身につけていた鍵で館を閉ざす。初めて得た自分の図書館を閉鎖するのは決して楽しいことではない。名残惜しい気持ちを抑えられず、鍵を閉めてもその場から動けないわたしと違って、この館から解放されたラザファムの表情は喜びに溢れていた。

「ローゼマイン様、こちらは側仕え用の鍵です。貴女の鍵と共にアウブ・エーレンフェストに返却をお願いします」

長期間過ごした館が閉鎖されることに感傷的な顔など全く見せず、ラザファムはわたしに鍵を握らせる。ようやく本当の主の下に戻れる彼の声は今までより生き生きとしていて、足取りが何だかリズミカルに見える。

「ローゼマイン様、私は一足先にアレキサンドリアへ向かい、ここに積まれている本を図書館に並べてお待ちしています」

「ダメですよ。図書館に自分の本を並べるのはわたくしの楽しみなのですから」

アレキサンドリアへの移動に浮かれているラザファムにつられて、わたしもくるりと館に背を向けると、彼を追いかけるようにして馬車に乗り込んだ。

エーレンフェストとの別れ

アレキサンドリアに移動する側近達が全員引っ越しを終える頃になると、領主会議の準備のためにエーレンフェストの貴族達が寮へ出入りするようになった。それによって少々問題が起こったため、わたしは今日の朝ジルヴェスターから「其方は就任式まで城ではなく貴族院の寮で過ごせ」という命令を受けた。

「これだけあれば寮で生活できるでしょう。姫様、準備はよろしいですか？」

「わたくしは大丈夫ですけれど、突然貴族院の寮で生活することになるなんて……ほんの二日とはいえ、急な予定変更で皆には迷惑をかけますね」

わたしは準備に追われているオティーリエやベルティルデに視線を向ける。今わたしの部屋には護衛騎士のアンゲリカとユーディット、側仕えのリヒャルダ、オティーリエ、ベルティルデしかいない。

リーゼレータとグレーティアはエーレンフェスト寮へ先に移動し、部屋の掃除や荷物の受け入れ準備をしている。レオノーレには二人の護衛を頼んだ。それ以外の側近達はアレキサンドリアで領主会議の準備をしている。急な予定変更を彼等にも知らせたけれど、そろそろ伝わっただろうか。

「わたくし達はよろしいのですよ。ジルヴェスター様やシャルロッテ様のおっしゃる通り、領主会議のために寮へ移動する貴族の中には裏事情に詳しくない者もいます。ローゼマイン様が貴族達の動きを把握しておかなければ、領地間の問題に発展しかねませんから」

貴族院にあるエーレンフェストのお茶会室には、わたしが召し上げた旧アーレンスバッハ出身の側近達も出入りして、わたしの側近同士で情報や書類をやりとりしている。わたしの裁可を求めるアレキサンドリアの書類が増えたせいだ。

お茶会室だけとはいえ他領の貴族が頻繁に出入りするのを嫌がる貴族はいて、些細なことで諍いが起こる可能性が高いらしい。「自分の側近達が領地間の諍いの種にならないように主として目を光らせておけ」と言われれば、拒否などできるはずがない。

……シャルロッテにも色々と教えてもらったし……。

エーレンフェスト貴族がどういう感情で旧アーレンスバッハの貴族達を見ているのか、ライゼガングの姫であるわたしが他領のアウブになる上でどうしなければならないのか、エーレンフェスト防衛戦から領主会議までずっとライゼガングが食糧支援をしてくれたことなどを教えられたのだ。

……立つ鳥跡を濁さずとしたいところだよね。

アレキサンドリアには手紙を送ってエーレンフェストの事情を伝え、藤色マントの側近達がお茶会室へ出入りすることを禁じた。けれど、早急にエーレンフェスト貴族達への説明が必要なのだ。

「ベルティルデ、就任式に使用する物に忘れ物はありませんか？」

「確認しました。大丈夫です」

「オティーリエ、こちらも寮へ運んでください。使用した後はこちらへ持ち帰る分です」

「かしこまりました」

リヒャルダの指示によって部屋の荷物は片付け終わった。あとは下働きの者達を呼んで荷物を運び出してもらうだけだ。グレーティアとリーゼレータが寮で待機しているので領主会議までに使う物は寮の自室に、アレキサンドリアで使う荷物はあちらの寮や城へ運んでもらう。

「姫様、あとは隠し部屋の閉鎖だけですよ。本当に中には何も残っていませんね？」

リヒャルダの確認に、わたしは一度扉を開いて確認する。家具も何も残っていない。わたしは扉に手を当てて魔力を流し、隠し部屋を消した。

「どうしましょう、姫様？　ヴィルフリート坊ちゃま達からお見送りの時間について問い合わせがありましたが、ボニファティウス様にもお知らせしますか？　婚約式の時に騒いでいたので、姫様の気持ちを最優先にするようにジルヴェスター様から言われています」

婚約式の時に涙を拭いてくれた様子を見て、「フェルディナンドとの婚約はやっぱり許さぬ」と騒いでいたボニファティウスの様子を思い出して苦笑する。

「おじい様が許さなくても一応王命ですから覆らないのですけれどね」

「花嫁の父親がへそを曲げるとは聞きますが、カルステッド様ではなくボニファティウス様が面倒なことになっているなんて、まったく……。いくら姫様に対する愛情であっても度を過ぎれば鬱陶しいものは鬱陶しいですからね」

幼馴染みで付き合いが長いせいか、リヒャルダの言葉には容赦(ようしゃ)がない。わたしはそれを笑って聞き、見送りの時間をボニファティウスにも知らせてもらうことにした。

「確かに少々愛情過多かもしれませんが、わたくしは特に気になりませんし、この先アウブ・アレキサンドリアになると簡単には会えなくなりますもの。ダームエルの面倒を見てもらっている恩もあるので、別れの挨拶くらいはきちんとしたいと思います」

「かしこまりました。転移陣の間に行くように伝えましょう」

ヴィルフリートやボニファティウスにオルドナンツを送り終わると、リヒャルダは表情を改めてわたしを見た。

「では、姫様。わたくしのお役目はここまでです。リーゼレータとグレーティアが引っ越しを終えましたし、貴族院へはオティーリエとベルティルデも同行します。もうわたくしがいなくとも就任式まで不自由はないでしょう」

リヒャルダは本来ジルヴェスターの側仕えだ。引っ越し準備で側近達が不在になるため、変則的にわたしの側仕えとして付いてくれた。けれど、領主会議中リヒャルダは城での仕事を任されているので貴族院には行かない。ここでお別れになる。

「穴を埋める形ではあったけれどリヒャルダと過ごせたこと、わたくしの我儘を受け入れて最後まで姫様と呼んでくれたこと、こうして側仕えとして出発を見送ってくれること、全てを本当に嬉しく思います。リヒャルダは領主の養女として城へ来た時から、神殿育ちで貴族として至らないわたくしをずっと導いてくれました」

神殿育ちで貴族の常識を知らないわたしを指導し、フェルディナンドの教育が厳しすぎれば叱ってくれ、神殿を恋しがると城から出してくれ、貴族院に同行してくれた。わたしのエーレンフェストにおける貴族生活をずっと支えてくれていたと言っても過言ではない。

「リヒャルダの愛情に溢れた叱責(しっせき)がなければ、わたくしは貴族として立ち行かなかったでしょう。心から感謝しています」

「勿体(もったい)ないお言葉です。わたくしこそ感謝しています。姫様がいなければ、ガブリエーレ様から始まり、きつく絡まり合っていた運命の糸が解れることはなかったでしょうから」

ガブリエーレの輿入れから始まり、ヴェローニカ、ゲオルギーネ、ジルヴェスター、ディートリンデまで複雑に絡まって続いた負の連鎖。リヒャルダは人生の大半をかけて、それを見つめてきたはずだ。

「わたくしの場合、解すというより無理矢理断ち切ったようなものですけれど」

「えぇ、色々なところに大きな傷は残りました。それでもフェルディナンド様やユストクス達は救われましたし、エーレンフェストはこれからも続きます。今後はアーレンスバッハではなくアレキサンドリアと共に栄える道を探していけるではありませんか」

リヒャルダの笑みに、わたしも笑顔で頷く。協力し合って発展を目指せば、そのうち領地間の行き来が容易になるとリヒャルダは言った。

「リヒャルダ、わたくし、頑張りますから領地間の行き来が容易になればアレキサンドリアに遊びに来てくださいね」

「それは楽しみですこと。わたくしが生きている内にお願いしますね」

サラリと言われたリヒャルダの言葉に再会の難しさを感じて涙が溢れる。

「姫様、そのように泣くものではありませんよ。アウブになることで周囲から成人と同様の扱いを受けるようになるのですから。感情や隙を見せることが領地の不利益に繋がる立場になるのです。しっかりなさいませ」

いくら叱責されても、これが最後のお説教だと思うと涙を止められない。まだまだリヒャルダに甘え、叱られる立場でいたいのだ。他領のアウブになったわたしをこんなふうに叱ってくれる人なんて、いなくなってしまうのだから。

「姫様のあまりにも早い巣立ちは心配でなりませんが、アレキサンドリアにはフェルディナンド様やユストクス達がいます。それだけでも、わたくしは中央へ送り出すよりよほど安心ですよ」

そう言うリヒャルダもまた、笑顔だけれど瞳が潤んで涙ぐんでいる。少し息を吸って涙を抑えたリヒャルダが、胸の前で手を交差させてゆっくりと跪く。

「ローゼマイン様、新たな道を進む時が参りました。別れの女神ユーゲライゼの示す新たな道筋と旅立ちに、祝福を祈ることをお許しください」

「許します」

「別れの女神ユーゲライゼよ。どうか主の旅立ちをお守りください」

リヒャルダの指輪からふわりと赤い光が浮かび上がってきた。城を出る領主一族を見送る側近の挨拶だ。その祝福の光を、わたしは涙を拭うこともせずにじっと見つめる。

立ち上がったリヒャルダが笑顔を消して厳しい目になった。「これ以上は甘えず、泣かず、振り向かずに進め」という強い意志を感じる。わたしは一つ頷いて涙を拭った。ゆっくりと深呼吸をして背筋を伸ばす。

扉に向かって歩き出したリヒャルダの背中を追ってわたしも歩き始めた。わたしが足を止めずに進めるように、扉の前にいたアンゲリカとユーディットが大きく扉を開いてくれる。前を歩いていたリヒャルダが扉の手前で立ち止まり、横に逸れてわたしにそのまま進むように手で示した。

「行きましょう」

側仕えのオティーリエとベルティルデ、護衛騎士のアンゲリカとユーディットを伴ってわたしは部屋を出る。振り返らずに廊下を歩く背中で、わたしはリヒャルダが扉を閉める音を聞いていた。

階段を下りると、ヴィルフリート、シャルロッテ、メルヒオールとその側近達が揃っていた。転移陣の間まで一緒に歩きながら最後に話をできるのが嬉しい。領主夫妻は就任式前にも貴族院の寮で顔を合わせるし、領主会議でも話をする機会が何度もある。転移陣の間まで見送ってくれるのは、領主会議に参加できない子供達だけだそうだ。

「まさか寮へ移動する日が早まると思いませんでした。ローゼマイン姉上がいなくなることを神殿の皆が悲しんでいますし、もう少しエーレンフェストにいましょう？」

エスコートしますと言って、わたしと手を繋いで歩いている可愛いメルヒオールのおねだりに頬を緩めつつ、わたしは「残念ですが、滞在の延長はできません」と断る。

「でも、私は神殿長としてまだまだ足りません。ローゼマイン姉上のようにできないのです」

「メルヒオールはとても頑張っていますよ。これ以上無理をしなくて良いのです。フィリーネ達やディルク、コンラートと協力して工房や孤児院を守ってください」

ヴィルフリートは「ローゼマインは弟妹に甘い」と不満そうだが、エーレンフェスト防衛戦の後は失敗を挽回しようとしているのか、真面目を通り越して無理をしているメルヒオールをわたしが心配するのは当然だと思う。

「メルヒオール、お姉様を目標にするのは構いませんが、同じようにするのは不可能だと思って諦めなさいと言ったでしょう？　頑張りすぎてメルヒオールが倒れる方が困るのですよ」

シャルロッテがメルヒオールの肩を軽く叩いて、力を抜くように言う。

「メルヒオールの息抜きのためにも、お姉様のお引っ越し準備が終わったら兄妹水入らずで気の置けないお茶会を一度くらいはしようと思っていたのですよ。寂しくなりますわ」

「えぇ。わたくしも少しはゆっくりした時間を取れると思っていたので残念です」

別れを惜しんでいると、ヴィルフリートがわたし達に懐疑的な目を向けた。

「それほど寂しいか？　ローゼマインは今までだって城にいる時間が少なかったし、貴族院でも会えるではないか。シャルロッテは私とのお茶会の時間も取れぬほど忙しいと断るくらいなのだから、どうせローゼマインとの時間も取れなかったであろう」

……それはそう。

領主会議が最優先になっている大人達の代わりに領地内の様子に目を光らせているシャルロッテと、領主会議までにアレキサンドリアの情報を少しでも頭に入れておきたいわたしでは情報交換の時間は取れても、のんびりとした気分でただお喋りをするだけのお茶会の時間を取ることは難しい。だが、そういうお互いの事情を理解した上で別れを惜しんでいるのに、何故わざわざ水を差すようなことを口にするのか。わたしはシャルロッテと顔を見合わせた。

「ヴィルフリート兄様、他領へ行くのですから今までと環境が大きく変わります。オルドナンツも届かないのですから寂しいに決まっているではありませんか」

「貴族院で会えると言ったところで、食堂や多目的ホールでお話しすることもできなくなるのですよ。わたくしは寂しいですし、お姉様がいなくなると不安ですわ」

「私もローゼマイン姉上が成人するまではエーレンフェストにいてほしかったです。兄上はそう思わないのですか？」

皆に睨まれたヴィルフリートが言葉に詰まり、むっと唇を尖らせる。

「だが、別れは一年ほど前から決まっていたことだし、元々ローゼマインが行く予定だった中央より隣の領地の方がよほど交流しやすいではないか。それに、今後はローゼマインの手綱を叔父上が握ってくれるのだ。私は寂しさよりむしろ安堵を感じているぞ。最も平和で交流が容易な結果に落ち着いたと思っている」

……ちょっとわたしに失礼な言い分だけど、それはそう。

王の養女になる当初の予定よりは交流が容易だし、他領へ行ったフェルディナンドの心配もしなくて良い結果になった。

「何より離れた領地へ行っても兄妹であることに変わりはないと言ったのはローゼマインだ。まさか嘘ではなかろう？」

別れの言葉にしては全く感傷がなくてあっさりしすぎているが、ヴィルフリートの言う通りだ。

「嘘ではありませんよ。わたくし、エーレンフェストとの関係が切れてしまうのが嫌で、養父様との養子縁組を解消しませんでした」

ジルヴェスターから養子縁組を解消することは可能だと言われたし、旧アーレンスバッハ出身の側近からはアレキサンドリアがエーレンフェストの属領のように扱われることを懸念して解消してほしいという意見もあった。それを全て拒否して今がある。

「領地が分かれてもヴィルフリート兄様の妹で、シャルロッテとメルヒオールの姉です。その関係は変わりません。わたくしからは変えないつもりです」

「ほら、ローゼマインもこう言っているではないか。他領に行ったところで変わりはないのだ。私達は兄妹の証しも持っている。どうだ？　寂しくなんかないだろう？」

ヴィルフリートが得意そうに胸を張ると、シャルロッテとメルヒオールが嬉しそうに笑う。ネックレスやブレスレットに加工したローゼマイン工房の紋章が入った金属の飾りを二人が手で押さえているのがわかる。

「お姉様、貴族院ではたくさんお茶会をしましょうね。確かレティーツィア様がご入学される年頃でしょう？　ぜひご紹介ください」

「もちろんです、シャルロッテ」

レティーツィアも含めて領地同士で仲良くしようと言われて、わたしは頷く。

「ローゼマイン姉上、私が貴族院へ行くようになったら、神様のお話を色々と聞かせてください」

「メルヒオールが貴族院に行けるのはまだ先ですけれど、楽しみにしていますよ」

フフッと笑ったところで、ドドドと遠くから地響きが聞こえ、「ローゼマイン！」とわたしを呼ぶボニファティウスの声が近付いてくる。

「転移陣の間で待てなかったのでしょう。合流するつもりのようですね」

すぐさまアンゲリカがシュティンルークを手にしてボニファティウスの突撃を止めるために前へ出る。

「光を当てるだけの威嚇射撃で正気に戻るか試します！　ローゼマイン様、皆の後ろへ！」

即座にユーディットが軽い目くらましに使う魔術具を放ち、わたしはシャルロッテに引っ張られて、彼女の護衛騎士達の後ろへ隠される。アンゲリカが腰を落として走り出そうとしたところで、誰かが盾を手にして最前に飛び出した。

「アンゲリカ、盾にしろ！　領主一族を相手に魔剣攻撃はまずい！」

そう叫んでアンゲリカと並んで走り出したのはランプレヒトだ。ヴィルフリートの護衛騎士なのに、一人だけ盾を手にして飛び出している。

「おじい様、正気に戻ってください！　ローゼマインを潰す気ですか⁉」

「私は正気だ！　潰すつもりなどないぞ！　ふんっ！」

ランプレヒトの怒声にボニファティウスは反論して急停止した。だが、ランプレヒトとアンゲリカを勢いよく振り払い、手前にいたメルヒオールの護衛騎士が二人ほど撥(は)ね飛ばされた以上、潰すつもりがないという言葉はどうにも信用できない。

「危険なので師匠はローゼマイン様に近付かないでください」

アンゲリカに警戒される危険度だが、わたしを見送るために来てくれたのだ。それ自体は嬉しい。

「おじい様、わざわざ見送りに来てくださってありがとう存じます」

「突然予定が変更になってこれから出発するとリヒャルダからオルドナンツが飛んできたから、慌ててきたのだ」

ちょっと暴走しがちではあるけれど、ボニファティウスが唯一の孫娘であるわたしをとても可愛がってくれていることに違いはない。わたしをエスコートするつもりらしく、手を腰に当てた状態で待機している。わたしは微笑ましく思えたが、メルヒオールはムッと眉を寄せた。

「ボニファティウス様、今日は私がローゼマイン姉上を転移陣の間までエスコートするのですよ」

わたしの手を握って主張するメルヒオールに、ボニファティウスが片眉をクッと上げる。こんな子供に対抗しないでほしいものだ。

「こちらの、空いている方の片手をおじい様に預けてもよろしいですか？」

わたしは右手にメルヒオール、左手にボニファティウスで歩き出す。

「……本当に行ってしまうのだな」

「あら、おじい様ならば自分で礎の魔術を奪った領地を放り出しますか？」

「そのような無責任なことはできぬ」

ボニファティウスが顔を顰めて唸るような声を出した。色々とむちゃくちゃなところはあるけれど、領主一族としての責任には厳しい人だ。もしわたしが「フェルディナンド様を助け終わったので礎の魔術はもういりません」と放り出したら、「最後まで責任を持つ気がないならばフェルディナンドを見捨てるべきだった」ときっとすごく怒るに違いない。

「わたくし、おじい様には感謝しています。護衛騎士を鍛えていただいたり、名捧げの変質について忠告してくださったり……。わたくし、領主会議の期間を一緒に過ごすのも楽しくて好きでした」

一緒に執務をして褒められたり、貴族の森へ採集に行ったりした楽しい思い出をポツポツと語る。

「何も好き好んで他領のアウブなどという面倒な地位に就かなくてもよかったであろう。ローゼマイン、女性がアウブになるのは決して平坦(へいたん)な道ではないぞ。しかも、其方は未成年だ」

「大変だとは思います。でも、わたくしは一人ではありませんから。フェルディナンド様も、優秀な側近達もいます」

領地ごと守ると誓ってくれた人がいて、どこまでもついて行くために名を捧げて仕えると決意してくれた側近達がいる。安心してほしくてそう言ったのに、ボニファティウスは顔を顰めた。

「腹立たしくて仕方ない」

「……そんなにフェルディナンド様は信用なりませんか？」

必要以上に当たりが強い気がして、わたしが少し咎めるように睨むとボニファティウスは悔しそうに拳を握った。

「信用云々ではない。グラオザムの毒にやられて誘拐(ゆうかい)されていたローゼマインを救ったのは私ではないか。それなのに、後からやって来たフェルディナンドに横から奪われ、ユレーヴェの期間は約二年間も面会謝絶にされ、良いところを全て持っていかれたのだぞ」

……ん～？　わたしの記憶と結構違うんだけど……。

フェルディナンドはボニファティウスのせいで木に激突しそうだったわたしを助けてくれたり、解毒薬をくれたり、ユレーヴェの期間は神殿に毒を飲ませた貴族が近付かないようにしてくれたりした。

「しかも、不覚を取って毒にやられ、瀕死(ひんし)という失態を犯したにもかかわらず、ローゼマインに救われて婚約者に収まり、可愛い孫娘をアウブという重い立場に縛り付ける男だぞ。どうすれば好意的に見られるというのだ？　本当にいけ好かぬ」

愛情故にちょっと面倒臭い花嫁の父親みたいなことを言っている。カルステッドが諸手を挙げて賛同してくれたので、何だか不思議な感じだ。

「わたくしはフェルディナンド様にずっと助けられてきましたから、おじい様もいつか認めてくださると嬉しいです」

ボニファティウスは眉を顰(ひそ)めるだけで返事はしない。しかし、頭から否定もしなかった。わたしもそう簡単に認めてもらえるとは思っていないので、頑固な姿勢にクスッと笑うだけだ。

「成人したらダームエルやフィリーネを連れていくために一度は必ずエーレンフェストを訪れます。その時まで残していくわたくしの側近達をよろしくお願いします」

「それは約束する。必ず私のところへダームエルを迎えに来ると良い」

ボニファティウスとの会話が落ち着いたのを確認して、ユーディットとベルティルデが転移陣へ向かう。

「ローゼマイン様、先に参りますね」

彼女達が転移する時間が最後になる。わたしはそこにいるエーレンフェストの領主一族の顔を、一人ずつ順番に見ていく。

「わたくしは洗礼式の直後に養子縁組でエーレンフェストの領主一族になりました。領地外では実子と養子で扱いが違いすぎるなどと噂されていましたが、わたくしは自分のやりたいようにさせてくださった養父様と養母様にも、妹や姉として慕ってくれる兄妹の存在にも、孫娘として可愛がってくれるおじい様にも救われてきました。わたくし、エーレンフェストの領主一族として過ごせて本当によかったです」

ジルヴェスターなんてわたしが元々平民だと知っている。ヴェローニカとフェルディナンドの関係に比べると、わたしとフロレンツィアの関係なんて文句のつけようがないほど良好だ。ディートリンデとレティーツィアや側近達の家族関係を見れば、母親の異なる兄弟姉妹が笑顔で受け入れて仲良くしてくれることが当たり前ではないのだとよくわかる。

「だからこそ今後エーレンフェストとアレキサンドリアに分かれたとしても、良好な関係を続けていけると思えるのです。次に会う時はアウブ・アレキサンドリアですが、これからもどうぞ仲良くしてくださいませ」

皆が頷く中、転移陣の間に詰めている騎士が「準備が整いました」と声をかけてくれた。

「参りましょう、ローゼマイン様」

わたしはアンゲリカとオティーリエを伴って転移陣へ踏み出す。わたしがこの城をエーレンフェストの貴族として歩くのは最後だ。一歩、一歩、名残を惜しみつつ足を動かす。目の前の転移陣に乗って貴族院へ移動してしまえば、次にわたしがエーレンフェストを訪れることがあっても、他領のアウブでお客様になる。この転移陣を使うことは二度とない。

転移陣の上で、わたしは見送ってくれる皆にニコリと微笑んだ。

「再び時の女神ドレッファングーアの紡ぐ糸が重なる日を心待ちにしています。どうかその日まで神々の御加護と共に健(すこ)やかに過ごされますように」

魔法陣に魔力が満ち、黒と金色の光を放った。同時にブローチにはめ込まれている魔石が光る。黒と金色の光が炎のように揺らめくと、皆の姿も揺らめいて見えなくなった。

就任式の朝

貴族院の寮に到着すると、すぐにわたしは寮へ移動しているライゼガング系の貴族達に挨拶をして回ることにした。ライゼガング系貴族の中でも偉い人や文官として詳しく話しておいた方が良い人の選別はオティーリエがしてくれる。

「まずは多目的ホールに行きましょう」

多目的ホールは領主会議の打ち合わせの場になっている。わたしが入っていくと、物言いたそうな視線やあからさまに不満そうな顔をする者が見えた。空気が尖っていて、居心地が悪い。文官の一人が入室しようとしたわたしを遮る。

「ローゼマイン様、申し訳ございませんが、ここは領主会議の打ち合わせをする場です。他領へ行かれる方の入室はご遠慮いただけませんか？」

「こちらで寛ぐつもりはございません。ただ、お茶会室に出入りする新領地の側近達に不快感を覚えている方がいるでしょう？　その方々にお詫びだけでもさせていただけませんか？」

わたしがそう言うと、文官は意外そうに眉を上げて道を空けてくれた。

「わたくしもフェルディナンド様も、エーレンフェストに攻め込んだ者を側近に召し上げるようなことはいたしません。でも、エーレンフェストの貴族の中には藤色のマントを見るだけで心穏やかではいられない者もいるでしょう。わたくしの配慮が足りませんでした。申し訳なく思っています。彼等のお茶会室への立ち入りを禁じたので、藤色のマントを寮内で見かけることはなくなります」

最初にお詫びをして、それから新しい側近達はわたし達とゲルラッハへ同行してエーレンフェストに加勢してくれた者達だと説明する。

「藤色のマントで前線に立つと同士討ちの危険が大きいため、後方で敵を捕らえたり敵の隠れ家を攻めたりしていたのでエーレンフェストの貴族の目には映りにくかったと思います。けれど、彼等にとってはマントの色だけで旧ヴェローニカ派とライゼガング系貴族を同一視されるようなもの。旧アーレンスバッハ出身の貴族全員が敵ではないとご理解いただけると嬉しいです」

最後にフェルディナンドの救出から領主会議までの期間にライゼガングが食糧支援をしてくれて助かったことについて礼を述べる。

「シャルロッテやブリュンヒルデからライゼガングの協力については聞いています。この場でわたくしが差し出せるのはお礼の言葉だけになりますが、ライゼガングに悪いようにはいたしません。今は領主会議を恙なく終わらせることが最優先ですが、エーレンフェストとアレキサンドリアの協議の上で正式なお礼について決める予定です」

ついでに、わたしのグーテンベルク達が引っ越しでライゼガングを通るのでよろしくと付け加えることも忘れない。

……とりあえず空気が和やかになったよ。

エーレンフェストの貴族達への説明を終えて、わたしはホッと一息吐く。物言いたそうな視線やあからさまに不満そうな顔が消えた。内心で何か思っている者はいるだろうけれど、シャルロッテの助言通りにわたしがアレキサンドリアから利をもたらせば大きな不満は表に出せないだろう。

多目的ホールへの入室を禁じられたので、わたしは食事時に食堂で貴族達に挨拶をする以外は、自室で就任式の流れを確認したり、アレキサンドリアの基礎知識を頭に叩き込んだりして過ごした。


領主会議当日の朝、普段よりずっと早い時間に起こされる。就任式は初日の午前中、星結びの儀式の前に行われる。控え室に入る時間も早めなのだ。わたしは眠い目をこすりながらお風呂に入り、オティーリエとベルティルデの二人がかりで磨かれた。

下着を身につけて寒くないようにガウンを羽織って鏡の前に座ったらベルティルデが髪を梳って編み始める。その目は真剣だ。髪を結う仕事が一番得意だと言っていた彼女にとって、わたしの髪を触る最後の仕事になるからだろう。

「ローゼマイン様、今のうちにこちらを」

わたしはなるべく頭を動かさないように気を付けて、オティーリエが持ってきた果汁を飲み、軽食を摘まむ。お茶会室や控え室に果物や一口サイズのお菓子が準備されているので、そういうものを摘まみながら今日は昼食まで耐えることになる。

「ローゼマイン様、食事を終えたらお化粧をいたしますよ。大人ばかりの公的な場に出るのですもの。必要でしょう？」

髪結いを手伝っていたオティーリエだったが、わたしが軽食をある程度食べたのを確認すると食器を片付けて化粧を始めた。

「ただいま到着いたしました」

二の鐘が鳴り、寮の扉が開く時間になるとアレキサンドリア寮からレオノーレ、アンゲリカ、リーゼレータ、クラリッサがやってきた。引っ越しを終えた彼女達の部屋はもうエーレンフェスト寮にない。わたしの出発と同時に寮へ出入りできなくなるからだ。

「男性側近はお迎えの時間にお茶会室へ来ます。文官はそれまでフェルディナンド様と打ち合わせを行うそうですが、わたくしはローゼマイン様のお支度(したく)をこの目に焼き付けるために参りました」

……ええ～？　クラリッサも打ち合わせしていてよかったのに……。

クラリッサが来た途端に周囲が騒がしくなった。わたしは神様言葉を多用する褒め言葉を聞き流しながら、鏡越しにレオノーレと視線を合わせる。

「ローデリヒ、ラウレンツ、グレーティアは未成年だから城で留守番でしょう？　大丈夫ですか？城の様子は変わりましたか？」

アレキサンドリアの城にはディートリンデに味方していた貴族も残っていて、物騒な空気が漂っていたはずだ。未成年を領主会議に連れて来られないので、どうしても心配してしまう。

「グレーティアは寮で待機中です。未成年が他領の貴族に見つかると面倒なので、ここには来られませんが、まだローゼマイン様の側近は少ないですし、慣れた者が安心でしょう？」

「そうですね。嬉しいです。では、城に残っているのはラウレンツとローデリヒだけですか」

「ラウレンツは騎士ですよ。信頼してあげてくださいませ」

……あ、これ、深く聞かない方が良い笑顔だ。

留守番組も領主会議中に何やら任されているようだ。レオノーレの笑顔にわたしは口を噤む。

「ローゼマイン様、難しいお顔をしないで唇を少し開けてください」

「髪飾りをつけますね」

オティーリエとベルティルデが打ち合わせ通り丁寧に支度をしてくれる。二人にとって最後の仕事ということで、今日ばかりは筆頭側仕えであるリーゼレータが一歩下がる形で二人の手伝いに徹している。衣装部屋から必要な物を運んだり、脱いで籠に入れられている寝間着や使い終わった化粧品や整髪料を箱詰めしたりしている。

「次は衣装です。こちらに手を通してください」

準備されていた箱から長袖のシャツやパニエなどが出され、順番に着せられていく中、リーゼレータが水色と青色の衣装を持ってきた。

「まぁ、これが噂の新しい衣装ですわね」

運び込まれた衣装を見て、クラリッサが青い目を輝かせる。

「養母様の専属が作ってくださったのですよ。今日は養母様やブリュンヒルデとお揃いに見えるように合わせる予定なのです。養母様の衣装は同じ日に持ってきていた衣装なので見ているのですけれど、ブリュンヒルデがどのような衣装なのか楽しみです」

わたしが今日のコーディネートを説明すると、クラリッサが何度か目を瞬かせて「あら？」と首を傾げた。思っていたのと違う反応に、わたしも首を傾げる。エーレンフェストの領主一族の女性陣がお揃いにする以外に何か噂になるようなことがあっただろうか。

「あの、クラリッサ。噂の新しい衣装と言っていましたけれど、アレキサンドリアではどういう噂になっているのかしら？」

「水色はフェルディナンド様の髪の色ですから、その、ローゼマイン様が最愛の方の色をまといたくて選んだと……」

未成年でアウブとなる歴史的な就任式、その重圧の中でも背を伸ばしていられるように、季節の貴色ではなく恋しい人の色を選んだことになっているらしい。

「ただの偶然です！　そのような意図はありません！」

「でも、ローゼマイン様がご自分の衣装に合わせてフェルディナンド様の衣装も用意してほしいとわざわざお願いしたでしょう？　そのため、フェルディナンド様の衣装はローゼマイン様の髪の色を基調にすると聞いています。……貴族女性の間では婚約式に引き続き、恋物語の山場のような盛り上がりを見せていますね」

……待って。誰が言い出したのか知らないけど、わたしがアレキサンドリアにいない間に大変なことになってる！

「リーゼレータはそんな噂があることを知っていたのですか？」

わたしの部屋を整えるためにアレキサンドリアに出入りしていたリーゼレータならば噂も知って

いたはずだ。けれど、そんな報告はなかった。

「わたくしの引っ越し準備中に新しい衣装が決まっていましたから、そういう意図で合わせることにしたのだと微笑ましく思っていました。噂についてはもちろん存じていましたけれど、お手紙がある以上、それがローゼマイン様のお望みだと思っていましたから……」

報告すべき事柄に当たると思わなかったらしい。

……うぅ、情報の断絶がひどい。

「今更別の衣装に変更することもできませんし、フェルディナンド様と仲が良いように見せることに何の不都合もないでしょう？　他領の方はアレキサンドリアの噂などご存じないですから、エーレンフェストのお揃いを先に周知なさいませ。大きな問題はないと思いますよ」

オティーリエは淡々とした口調でそう言いながら水色の衣装を着せていく。確かにその通りだ。わたしが恥ずかしい以外に大きな問題はない。

……それが一番の問題なんだけど！

「おそらく裏に何らかの謀がある（はかりごと）のでしょう。ハルトムートやフェルディナンド様が考えそうなことです」

オティーリエの冷静な指摘にスッと頭が冷えた。明らかに何か企んでいる。恥ずかしがっている場合ではない。心構えをしておかなければ、とんでもないことに巻き込まれる。

支度が終わる頃には、わたしは完全に落ち着いていた。

「クラリッサ、フィリーネ。ローゼマイン様のお支度が終わったことを方々にお知らせください」

オティーリエの言葉にクラリッサとフィリーネがオルドナンツを取り出した。エーレンフェストの領主一族やアレキサンドリア寮のフェルディナンド達にオルドナンツが飛んでいく中、わたしはエーレンフェストに残る側近達に声をかける。最初に視線が合ったのはオティーリエだ。

「オティーリエはお母様にお願いされて、わたくしの側仕えになってくれたでしょう？　リヒャルダが去ってから負担が大きかったと思います。今日までお疲れ様でした。心から感謝しています」

「恐れ入ります。わたくしは別れの寂寥感よりこの先のローゼマイン様が心配でなりません。ハルトムートがあまりにも暴走する時はきつく叱ってくださいませ。妙に優秀な分、調子に乗らせてはならないのです」

母親である彼女からとても真剣な目で言われ、わたしは今後がとても怖くなった。オティーリエの存在でハルトムートの暴走が多少なりとも抑えられていたのだ。わたしに制御できるだろうか。

……うぅ、頑張るよ。目を離していた引っ越し期間に何をしていたのか今から詳細な報告を聞くのが怖いけど。

「ハルトムートはともかく、オティーリエはこの後どうするのですか？」

「わたくしはおそらくブリュンヒルデ様にお仕えすることになると思います」

苦笑気味にオティーリエが視線を向けた先には、「うふふ、わたくしがお姉様のためにオティーリエとユーディットに引き抜きをかけていますの」と得意そうに笑うベルティルデがいた。

「皆でローゼマイン様の功績を少しでも長く残すためです。ローゼマイン様の起こした変化はまだエーレンフェストに定着していないので、ローゼマイン様のお側にいた者は団結した方が良いのです……とお姉様がおっしゃいました」

ブリュンヒルデの物言いを真似ると、本当によく似ている。

「わたくし、ローゼマイン様の側近としてお仕えできた時間は短いですけれど、お姉様や残っている側近達と一緒に頑張りますから」

飴色の瞳をキラキラと輝かせているベルティルデはとても可愛い。わたしは張り切っている彼女のローズピンクの髪を軽く撫でる。

「ブリュンヒルデやベルティルデには期待しています。貴族院で会った時にはエーレンフェストのお話をぜひ聞かせてくださいませ。ただし、自分の感情だけで先走り、下の立場の者に強要しないように気を付けてほしいと思います。ユーディットはどうしたいと考えているのですか？」

ユーディットは成人したらアレキサンドリアに移動したいと言っていたはずだ。ブリュンヒルデの側近になってしまっても良いのだろうか。ベルティルデが上級貴族である以上、あまり強引な勧誘だと断れない可能性がある。

わたしが問いかけると、ユーディットは以前わたしが渡したローゼマイン工房紋章入りの魔石を手に取ってギュッと握った。

「わたくし、成人したらローゼマイン様のところに行きたいです。本当にそう思っています。でも、気持ちだけが先走っている感じで、オティーリエに将来のことも含めてよく考えるようにと言われてから迷いが出てきて……今は困っています」

生まれ育ったキルンベルガやエーレンフェストの貴族街での将来ならば何となく想像できる。けれど、アレキサンドリアに移動して結婚や子育てで護衛騎士を辞めた後の生活が全く想像できないとユーディットは言う。

「その不安は当然のことですし、気持ちだけが先走った状態で決意するより色々な情報を取り入れた方が、最終的にはよほど地に足のついた決断ができると思います。わたくしは自分の側近をできるだけ守るつもりですが、生活全ての面倒を見られるわけではありませんから」

「……そ、そうですよね」

わたしから突き放されたように感じたのか、ユーディットが不安そうな顔になった。フィリーネは「そこまでローゼマイン様に甘えてはなりませんから」と言いながら、そっと視線を逸らす。コンラートについて相談した時のことを思い出したに違いない。

「責任を持って面倒を見ることは干渉にも通じるのですよ。結婚と出産で仕事を辞めた後にわたくしや側近達から今の生活について確認のオルドナンツが届き、色々と探りを入れられたり意見されたりするとどう思いますか？　想像してみてください」

ユーディットが何を想像したのか、ちょっと笑いながら「実の親でも多分面倒臭くなると思います」と言った。愛情と心配からの連絡でも、干渉されると面倒に感じることはある。

「わたくしの個人的な意見ですけれど、家族や親族の協力を容易に得られる環境で結婚や子育てができるのは限られた者の特権だと思います。アレキサンドリアに移住する側近だけではなく、家族の虐待から逃れたり、家族が処刑されたりした者はいくら望んでも手に入れられませんから」

家族や親族と仲が良くて、同じ領地内で気を配ってくれる環境は誰もが手にしているものではない。それに気付いたユーディットが「あ」と小さく声を上げる。

「焦って結論を出す必要はありません。ユーディットがわたくしの側近である証しはずっと有効です。よく考えて、できるだけ後悔の少ない選択をしてください」

「はい！」

ユーディットらしい元気な返事に頷き、わたしは「お茶会室に向かいましょう」と移動を促した。寮の部屋を一度見回してから出る。わたしは廊下を歩きながらフィリーネに声をかけた。

「フィリーネには神殿の孤児院を任せますね。フランとザームがいなくなるのはエーレンフェストの神殿にとって本当に痛手だと思うのです」

「そうですね。フラン達が残る前提で引き継ぎをしていましたから、モニカもニコラも詰め込まれて大変そうでした」

フランとザームがハルトムートとフェルディナンドによって引き抜きをかけられたのは、エーレンフェスト防衛戦の直後である。神殿がバタバタしているのは間違いないだろう。本当に悪いと思うけれど、アレキサンドリアの神殿を改革するには、フランとザームが必要なのだ。

「わたくしやフェルディナンド様、ハルトムートのやりたいことを理解できる灰色神官がアレキサンドリアの神殿に必要なのです。申し訳ないのですけれど、残っている神官長室の側仕え達と協力し合ってください」

フィリーネが「頑張ります」と頷いたところで階段に差し掛かった。そこから下を見れば、踊り場で待機しているダームエルと目が合う。

「あぁ、わからないことがあればダームエルにたくさん頼ると良いですよ」

「ローゼマイン様っ！　止めてくださいませ！」

フィリーネが顔全体に朱(しゅ)を散らせ、わたしとダームエルを交互に見ながらそれ以上声が上がるのを阻止しようとする。少し距離があるダームエルにもフィリーネが何に関してからかわれているのかわかったようだ。

「ローゼマイン様、あまりフィリーネをからかわないでください。皆にからかわれたことで、過敏な反応をするようになっていますから」

「今は真面目な話をしているつもりだったのですけれど……」

ダームエルは疑わしそうにわたしを見て、「何のお話をしていたのですか？」と尋ねる。

「フランとザームを引き抜くことによる神殿業務の穴埋めについてです。フィリーネにダームエルを頼りなさいと言ったのです。ダームエルはわたくしの側近の中で神殿のお手伝いをしていた期間が一番長いですから、実は神殿業務にかなり詳しいのですよ」

神官長室で単純な計算の手伝いしかしていないように見えるけれど、彼はお手伝いを円滑(えんかつ)に進める一環として、護衛をしつつわたしの業務をずっと見ていた。

「ダームエルは神殿業務に関して口に出さないだけで、神殿長の業務を一通り知っているはずです。フランやザームがいなくなる以上、とても頼りになると思います。お料理に関心が強くて書類仕事が得意ではないニコラよりダームエルの方が詳しいことも多いでしょう？」

「さすがにモニカより詳しいとは言えませんが、ニコラよりは得意なことも多いですね。少なくともどこにどの資料があるのか知っているので、調べ方はわかりますから」

ダームエルが納得したように頷いているが、普通の護衛騎士は神殿の書類の場所なんて把握していないはずだ。フィリーネも驚いている。

「それに神殿ではなく貴族の視点で進めようとするハルトムートに意見していた実績があります。貴族としての視点で進めようとするメルヒオールやカジミアールにもダームエルの意見ならば受け入れられやすいはずです」

悪意でなくても、彼等のやりやすい方向に変えたことが神殿にとって不都合になることはある。ダームエルはそういう時にストッパーになってほしい。そんな言葉にダームエルが顔色を変えた。

「ローゼマイン様、領主一族やその側近に意見するなんて私の責任が重すぎませんか⁉」

「あら、おじい様の側近として遇されるのですから、ダームエルだって領主一族の側近ではありませんか。その立場を最大限に活かしてわたくしの大事なものをしっかり守ってくださいね。ダームエルならば守ってくれると信じています」

「……承りました」

困った顔で、しかし、真面目に頷くダームエルに「フィリーネも含めて」とわたしが笑いながら付け加えると、ダームエルとフィリーネの声が重なった。

「やっぱりからかっているではありませんか！」

笑い合う内にお茶会室に到着する。ここでフェルディナンドがアレキサンドリア寮から迎えに来てくれるのを待つのだ。

お茶会室ではノルベルトが待機していて、お茶とお菓子を準備してくれていた。

「ローゼマイン様はあまり朝食を摂れなかったのではございませんか？　よろしければ、こちらをどうぞ。口紅が取れないように気を付けてください」

飲み物は控えめに、と注意されながら、わたしは一口サイズのお菓子を口に入れる。就任式の途中でお腹が鳴らないように食べていると、領主夫妻、ブリュンヒルデとその側近達が入ってくる。

「見送りに来たぞ」

そう言ったジルヴェスターの隣にフロレンツィア、フロレンツィアの隣にブリュンヒルデが並んでいる。ブリュンヒルデの立ち位置が完全にジルヴェスターの婚約者ではなくフロレンツィアの補佐だ。その衣装は深緑で、フロレンツィアとお揃いに見える。

「ブリュンヒルデ、ローゼマインと話ができる機会が欲しかったのだろう？」

ジルヴェスターに促され、ブリュンヒルデが進み出た。

「ローゼマイン様、ライゼガング系の貴族達にお言葉をかけてくださってありがとう存じます」

そうして礼を述べるブリュンヒルデは、上級貴族ではなく領主一族らしい佇(たたず)まいをしている。もうわたしの側仕えには見えない。彼女の努力がよくわかる。

「……ブリュンヒルデは領主一族に連なることを後悔していませんか？」

彼女は社交下手なわたしを支えるために婚約すると言っていた。わたしが他領へ行くと決まってどう思っているのか気になっていたのだ。そんなわたしの目を真っ直ぐに見て、ブリュンヒルデは彼女らしい勝ち気な笑みを浮かべる。

「ご安心くださいませ。わたくしはこうしてお見送りに最後までご一緒できることを誇らしく思っています」

平民との意思疎通が上手くいかず、グレッシェルの印刷業が頓挫（とんざ）しそうだった頃のブリュンヒルデとは全然違う。エーレンフェストの防衛戦でライゼガングから食糧を引き出し、シャルロッテと協力してライゼガング系貴族を上手く抑えようとしている手腕は見事だ。神殿での商人達の会合も任せられるし、わたしの側近達にも気を配ってくれると思える。

「ブリュンヒルデならばシャルロッテや養母様とも上手く協力していけるでしょう。わたくしがエーレンフェストを離れても安心だと思えます。商人達との会合や、こちらに残るわたくしの側近達を任せますね」

「お任せくださいませ。これから先わたくしはフロレンツィア様の補佐として領主会議にも出席します。これから何度もお目にかかる機会はあるので、わたくし達に別れの挨拶は相応しくないでしょう。どうかお元気でお過ごしくださいませ」

ブリュンヒルデと目を合わせ、わたしはニコリと笑う。これで別れではないこと、「またね」と言える関係であることが嬉しい。

「ええ、また会いましょう」

ブリュンヒルデがフロレンツィアの隣に戻る。ジルヴェスターはフロレンツィアに「其方も話をするか？」と声をかけたけれど、フロレンツィアはゆるく首を横に振った。

「わたくしは先日お話しする機会がありましたし、これからも領主会議で顔を合わせます。大袈裟な別れの挨拶は必要ないでしょう」

そう言いながら衣装のスカートを摘まんで少し持ち上げる。お揃いの柄で染められた色違いの布が見える。わたしもフロレンツィアと同じようにスカートを広げた。

「養父様、この布や帯は養母様と色違いなのです。こうして並んだらお揃いに見えませんか？」

わたしがフロレンツィアとブリュンヒルデの間に入ると、ジルヴェスターが「あぁ、見える。良いではないか」と手を打って笑う。

わいわいしているところにフェルディナンドと側近達が入ってきた。わたしの男性側近も一緒だ。

「ずいぶんと騒がしいな」

「見てくださいませ、フェルディナンド様。養母様やブリュンヒルデとお揃いなのですよ」

わたしはフェルディナンドに近付き、その場でクルッと回ってみせる。その様子を笑顔で見ていたフロレンツィアがわたしの隣に並んだ。

「ローゼマインがこうしてお揃いの衣装を提案してくれました。エーレンフェストと今後も仲良くしていきたいという彼女の思いを、わたくしは嬉しく思います。ローゼマインならば新領地のアウブとして自分の望む未来に進めるでしょう。フェルディナンド様にとっては今更でしょうけれど、どうぞローゼマインを支え、諫め、導いてあげてくださいませ」

「心得ています」

フッとフェルディナンドが表情を緩めて頷く。ジルヴェスターもわたし達のところへ歩いてくる。

「ローゼマイン、隣の領地のアウブが其方になったことで脅威(きょうい)ではなくなり、本音ではホッとしている。アーレンスバッハより其方が治める新領地の方がよほど良い。今後もよろしく頼む。手加減してくれ」

「手加減はフェルディナンド様に頼んでください。わたくしは甘いとよく叱られるのですから」

「フェルディナンドが手加減すると思えぬから其方に言っているのだ。適当なところでコレを止めてくれ」

ジロリと睨まれるとわかっていながら、指差して本人の前で言えるジルヴェスターは相変わらずだ。フェルディナンドは手加減するともしないとも言わずに、話題を変える。

「会議での手加減よりも先にやるべきことは終わっているのか?」

「……まだだな」

ジルヴェスターが軽く手を振ると、文官が小さな箱を持ってきた。

「今から魔力登録したメダルを渡すので、認証のブローチを返却せよ。ランツェナーヴェの一件があり、ローゼマインがアウブに就任するまでは必要だったが、正式にアレキサンドリアの住人になる者にもう必要なかろう」

ラザファム、マティアス、リーゼレータ、アンゲリカ、ハルトムート、レオノーレ、コルネリウス、わたしと移動する者が一人一人呼ばれて白いメダルを渡され、エーレンフェストの認証のブローチを返却していく。これでもうわたし達はエーレンフェスト寮へ入れなくなった。

「ローゼマイン、城で待機している未成年の者達のメダルはどうする?」

「彼等から認証のブローチを預かってきた。メダルは主であるローゼマインが持っておくのがよかろう」

ジルヴェスターに答えたのは、フェルディナンドだ。わたしはラウレンツ、グレーティア、ローデリヒのメダルを受け取って、自分のメダルと一緒に入れておく。

「エックハルト、ユストクス」

フェルディナンドが声をかけると、二人がフェルディナンドの左右に並んだ。三人の手には貸し出されていた認証のブローチがある。

「アウブ・エーレンフェスト、此度(こたび)の助力に心よりの感謝を」

返却されたブローチを、ジルヴェスターは文官が持つ箱に無造作に入れていく。カコンカランと箱とブローチがぶつかる音が妙に響いた。

とうとうエーレンフェストでやるべきことが終わってしまった。やることがなくなり、会話が消えて、無言のまま数秒間視線を交わす。

ジルヴェスターが軽く肩を竦(すく)めた。

それが合図になって、まるで打ち合わせでもしていたように皆が動き出す。寮と繋がる扉側にジルヴェスター、フロレンツィア、ブリュンヒルデが、中央棟に繋がる扉側にわたしとフェルディナンドが並んで向き合い、それぞれの側近達が後ろにつく。

「再び時の女神ドレッファングーアの紡ぐ糸が重なる日を心待ちにしています。どうかその日まで神々の御加護と共に健やかに過ごされますように」

わたしとジルヴェスターが代表する形で再会を望む挨拶を交わす。わたしがフェルディナンドに差し出された手を取ると、エーレンフェストに残るわたしの側近達が案内するように前を歩き、扉を大きく開いて立ち止まる。

オティーリエ、ベルティルデ、フィリーネ、ユーディット、ダームエルの顔を順番に見ていけば、わたしが城の部屋を出る時のリヒャルダと同じ表情をしているのがわかった。名残惜しくても進まなければならない時が来てしまった。彼等がザッと一斉に跪く。

「ローゼマイン様、新たな道を進む時が参りました。別れの女神ユーゲライゼの示す新たな道筋と旅立ちに、祝福を祈ることをお許しください」

「許します」

「別れの女神ユーゲライゼよ。どうか主の旅立ちをお守りください」

彼等の指輪からふわりと浮かび上がってきた祝福の光を受け、わたしはフェルディナンドと共に足を踏み出した。

就任式

「ローゼマイン様、準備をお願いします」

就任式に出席する新領地の領主として控え室にいたわたし達に、案内係の中央の文官が声をかけてきた。フェルディナンドにエスコートされて、案内されるままに進んでいく。就任式に同行させる側近は制限されていて、一領地につき護衛騎士が四名、文官が一名、側仕えが一名と定められている。同行している護衛騎士はエックハルト、コルネリウス、レオノーレ、アンゲリカの四名で、文官はハルトムート、側仕えはリーゼレータだ。

「こちらでお待ちください」

案内係の言葉に足を止めると、大きく開かれた講堂の扉の前に並んでいる人影が見えた。トラオクヴァールとマグダレーナが側近達と共に並んでいる。

「新領地ブルーメフェルト」

講堂内から響いたエグランティーヌの声に合わせて彼等が入場していく。貴族達の歓声が上がる様子が少し離れた位置にいても聞こえてきた。ツェントの座から降りたトラオクヴァールだが、アウブとして歓迎されているようでホッとする。彼等が入ると、一度扉が閉められた。

……トラオクヴァール様と一緒にいたの、マグダレーナ様だったよね？

マグダレーナは第三夫人だ。彼女が領主会議という公的な場でトラオクヴァールと並ぶことはあり得ない。第一夫人が体調不良でも第二夫人が代わりになるからだ。

「ラルフリーダ様はどうされたのでしょう？」

「さて？　今回の騒動の原因であるラオブルートを騎士団長に推薦した責任を取らせ、離婚の後でギレッセンマイアーに帰されたのではないか？　普通は表には出さぬ」

「母上ならば責任を取って第一夫人の座をマグダレーナ様に譲り、第三夫人に降りましたよ。父上は長年連れ添った母上より世間体を選んだようです」

後ろから声が聞こえて振り返ると、ジギスヴァルトとナーエラッヒェがいた。ジギスヴァルトは自分の母親が第三夫人に降ろされたことを不満に思っているようだ。しかし、フェルディナンドはそう思わなかったらしい。

「統治者として当然の判断です。新領地の第一夫人によって統治の難易度が変わりますから」

トラオクヴァールが治めなければならない新領地は旧ベルケシュトックの半分が含まれる。非常に土地の魔力が乏しく、政変以降の冷遇で王族に憎悪を抱いている土地だ。ラオブルートを推薦したラルフリーダより、彼等を捕らえたダンケルフェルガー出身のマグダレーナの方が周囲から同情や援助を得やすいならばそうするべきだと言う。

……「トラオクヴァール様にもまともな判断ができたのか」なんて、とても不敬な呟きは聞かなかったことにするよ。うん。

「それに第一夫人として表に出て批判の嵐に晒されるよりは、第三夫人として裏方でトラオクヴァール様達を支えていく生活をする方がラルフリーダ様にとっても楽でしょう」

普通は離婚して実家へ帰すのに、トラオクヴァールは人の目から隠れた状態で生きていける環境を与え、他の妻達もそれを許したのだ。ラルフリーダはとても大事にされていると言う。

「君が心配する対象ではないな」

フェルディナンドに釘を刺されていることを感じつつ、わたしは頷きを返した。

「恐れ入ります、ローゼマイン様。ジギスヴァルト様が先に入場されます。通していただいてもよろしいですか？」

ジギスヴァルト達を案内している中央の文官が申し訳なさそうな顔で口を開いた。就任式前の彼等はまだギリギリ王族だ。そのため王族用の控え室にいたのだろう。王族用の控え室は奥にあるので、到着が遅れたに違いない。

「もちろん構いません。すでにトラオクヴァール様は入場されましたもの。お急ぎでしょう？」

わたし達は少し下がって扉の前へ移動しやすいように道を譲る。案内係の文官は「お早く」と急かしているけれど、ジギスヴァルトもナーエラッヒェも全く急ぐ気配がない。ゆったり構えて優雅に歩いている。

「急いだ方が良いですよ。わたくしの到着が早かったのではなく、ジギスヴァルト様が遅れているのですから」

「何のために急ぐのでしょう？　私がいなければ就任式自体が進まないので問題ありませんよ」

本気で自分の動きに周囲が合わせると思っているらしい。王族ならばそれでもよかったかもしれないが、ジギスヴァルトはもう王族ではなくなる。わたしと一緒で新領地のマントを賜るため、すでに黒いマントも着けていないのに自覚がないようだ。

「就任式の進行はジギスヴァルト様ではなく、ツェント・エグランティーヌに合わせて行われます。貴方の準備が整っていなくても扉は開きますし、その場合は整列できていない間抜けな姿を全領地の貴族達に晒すことになりますよ」

王族相手に遠慮なく意見できる者がいなかったのか、まさかそんな当たり前のことを知らないと思わなくて教える者がいなかったのかわからないが、ジギスヴァルトは思いも寄らないことを聞いたような顔になった。

「お急ぎください。開きます」

案内係の声に彼等は早足で開き始めた扉の前に並ぶ。完璧ではないが何となく整列の形になっていたので、中にいる貴族達には裏側のドタバタはわからなかっただろう。

「新領地コリンツダウム」

講堂内から響いた声に合わせて、ジギスヴァルトとナーエラッヒェが自分の側近達に囲まれて進んでいく。貴族達から歓声が上がる中、再び扉が閉まり始めた。彼等の案内係が「助かりました」と一言礼を述べて立ち去る。

「あれだけ尊大であればアウブとしては前途多難だな。早急に離婚を決意したアドルフィーネ様の判断にアウブ・ドレヴァンヒェルは感謝すべきであろう」

フェルディナンドが感心している。確かに領主になった後も王族としての感覚で動かれたら困るし、その教育をし直すのも大変だと思う。アドルフィーネの離婚の決意には驚いたけれど、今の姿を見ると仕方ないことだったのだと思える。

「わたくし、ジギスヴァルト様とナーエラッヒェ様が並んでいるところを見て、初めてわかりました。アドルフィーネ様と比べると夫婦としての距離感や空気が全然違います。見る人が見れば、距離感だけで仲良しかどうか見破れそうですね」

彼等があからさまなのかどうか知らないが、無意識に二人の関係が出ていると思う。わたしがそう言うと、フェルディナンドは「ほぅ……」と呟いた。

……ん？　何か悪いことを考えてる顔になってない？

表情を読んで思わず身構えてしまうわたしに、難しい顔のままでフェルディナンドが質問する。

「ならば、君は周囲に仲が良いと思わせられる距離はどのくらいだと思う？」

「え？　えーと……養父様と養母様や、アナスタージウス様とエグランティーヌ様を参考にすると、このくらいでしょうか？」

わたしの知っている中で仲が良いと確信を持てる夫婦を脳裏に浮かべつつ、わたしは少しだけ動いてフェルディナンドに近付いた。多分これくらいが仲良し夫婦の距離だと思う。

「なるほど。では、領主会議が終わるまでこの距離感を保ちなさい」

「……何を企んでいるのですか？　絶対に何か企んでいる顔をしています。誤魔化そうとしてもわたくしにはお見通しですからね。悪い企みには乗せられませんよ」

ビシッとわたしが指摘すると、フェルディナンドはキラキラの作り笑いになった。何が何でも自分の企みを押し通す魔王の笑みになって、わたしの肩をガシッとつかむ。

「君は領主会議中だけでも私と仲良くした方が良いと思うぞ。返事は？」

……ひぃっ！　なんか「協力しなければ困るのは君であろう？」って脅し文句の副音声が聞こえるんだけど！

今回の領主会議はフェルディナンドがいなければ立ち行かない。わたしは魔王の脅しに屈するしかなかった。

「ローゼマイン様、扉の正面へ移動して整列してください。護衛騎士二人を先頭に、領主夫妻、護衛騎士二人、最後に文官と側仕えです」

わたし達の案内係から声がかかった。ジギスヴァルト達と違ってわたし達が素直に移動する様子を確認すると、案内係の彼は早々にその場を離れていく。おそらく次は星結びの儀式の進行が控えているに違いない。裏方さんは大変だと思いながら見送っていると、整列順で兄弟が何やら揉めていた。

「前はコルネリウスとレオノーレが良いのではないか？」

「年齢とか見栄(みば)えを考えると、エックハルト兄上が前の方が良いですよ」

「見栄えの問題ではない。私やアンゲリカを前にするとローゼマインの速度に合わせられず、講堂を歩く間に列が乱れる」

……なんで皆が「あぁ」って納得するかな!?　成長したからそんなに遅れないよ。ふんぬぅ！

結局、コルネリウスとレオノーレが前、次にわたしとフェルディナンドが続き、エックハルトとアンゲリカ、最後にハルトムートとリーゼレータという並びになった。「文官と側仕えが最後尾と決まっていなければ、私が前に出たのですが……」とハルトムートが残念そうに呟く。そんな彼とリーゼレータは手に箱を持っている。文官と側仕えの重要な役目だ。

「扉が開くぞ」

騎士達の動きを見ていたエックハルトの声に、皆が前を向いて姿勢を正す。ゆっくりと扉が開き、少しずつ講堂の中が見え始めた。

講堂内には進むべき道がわかるように壇に向かってカーペットが敷かれている。壇上には神殿長の衣装を着たエグランティーヌの姿が見えた。就任式の後は星結びの儀式なので、中央神殿の神殿長として儀式を行うための衣装だろう。

……本当にエグランティーヌ様は頑張ってるよね。

青色巫女見習い時代や神殿長になったばかりの頃のわたしは神事に参加するために、参加者や儀式の進行、祝詞などをめちゃくちゃ覚えさせられた。ツェントとなって初めての領主会議で神殿長まで兼任するなんて、どれだけのことを覚えなければならないのか。考えただけでゾッとする。

「ローゼマイン、何を考えている？　ぼんやりするのではない」

フェルディナンドに低い声で注意されると同時に、講堂から音量を増幅（ぞうふく）する魔術具を通したエグランティーヌの声が響いてきた。

「新領地アレキサンドリア」

わたしは前にいるレオノーレとコルネリウスに聞こえるように「行きましょう」と声をかけて歩き出す。講堂に入った途端、全ての視線がこちらに向けられたのがわかった。刺さるような目の力を感じる。ざわざわとした声はトラオクヴァールやジギスヴァルトが入場した時の歓声とは違い、戸惑いが大きい。わたしが領主に就任することを歓迎する空気ではないと肌で感じた。

……継承式の時と全然違う。

ハルトムートとリーゼレータが入ったのだろう。扉が閉まる音が後ろから聞こえてくる。もう後戻りはできないような、逃げ道がないような気分になってきた。

……未成年のアウブに厳しい目が向けられることは知ってたけど。

わたしが想像していたより拒絶感が強い。今日から領主会議の間ずっとこうして一挙手一投足を見られるのだと思うと、視線に熱と重みを感じずにはいられない。少しだけ怖じ気づいてしまう。

そんな気持ちに気付いたのか、わたしの歩みが少し遅れているのか、注意を促すようにフェルディナンドの肘(ひじ)がクイッと少しだけ動いた。

「アレキサンドリアは君の望みであろう？　礎を他者に譲るのか？」

わたしだけにしか聞こえないくらいの小さな声が頭上から落ちてきた。緊張でよく理解できていなかった脳内で何度か繰り返してその意味を咀嚼(そしゃく)する。

……あぁ、そう。図書館都市はわたしの望み。

エントヴィッケルンでできたばかりの街、まだ碌に立ち入っていない図書館と片付けられるのを待っている書箱、図書館に作った自室と隠し部屋、その隠し部屋に設置された転移陣……。どれもわたしが望んだもので、アウブ・アレキサンドリアでなければ手にできないものばかりだ。誰が何と言おうと、手放す気も譲る気もない。

……領地の礎を得たわたしがアウブ。それは絶対に覆らない。

自分の大事なもので頭がいっぱいになって開き直ると、周囲の視線なんて全く気にならなくなった。就任式なんてさっさと終わらせて、わたしは自分の図書館に行くのだ。文官達にローゼマイン十進分類法を教えたいし、本棚に元々アーレンスバッハの城の図書室にあった本やエーレンフェストのマイ図書館から持ち込んだ本を並べたい。それに、納本制度でこの先に印刷される本を全部手に入れる算段はついている。

……これからは本を読み放題だよ！　最初は本どころか文字も見当たらなかったのに！

思えば遠くへ来たものだ。下町の家で「本がない！」と嘆(なげ)いていた頃は、本どころか文字さえほとんど見かけない環境だった。オットーから石板をもらった時は日本語を書いただけで大喜びしたし、ユルゲンシュミットの文字を教えてもらった時は単語になった文字を見ているだけで進歩したと思っていた。

……「本がないなら自分で作ればいいじゃない」から始まったんだよね。

決意だけは固かったけれど、紙もインクもなくて、それらを作るための材料もお金もない。年齢も体力も腕力も健康もなくて、本当にないない尽くしだった。ルッツと一緒に色々と本に代わる物を作ろうとしていたけれど、失敗続き。本作りが一気に加速したのはベンノに会ってからだった。

……やっぱり経済力のある大人は強いんだよ。

ギルベルタ商会の協力で紙作り自体は順調に進んだものの、身食いの熱に翻弄されて死にかけた。本ができるのが先か、死ぬのが先か。フリーダに助けてもらえなければ、多分わたしは洗礼式まで生きていられなかっただろう。

……身食いの生き方を教えられたのは大きかったよね。

洗礼式でわたしは運命的な出会いを果たした。神殿図書室だ。初めて見つけた図書室に入りたい一心で前神殿長と接触してしまい、色々とあったけれど、魔力量を買われて青色巫女見習いになれたことは今でも後悔していない。貴族に飼われる立場ではなく生きていける手段を見つけて、神殿図書室に出入りできるようになったのだから。

……神殿図書室で読書だけをしていられる状況じゃなかったけどね。

神殿の側仕え達との関係改善、孤児院の改革などは想定外だった。でも、マイン工房孤児院支店を作ることで自作の本もようやく完成したし、印刷業が始まったので満足している。

……それはそれとして、フェルディナンド様が魔術関係の本を読ませてくれなかったことは今でもひどいと思ってるよ！

魔力量を見込まれて青色巫女見習いになったため、神事に連れ回されて大変だったけれど、あの頃の祝詞や祈りも実は重要だったと今になって思う。

それから、フェルディナンドと麗乃時代の記憶を共有したことも、わたしにとっては大きな出来事だった。少々変な言動をしても理解してもらえるようになって助かったことも多い。

……そのせいで貴族になることが確定して、下町の家族との別れが決まったんだよね。

その別れさえ前神殿長の暴走によって早まった。ジルヴェスターが来てくれて一家全員処刑なんて未来は免れたし、デリアやディルクを助けられたことは感謝している。前神殿長とヴェローニカを失脚させたことで、エルヴィーラ達にも好意的に受け入れられたし、領主の養女になったことで読める本が飛躍的に増えたことは素直によかったと思う。それでも、早まった別れを思い出すと今でも胸が痛い。

……貴族になった後は目まぐるしかったな。

下町家族との細い繋がりを大事にしつつ、神殿長と孤児院長の仕事をこなし、領主の養女として製紙業や印刷業を各地に広げていく。神事のついでに領地の各地でユレーヴェの素材採集も行った。その間にフェルディナンドは還俗したし、ダームエルは恋に落ちたし、ヴィルフリートは色々とやらかしたし、可愛い妹ができた。

……シャルロッテを助けようとした結果、二年も眠ることになると思わなかったけどね。ユレーヴェの眠りから目覚めたらすぐに貴族院へ放り込まれた。貴族院図書館で図書委員になりたくてソランジュを困らせたことは今でも反省しているが、成績向上委員会で一年生に一発合格を強要した件をやりすぎだったと言われることは今でも納得していない。

貴族院の思い出が王族からの呼び出しとダンケルフェルガーとのディッターで大半を占めているのは、わたしの気のせいではないと思う。

……わたしとしてはヒルシュール研究室で図書館の役に立つ魔術具研究にもっと力を入れたかったのに。解せぬ。

王命でアーレンスバッハへ行くフェルディナンドを見送り、王族からの命令で地下書庫の翻訳や祠巡りを強要され、メスティオノーラの書を手に入れた。正直なところ、腹の立つことも多かったけれど、それがあったからこそフェルディナンドの窮地を救えたし、ゲオルギーネの陰謀を防げたし、ランツェナーヴェにユルゲンシュミットを奪われずに済んだのだと思う。

……穴の開いている部分を早く埋めたいな。

成人するまでダメだとフェルディナンドに言われたけれど、早くわたしのメスティオノーラの書を完成させたいものだ。

「ローゼマイン様、こちらへ」

今までの道程(みちのり)を思い出しながら足を動かしていたら、エグランティーヌのいる壇の手前まで来ていたようだ。わたし達は壇を上がっていく。

エグランティーヌの立ち位置から少し離れた位置には新領地の紋章のタペストリーが垂れ下がっていて、先に入場したトラオクヴァール達とジギスヴァルト達がその前に並んでいた。領主夫妻だけは新領地のマントになっている。

……ブルーメフェルトのマントが灰色で、コリンツダウムのマントが赤茶色か。

わたしとフェルディナンドは婚約しているだけで夫婦ではないので、新領地のマントを賜るのはわたしだけだ。フェルディナンドから離れ、一人で前に進み出てエグランティーヌの前に跪いた。

「わたくし、ツェント・エグランティーヌの名において、これからアウブ・アレキサンドリアと名乗ることを承認いたします」

「お待ちください！　未成年がどうしてアウブになるのですか⁉　前例がございません！」

どこからか制止の声が上がった。それを皮切りに次々と不満の声が上がり始める。エグランティーヌが戸惑いの表情を見せ、彼女の周囲にいる中央の文官や護衛騎士が顔を顰めた。

「わたくしが前例です。続けてください、エグランティーヌ様。どこの誰が文句を言おうと、礎の魔術を得たわたくしがアウブ・アレキサンドリアですもの」

「えぇ。そもそも未成年であるローゼマイン様がアウブに就ける状況を生み出したのは、シュタープの取得を未成年にさせるように決めた皆様ですよ」

エグランティーヌはクスッと笑って文官が持っている箱から紺色のマントを取り出し、貴族達に見えるように一度大きく広げる。それから跪くわたしの背中にふわりとかけた。

「アレキサンドリアの色はこちらの紺色です」

エグランティーヌの言葉に合わせ、わたしはマントが落ちないように手で押さえながら立ち上がる。リーゼレータが素早く近付いてきて、彼女が持っていた箱からマントを留める認証のブローチや飾り紐を取り出してマントを着付け始めた。

「こちらがアレキサンドリアの紋章です」

わたしがマントを着けてもらっている間に、領地の紋章がお披露目される。紋章のついたタペストリーが中央の文官達によって掲げられ、ハルトムートがどういう意匠なのか説明し始める。

「ローゼマイン様が目指す図書館都市に相応しい紋章として、本と図書館の魔術具を中心に据えました。闇の国境門を抱える領地なので闇の神の神具であるマントを後ろに……」

その説明の間も不満の声は大きくなるばかりだ。

「女神の化身としてグルトリスハイトをもたらした功績とアウブの座は別に考えるべきでは？」

「継承式の時の御力を感じない以上、すでに女神の化身でもなかろう」

「貴族院を卒業していない者に領主が務まるとは思えません」

マントを着けてもらったわたしは非難と不満で盛り上がっている観覧席を一瞥し、フェルディナンドに向かって手を差し出した。フェルディナンドが低く笑ってわたしの手を取り、エスコートしながら紋章タペストリーの前に移動する。

「君がアウブになることを不満に思う貴族が思いのほか多そうだが、予想と違って君が気に病んでいないようで何よりだ」

「気に病むどころか、フェルディナンド様の企みに転がされる彼等が哀れでなりません。どうせ不満を持つ領地を炙り出して後々簡単に押さえ込むために、情報制限をしていたのでしょう？　わたくしはお見通しですからね」

裏事情をよく知っているダンケルフェルガーやエーレンフェスト、王族と繋がりの深い上位領地からは不満の声がほとんど上がっていない。騒いでいるのは中位から下位領地の貴族ばかりだ。

「ふむ。君に彼等を黙らせる方法があるのか？」

「簡単ですよ。現実を見せれば良いだけですもの。ハルトムート、音量を増幅する魔術具を」

わたしがフェルディナンドから離れて数歩前に出ながら命じると、ハルトムートは嬉々とした顔で中央の文官からすぐに借りてきた。魔術具にわたしが触れなくて良いように、わたしの前で持つ。心配そうなエグランティーヌにチラリと視線を向けて微笑んだ後、わたしは観覧席に向かって息を大きく吸う。

「わたくしがアウブ・アレキサンドリアなのは、女神の化身としてグルトリスハイトをもたらした褒美でも何でもありません。わたくしがアーレンスバッハに攻め入り、礎の魔術を得たからです。礎の魔術を得た者がアウブ。それは貴族ならばご存じでしょう？」

まさかわたしが攻め入って自力で礎の魔術を奪ったとは思わなかったのだろう。一瞬で反対する声が半減した。

「それに、わたくしが貴族院を卒業していないことで領主業務に不安を持つ方もいるようですけれど、ご心配には及びません」

わたしは観覧席を見回しながらニコリと微笑む。フェルディナンド直伝(じきでん)の作り笑顔だ。その笑顔のまま、できるだけ注目を集めるようにゆっくりと手を上げていく。

「グルトリスハイト!」

わたしの手にメスティオノーラの書が現れると、事情を知らない貴族が再び驚愕の声を上げた。

「女神の御力は消えましたけれど、わたくしもグルトリスハイトを持っています。おそらくユルゲンシュミットに関する知識だけでしたら、どの領地のアウブより詳しいと思います」

もう反対の声は上がらなかった。わたしは満足してハルトムートに下がるように言う。音量を増幅させる魔術具はもう必要ない。わたしはフェルディナンドの隣に戻って得意満面で胸を張る。

「ほら、簡単に黙らせられたでしょう?」

「大変結構」

最上級の褒め言葉に満足していると、エグランティーヌが音量を増幅させる魔術具を手に取った。

「わたくしはアレキサンドリアを訪れ、ローゼマイン様がエントヴィッケルンやメダルの破棄などアウブに必要な魔術を行えることを確認しました。そして、どうしても経験が必要になる執務に関しては、王命でフェルディナンド様を婚約者とすることで解決済みです。彼が旧アーレンスバッハで婚約者として補佐をしてきた実績と力量は皆様もご存じでしょう」

わたしがアウブであることに何の問題もないと言い切り、エグランティーヌはバッと手を上げた。

「ユルゲンシュミット初の未成年アウブの誕生に祝福を！」

講堂にいる貴族達がシュタープを掲げて光らせる。未成年アウブの誕生を祝う光が飛び交う中、フェルディナンドがフッと笑いを零した。

「アウブとなったのだ。もう君の大事なものが奪われることはあるまい」

ないない尽くしの兵士の娘が貴族になり、メスティオノーラの書を手に入れて、自力で他領の礎を奪った上に、名捧げでツェントの命まで握っているのだ。アレキサンドリアにはわたしの大事な存在が全て詰まっている。わたしはもう奪われない、奪わせないことが可能な立場になった。

フェルディナンドの言葉でそれを実感して、解放感と喜びが溢れ出す。指輪が光り始めた。

「わたくしからも皆様に祝福を！」

メスティオノーラの書を右手に抱えたまま、わたしは左手中指の指輪を高く掲げる。平民出身の未成年アウブから飛び出した喜びが青い祝福の光となって講堂中に広がった。

エピローグ

アレキサンドリアの夏はエーレンフェストと比べものにならないほど暑い。夏の終わりだというのに、まだ秋の訪れを感じられないほどだ。エーレンフェストから移動してきた者にはまだまだ夏だと感じられるが、暦の上では季節の終わりである。

季節の終わりには神殿で平民の成人式が行われる。今日は夏の最後の火の日だ。ルッツはエーレンフェストよりずっと人が多いアレキサンドリアの神殿へ、親ではなく勤め先の店主のベンノや婚約者のトゥーリとその家族に送り出された。

……成人式が終わってから移動してもいいって言われたけどさ。

春の終わりにグーテンベルク達が一斉に移動することになった時、ルッツはベンノに「ローゼマイン様の気遣いだが、家族と成人式を過ごしてから一人だけ後で移動するか？」と問われた。家族への思い入れが深い彼女らしい気遣いだが、ルッツは即座に断った。他領へ移動して新しく店を立ち上げるという一番重要な時期を逃してはならないと感じたからだ。

ルッツの決意に、母親のカルラは「トゥーリやギュンターが一緒だからまだ安心だけどさ、結婚まで見たかったたね」と残念そうに溜息を吐いた。父親のディードはフンと鼻を鳴らしながら「一人前になろうって時に仕事から離れるわけがないだろう」と彼の背を押してくれた。

「くぅ〜、ここの神殿は大きすぎじゃないか⁉　人も多くて、ちっとも中の様子が見えないじゃないか。ルッツ、どうだったんだ？」

神殿から出た途端、ルッツはギュンターにガシッと肩をつかまれて揺さぶられる。本来ならば、彼の成人を祝うために来ているはずのギュンターが真剣な目で見据え、望んでいるのは神殿で祝福をしていた神殿長ローゼマインの情報だ。相変わらずの振る舞いにルッツは呆れるより他ない。それはギュンターの家族も同じだったようだ。

「ちょっと、父さん。今日はルッツの成人式だったんだから、先に一言くらいはお祝いしなきゃ」

「トゥーリの言う通りよ、ギュンター。ディードやカルラの代わりにわたし達がルッツのお祝いをするって約束したでしょ？　成人おめでとう、ルッツ」

トゥーリとエーファに叱られてしょげるギュンターを見て、ルッツは軽く息を吐いた。ギュンターの肩を叩き、いつまで経っても娘のことが頭から離れない彼に神殿での様子を教えてやる。

「噂通りすごい祝福だった。広い神殿全体に青い光がぶわっと広がってさ……」

「今日はルッツがいたから張り切ったんじゃない？」

トゥーリはクスクスと笑ってルッツの隣に並ぶと、彼の左腕を取って「帰ろうよ」と歩き始めた。カミルがルッツの右側を歩きながら訳知り顔で得意そうに「グーテンベルクの神事では必ず祝福が大きくなるって話だからな」と言う。

「この間、鍛冶工房へお使いに行った時に聞いたけどさ、ザックの星結びもすごかったってさ」

プランタン商会の見習い服を着ているカミルは、亡くなったと言われている彼の姉と似た色の髪に薄い茶色の目をしている。けれど、顔立ちがギュンターに似ているせいか、あまり姉と似た印象には見えない。

カミルの後ろを歩き始めたのはベンノとマルクだ。普通ならば彼等が従業員の成人式に神殿まで足を運ぶことはない。だが、ルッツは仕事の都合で成人前に親元を離れたため、後見人としてわざわざ来てくれた。成人式に来たのは、住人が集まる絶好の機会だからという理由もある。成人式の間、二人は集まっている親達に挨拶して回り、顔を売って情報を仕入れていた。

「まぁ、ローゼマイン様が街中で大暴れしていた余所の国の蛮族(ばんぞく)を蹴散らした上に、平民の意見を聞きながら新しい街の計画を立ててくれているおかげで、俺達は新しい街の割に仕事がしやすいんだ。お前もちゃんと感謝しておけよ、カミル」

「はい、旦那様」

国境門が閉ざされ、ランツェナーヴェとの交易はなくなった。そのため、古くからの商人達は新しく就任した領主が始める産業に乗っかろうと必死だ。その新産業のためにアレキサンドリアに呼ばれたグーテンベルク達は、彼等が予想していた程の摩擦(まさつ)もなく街に迎えられた。季節一つと経たないうちにプランタン商会は神殿や城の貴族との交渉窓口になっている。ローゼマインと繋ぎを取ろうにも、今までの貴族のやり方と違いすぎてこの街の商人には勝手がわからないせいだ。

……商人だけじゃなくて、貴族の文官達も勝手がわかってなさそうだけど。

ルッツはそう思う。商人との話し合いの場にローゼマインは滅多に姿を現さない。さすがに領主がほいほいと平民達の街までやって来ることはできないからだ。ただ、どの会合にもハルトムートは必ず出席するので、顔見知りのプランタン商会は非常にやりやすい。

「それにしても、ローゼマイン様ってここに来たばっかりなのに、平民にめちゃくちゃ人気がありますよね、旦那様？　漁師達は誰が獲ってきたどの魚を領主様に献上するのか港でよくケンカしてるらしいけど、そんなのエーレンフェストじゃ聞いたことがないし……」

カミルの言葉にルッツも街の様子を思い出して頷いた。どこに行ってもグーテンベルクが快く迎えられるのは、平民達が「すっげぇ魔術」を行った新しい領主を心から歓迎しているせいだ。

「港ではそんなことになってるんだ？」

トゥーリがクスクスと笑って、ギルベルタ商会の仕事を通じて知った話を口にする。

「わたしは新しい領主様の魔術で、暗くなった夜空一面にたくさんの魔法陣が並んで、一気に光が降ってきた話を聞くことが多いよ。次の朝には海の水が透き通って魚が跳ねてたし、土がふかふかに肥えて木々が芽吹いて、葉っぱが青々としてたって聞いたよ。ローゼマイン様の専属なのに見られなかったのは残念だったね、だって」

「その話、何回聞いてもわけがわからないよな？」

そうして笑いながら皆で歩けば、あっという間にプランタン商会とギルベルタ商会に着いた。神殿からほど近い中心部にあり、二つの店は隣接している。店だけではなくグーテンベルクの鍛冶工房、木工工房、インク工房などが中心部にほど近い職人区画にまとめられていることからも、彼等が新しい領主に優遇されていることは一目瞭然だ。

……街の噂によると、店や工房に扉や窓が問題なく付いているか、お貴族様がわざわざ確認に来たらしいからな。

ルッツは周囲の住人から聞いた話を思い出した。彼等は「お貴族様がわざわざ来るなんてあり得ないだろ」と驚いた顔で口々に言っていたが、ルッツは孤児院や工房に嬉々として出入りする貴族を何人も知っている。グーテンベルクの引っ越しに護衛騎士が付けられたくらいだ。ローゼマインが命令すれば、住居の確認くらいは不思議でも何でもない。

「着替えたらウチへ来てくださいね。お祝いの昼食を準備していますから」

ギルベルタ商会の前で立ち止まったエーファの誘いに、ベンノとマルクがニコリと笑って頷く。成人式の後は家族で祝うのが普通だ。ルッツの両親はエーレンフェストにいるので、婚約者であるトゥーリの家族、後見人のベンノやマルクが祝ってくれることになっている。

「着替えないと、晴れ着はこれから先も使うんだもん。せっかくカルラおばさんが作ってくれたのに汚れたら困るでしょ」

トゥーリがルッツの腕から離れつつ彼の晴れ着の袖を少し撫でる。母親が「息子のために最後にできること」と言って、トゥーリと一緒に刺繍して作った晴れ着だ。大事にしたいとルッツも思っている。

ルッツはベンノやマルクと一緒にプランタン商会の二階へ戻った。トゥーリはダプラなのでギルベルタ商会の二階に住んでいて、三階にギュンターとエーファとカミルが住んでいる。

ルッツは手早く着替えてベンノやマルクとギュンター宅へ移動した。皆で成人祝いのごちそうを食べてからゆっくりと食後のお茶を飲む。エーファとトゥーリが一緒に食後の片付けをしていた。その姿を見ながら、ルッツは髪をくしゃっと崩す。

……本当だったら、アイツも成人式のはずなんだよな。

神殿長の衣装を着て壇上で祝福を贈っていたローゼマインこそ、本当ならば成人式で一緒に祝福を受けているはずだった。洗礼式はマインとしてルッツと一緒に受けたのだから。

けれど、マインはローゼマインと名前を変えて、貴族として二度目の洗礼式を行い、領主の養女になった。その時点で彼女はルッツより一歳下になった。貴族は冬の終わりに貴族院で揃って成人式を行うので、ルッツに比べると一年半くらい後で成人することになる。

「次にローゼマイン様が派手な祝福をしそうな神事ってルッツとトゥーリの結婚だけど、そろそろ結婚の準備をしなくていいのか？」

「止めろ、カミル！　俺はそんな言葉を聞きたくないんだ！」

「トゥーリは来年にはちゃんと結婚した方がいいんだから父さんは黙っててくれよ。ローゼマイン様はアレキサンドリアでも印刷業を広げる予定なんだろ？　前と同じように領地中に振り回されたら、来年だって結婚できるかどうか怪しいじゃないか。さっさと準備して、さっさと結婚した方がいいって、絶対」

カミルのませた言い方にベンノとマルクが口元を押さえて笑う。

「お前の言うことは正しい。俺達は印刷業を広げるために呼ばれたんだからな。ルッツはまたグーテンベルク達とあちこちへ行くことになる。でも、先に予定を言っておけば、ちゃんと考慮してくれるさ。ザック達にそういう話が出た時も、ローゼマイン様はきちんと考慮してくれたからな」

その時、不意にガチャとどこかで扉を開けるような音が響いた。この部屋ではないが、余所の家ではないくらいの近さだ。ルッツ達は思わず顔を見合わせる。

「玄関とは別方向から聞こえなかったか？」

「……全員ここに揃ってるよな？」

ギュンターが音を立てないように立ち上がって扉の前に足早に向かい、重心を低くしながら他の皆に下がるように手で指示する。

警戒して皆が物音を立てないようにシンとする中、カツカツと靴の音が聞こえ始めた。二人分の足音で、弾むような小さな音と、敢えて靴音を響かせているような音が近付いてくる。

「今日は成人式だから絶対にいるはずなんですよ。……あ、静かにしないとバレちゃいます。足音を抑えてくださいね。そーっと移動しましょう」

お前が一番うるさいぞ！ と思わず突っ込みたくなる呑気な声には聞き覚えがある。しかし、ここにいるはずがない人物の声だ。ルッツはわけがわからなくて周囲を見回す。皆が同じ人物を思い浮かべているのかどうか確信が欲しかった。

ベンノとマルクは遠い目になっていて「何の連絡も受けてないぞ」と呟いた。ギュンターとエーファとトゥーリはわずかに口を開き、目を瞬かせているが、そこにいるのが誰なのか確信を持っている顔だ。カミルだけは皆の反応がわからないというように困惑した顔になっている。

ドアノブが動き、バーンと勢いよく扉が開いた。

「ただいま、皆(みんな)！　マインだよ！」

夜空の色の髪を彩るのはトゥーリが作った花の髪飾りと、不思議な色に光る虹色魔石がいくつも揺れる髪飾り。神々によって作り上げられた完璧な美貌であり、その中にあるのは感情をよく映す月のような金色の瞳。数多(あまた)の賛美を受けるせっかくの容貌を全て台無しにする貴族らしさの欠片もない言動は、どこからどう見てもマインだった。

「おかえりっていうか……お前、契約魔術は⁉　マインだよ、とか言っていいのかよ⁉」

契約魔術がどう反応するのかわからなくて口を開いたり閉じたりしているマインの家族の代わりにルッツが怒鳴ると、マインは得意そうに「うふふん」と笑った。

「あの契約魔術はね、エーレンフェスト限定だからアレキサンドリアにいる時は大丈夫。わたしが領主になったから、もうそんな契約を結ぶことなんて絶対にないもん」

「マジか……」

突然知らされた契約魔術の範囲の衝撃が大きくて誰も声を出せない。マインはそんな皆の反応にコテリと首を傾げた。

「それにしても、突然帰ってきたのに意外と驚いてないね。うわぁ！　とか、お前は誰だ⁉　みたいなのを想像してたんだけど……」

「お前の声や足音、丸聞こえだったからな」

「え？　ホントに⁉」

周囲を見回しながらそう言うと、マインは不満そうに頬を膨らませて背後を振り返る。

「ほら、フェルディナンド様のせいで気付かれちゃったじゃないですか。せっかく驚かそうと思ったのに」

「皆が気付いたのは明らかに君の声であろう」

……へっ⁉

フェルディナンドの声が聞こえたことにルッツは驚いた。ギュンターもエーファもトゥーリも同じように目を見開く。

「は？　フェルディナンド様だと⁉　どうしてここに⁉」

ギュンターの声にマインが扉で隠れている部分に向かって手招きする。姿を現したのは無表情のフェルディナンドだった。そんな彼の様子に頓着せず、マインは彼の袖をつかんで引き寄せた。そのまま頬を赤らめて視線をさまよわせながら言葉を探し始める。

「あ、えーとね。その……わたしね、実は……」

その甘ったるい空気だけでルッツにはマインが何を言いたいのかすぐにわかった。マインがもじもじしている様子にギュンターが頭を抱えて溜息を吐き、エーファとトゥーリはフェルディナンドが自宅に来た緊張から解放されたように顔を見合わせて肩を竦める。

「つまり、フェルディナンド様に決まったってことだろ？　知ってる」

貴族向けではない口調と表情でベンノが笑った。カミルは一人だけまだ目を白黒させて、「何だ、これ？　どういうこと？」とオロオロしている。

「うぇっ⁉　なんでベンノさん達が知ってるの？　平民向けにはまだ公表してないよね？」

「オレがトゥーリに聞いて報告したから」

「なんでトゥーリが知ってるの⁉」

悲鳴のような声が響き、ルッツはトゥーリに「説明してやれよ」と視線を向けた。マインが帰ってきたという驚きの顔から呆れの顔になってしまったトゥーリが、ハァと溜息を吐いて頭を左右に振りながらマインを見つめる。

「ハンネローレ様の髪飾りの注文を受けた時にマインが言ったんじゃない。フェルディナンド様に懸想してるとか、フェルディナンド様なら政略結婚でもいいとか、家族同然は夫婦同然とか……」

その話を聞いた時、ルッツは本当に驚いたし、感慨深い気分になったものだ。本しか見えていなそうなマインにもそういう相手ができたのか、と。

「待って、待って、トゥーリ！　単語は合ってるけど、ところどころが違うし、わたしが言ったことじゃない言葉も交じってるよ、それ！」

「大体合ってれば大丈夫だって。そんなちょっとの違いを気にするなんてマインらしくないよ」

「ちょっとの違いで大違いじゃない！」

マインはフェルディナンドとトゥーリを見比べながら、「違う、違うんです！　わたくし、そんなこと言ってませんから」と必死に首を左右に振っている。ルッツから見るとフェルディナンドの表情が全く変わらないので何を考えているのかわからない。

けれど、マインの反応が面白すぎた。何というか、マインにもこんな恋する女の子の顔ができるのかと思わず感心してしまうような表情になっているのだ。

……やるな、フェルディナンド様。

「え～？　大違いって言うけど、フェルディナンド様との結婚が決まったんだよね？」

「それはそうなんだけど……あの時は決まってなかったし、話してた内容は全然違うでしょ!?」

「そう？　まぁ、結果として結婚するなら同じだし、特に問題ないじゃない」

トゥーリは何ということもない顔でそう言ったけれど、マインには大いに問題があったようで、真っ赤になった頬を押さえながらトゥーリを睨む。

「も、問題あるよ！　それじゃあ、まるでわたしがフェルディナンド様のことを好きみたいじゃない。懸想なんてしてないって言ってるのに、誰も信じてくれないし！」

……はぁ？　何言ってんだ、こいつ？

絶対に皆の心の声は共通しているとルッツは思う。どこからどう見てもフェルディナンドのことが好きなようにしか見えない。ベンノとマルクも生温い目を向けていた。トゥーリにもわかっているのだろう。呆れ半分、からかい半分の顔でマインを見ている。エーファは口元を押さえて笑いを必死に堪えているが、ギュンターは「俺は聞きたくないぞ」と耳を押さえて涙目になりながら逃げるようにエーファのところへ移動している。

……うわぁ、後がすっげぇ面倒臭そうだな。

ルッツはトゥーリとの婚約が調った後のギュンターの様子を思い出して、ちょっとげんなりしながら姉妹のじゃれ合いを見る。

「ふーん、そうなんだ。じゃあ、マインはフェルディナンド様のことが嫌いなの？」

「嫌いじゃないよ」

「じゃあ、好きなんでしょ？」

「あ、その、好きだけど、そういう意味の好きじゃなくて……」

……じゃあ、どういう意味だよ？

ルッツとしては即座にツッコミを入れたいけれど、下手にツッコミを入れたらマインは妙な屁理屈をこねて、変な着地点に降り立ちそうだと思う。トゥーリは明らかに面白がっている顔になっているので、マインをからかうのはトゥーリに任せてルッツは静観することに決めた。

「はいはい、もういいよ。わかったから」

「トゥーリ、絶対にわかってないでしょ⁉」

手をパタパタとさせるトゥーリをマインが睨む。マインの金色の瞳が涙目になっているのを見ると、からかうのもそろそろ終わりにした方がよさそうだとルッツは感じる。だが、トゥーリは止まらなかった。

「え～？　わかってるよ。マインはフェルディナンド様のことが嫌いじゃなくて、結婚したいくらい好きってことでしょ？」

「ふぇっ⁉」

その途端、マインは首まで真っ赤になった。何の反応もなく静かに自分を見下ろしているフェルディナンドに「あ……あぅ。ちが……わないけど……違うんです」と弁解するように言いながらじりじりと離れ、背を向けるとダッと駆け出す。

鈍くさくて走るのが遅い上に、すぐに動けなくなるマインが標的にしたのは、扉に比較的近いところで固まって呆然と姉妹のやり取りを見ていたカミルだった。カミルをぎゅっと抱きしめてぐりぐりと頭に頬ずりしながら泣きつく。

「……うぅ～、カミル～。トゥーリが意地悪を言うよぉ」

「は？　え？　あ……ちょ……まっ、待って」

マインにぎゅっと抱きつかれたカミルが、今度は赤面して涙目になって手をバタバタし始めた。カミルにとっては見知らぬお姉さんの胸に抱きしめられて撫で回されているのだ、完全に混乱状態であることは明白である。

「何だ、これ？　何だよ、これ⁉　誰だよ？　どういうことだよ⁉　うわーっ！　ルッツ、助けて！」

「うんうん、誰だかわからないよね？　マインおねえちゃんだよ、カミル。ハァ、ホントに大きくなったね。わたし、ずっとこうしてぎゅーってしたかったの。わたしが抱っこしたら泣くところは変わってなくて安心したよ」

……そこで安心していいのかよ？

からかわれた照れ隠しの面が大きいようで、マインはカミルがいくら混乱していても動じないし、エーファやトゥーリも微笑ましく見ているだけだ。だが、さすがに何の説明もなく「ローゼマイン様」に抱きつかれているカミルがルッツには可哀想で仕方ない。

「マイン、カミルがめっちゃ混乱してるからそろそろ放してやれよ」

「嫌。七年分はぎゅーを堪能(たんのう)したいもん」

うりうりとマインが頬ずりする中で、カミルは必死に手を伸ばして周囲に助けを求めるだけで、暴れて振り払おうとはしなかった。彼の頭の中には相手が貴族だという意識があるため、力任せに振り払うこともできないに違いない。

「カミルは何の事情も聞かされてないんだ。七年分を堪能するなら、あっちに適任がいるからさ」

ルッツがうずうずしているギュンターを指差して相手を交代するように言えば、マインはむぅと唇を尖らせて「後で覚えてて」とカミルから離れた。そのままギュンターに向かって駆けていく。

ぐしゃぐしゃになるくらいに撫でられた髪を整えながらカミルが「ルッツ、これってどういうことさ？」と恨めしそうな目でルッツを睨んだ。

「旦那様とマルクさんも事情を知っているみたいなのに、オレだけ知らないなんて……」

「契約魔術に反したら死ぬ危険があったから、カミルには教えない方がいいって判断したんだ」

ルッツに頷きながらベンノが更に言葉を加える。

「マインは他領のお貴族様に狙われて、家族が連座で処刑されるのを防ぐために二度と家族としては関わらないという契約魔術を交わして領主の養女になった。契約魔術には範囲があったみたいでアレキサンドリアは範囲外だから家族としても接することができる。間違いなくお前の姉だ」

そんな簡単な説明に、カミルが涙目のままで「わけがわからない！」と叫んだ。ベンノとマルクが揃って頷き、同意を示す。

「まぁ、カミルの混乱はわかる。マインについては何に関してもだいたいそんな感想が出てくるからな」

「そうですね。本当に近くで見ていても、遠くで話を聞いていてもわけがわかりませんから」

店では最も頼りになり、わけがわからないという顔を見せたことがない二人の深い頷きにカミルが青ざめていく。

「それより、カミルは心の準備をした方がいいぞ。すぐに次のぎゅー攻撃が来るからな。七年分、お前にとっては一生分の愛情がドーンと向かうことになる。覚えとけって言われただろ？」

「一生分⁉　何かすっげぇ怖い響きなんだけど！」

ビクッとしたカミルを見て、ルッツは笑う。マインの七年分の愛情に押し潰されればいい。神殿で遠目にちらりと見るカミルしか知らないマインの愛情は、間違いなく深くて重い。


「父さん、ただいま！」

「……マイン、おかえり。よく帰ってきた。……本当によく帰ってきてくれたな」

二度と自分の娘として抱きしめることは叶わないと諦めていたマインの帰りに、ギュンターの目から大粒の涙が零れていく。

「フェルディナンド様のおかげなんだよ。わたし、いっぱい助けてもらって……。ここに来るための転移陣も作ってくれてね……」

「そうか……。そうか……」

エーファはそんな二人の様子を見ながらエプロンの端で目尻を拭っているが、ふっと何かに気付いたように視線を動かす。ルッツもつられて視線を向けた。その先ではフェルディナンドがマインとギュンターを見ていた。無表情で静かにじっと。

一見しただけでは彼が何を考えているのかわからない。だが、マインが言った「フェルディナンド様のおかげ」という言葉と、二人の抱擁をただただ見守る様子から、これがこの人が望んだ光景なのだとルッツは何となく察した。

「マイン」

「うぅ～……。何、母さん？」

ぐすぐすと泣きながらマインがエーファを見た。エーファも涙目だけれど、わざと呆れたような声を出す。

「何じゃないわよ。いつまでも未来の旦那様を廊下に放っておいてどうするの？　せめて中に入っていただくとか、きちんと紹介するとかしなさい」

「あ、そうだね」

マインがパタパタと駆け出してフェルディナンドの腕を取る。その瞬間、彼の眉間に深い皺が刻まれた。

「いや、私はここで構わぬ」

「ダメです」

……なぁ、マイン。実はお前との結婚、フェルディナンド様にはめちゃくちゃ嫌がられてないか？

ルッツはそれほど何度も顔を合わせているわけではないが、普段から小難しい顔をしている彼の眉間に皺がくっきり刻まれているのを見れば、とても喜んでいるようには見えない。気軽に腕をつかんで大丈夫なのか、不安になる。

だが、マインはお構いなしにフェルディナンドを引っ張ってきて、泣き腫らした目で家族をぐるりと見回した。

「わたしの婚約者のフェルディナンド様です。父さんみたいに、領地ごとわたしを守ってくれる人。……貴族間のお披露目はしたけど、こうして、ちゃんと皆に紹介したかったの」

「こら、落ち着きなさい。あまり感情的になるものではない」

泣き腫らした目からまた涙が零れているマインの様子を見ていたフェルディナンドが、ハンカチを出してマインの目元を拭いつつ、魔石を額に当てる。昔マインの世話をしていたルッツの目には、一連の動作がものすごく手慣れたものに見えた。フェルディナンドのやることだとは思えなくて、呆然としてしまう。

……なんでだろうな？　仏頂面のくせに雰囲気がやたら甘いような気がするんだけどさ。

「だって、ホントに皆とこうしていられるなんて思ってなかったから、嬉しくて……」

「わかったから、少し感情を抑えなさい。……ルングシュメールの癒しを」

フェルディナンドがマインの目元を覆って祝福をすると、緑色の光がマインの顔を包み、泣いて赤くなっていた目元が治った。

……この後もまだまだ泣きそうだから、治すのは帰る前でいいんじゃねぇ？

わざわざ口には出さずにルッツが心の中で呟いていると、トゥーリが「あ！」と声を上げた。

「ねぇ、成人式しよう！　せっかく成人式の日にマインが帰ってきたんだもん。髪を結って、皆でお祝いするだけでもいいじゃない。マインの成人式をしようよ。わたし、髪を結う道具、取って来るから」

潤んだ目を隠すようにしてトゥーリが飛び出していくと、ギュンターが食器棚のカップを手にして軽く振る。

「トゥーリがやる気になってるが、マイン、時間はあるのか？」

「えーと……フェルディナンド様？」

酒に誘うギュンターの仕草を見たマインがねだるような顔でフェルディナンドを振り返る。少し考え込んだ後、彼は「六の鐘までには戻らねばならぬが、それまでならば問題なかろう」と言った。まだ五の鐘も鳴っていない。思ったよりも時間があるようだ。

「よし、マルク。ウチから酒を取ってこい。エーレンフェストから持ってきた秘蔵のやつだ」

ベンノも参加を決めたようだ。

「かしこまりました、旦那様。せっかくですから、夜に開ける予定だったアレキサンドリアのお酒も持って来ましょう。カミル、手伝ってくれますか？」

「はい、マルクさん」

カミルがこの場から逃げるようにマルクの後ろに続く。

「ただいま！　座って、マイン。髪を結うから。あ、でも、この辺りの垂らされてる部分だけね。髪飾りの辺りは整髪料で固められてるから」

店から色々と道具を持ってきたらしいトゥーリがテーブルの上にドンと木箱を置くと、マインをスツールに座るように促す。マインは自分のスツールの隣にある椅子をポンポンと叩いてニコリと笑った。

「フェルディナンド様はこちらに座ってくださいね」

少しの躊躇いを見せた後、フェルディナンドが座る。エーファが「お酒の準備ができるまで」と言いながら彼にお茶を勧めると、マインが横から手を伸ばして一口くぴっと飲んだ。

マインが客用のお茶を横から取ったことにエーファが目を丸くして「マイン」と咎める声を出す。だが、マインはそちらに視線を向けず、口の付いた部分を指で拭ってフェルディナンドに見せた後、カップを置く。それからそっと丁寧な仕草でお茶を勧めた。

「はい、どうぞ。フェルディナンド様」

「……ここでは必要ない」

「そうですか？」

マインが神殿の青色巫女見習いの頃に貴族の習慣について話をしていたからルッツは知っている。あれは毒見だ。自分の実家であっても毒見をするのが当然のことと考えて行うマインに、平民の頃とはずいぶん変わったな、とルッツは改めて思った。

「じゃあ、お願い。トゥーリ」

お茶の毒見を終えたマインが肩にかかっていた髪を背中にすっと払ってそう言うと、トゥーリがいそいそと髪に触れる。するりとトゥーリの手から夜色の髪が滑った。

「うわぁ、マインの髪って綺麗で、すごく触り心地がいいね」

「でしょ、でしょ？　側仕え達が頑張ってくれてるからだよ」

「そこはウチのリンシャンのおかげって言ってよ」

トゥーリが頬を膨らませると、マインがポンと手を打った。

「あ、こっちにもリンシャンの工房ができたんでしょ？　エーレンフェストの工房に比べて品質はどう？　気になってたし、直接聞きたいと思ってたけど、さすがに気軽に出かけられる立場じゃないからね」

髪を結いながらの二人の会話はギルベルタ商会の仕事についてだ。仕事の話になると、ベンノも身を乗り出した。

「印刷業をどんどん進めろって言われているが、どの程度の計画が立っている？　この街にはどのくらいの印刷工房を増やすんだ？」

「孤児院の工房以外に二つは早急に欲しいです。貴族院に向けて孤児院の子供達向けに秋の洗礼式の後から神殿教室を始める予定なのは知ってますよね？」

フラン達がアレキサンドリアに移動してきたことで、神殿の中もエーレンフェストと同じように整えられている。孤児院の子供達への教育と一緒に大店(おおだな)の商人の子供達への教育も同時に始めたいという言葉はルッツも聞いた。

「ウチからはカミルを行かせるつもりだ。今のところは貴族との付き合い方がわからなくて、大店のダルアであってもあまり乗り気じゃないようだな。貴族との繋がりができるという利益と子供の粗相で処分を受ける危険性を天秤にかけている感じだ」

商人の間では教育費が安くても、危険の方が大きいという判断がされている。プランタン商会とギルベルタ商会がアレキサンドリアで新しく入れたダルア見習いを入れることになっているので、他の商人達はその様子を見てから決めるだろうとルッツは予想している。

「あぁ、やっぱり実際に現場を見たいですね。もどかしいです。できるなら養父様を見習ってお忍びでうろつきたいですよ」

「余計なことを考えるな、阿呆！」

ルッツとベンノの声が揃った。ルッツはこれ見よがしに溜息を吐いた。頭痛がする。下町の森にお忍びでやって来る領主、工房で作業をしたがるユストクス、下町に聖女の素晴らしさを広げるにはどうすればいいのか相談してくるハルトムートの対応に振り回されてきたルッツとしては、マインの変わらなさに頭を抱えたい。

「まったく、君は……」

眉間に皺を刻んだフェルディナンドがそう言ったことで、同じように叱り飛ばしてくれる立場の人がいることにルッツは安堵し、叱る役を譲る気分で彼を見た。

「今まさにお忍びでここにいることを自覚しているか？」

「あ、そうでしたね」

……今がお忍びだったのか。そうか。つまり、フェルディナンド様は許可しちゃったってことだよな？

マインが帰ってきたことが嬉しくて完全に意識から抜けていたが、ルッツはフェルディナンドがお忍びを許可する人だとは思っていなかった。よくよく考えてみれば、無表情で顔に出ないからわかりにくいだけで、彼はマインから一度も目を離していない。今もトゥーリに髪を結われているマインを見ている。

……これってもしかしたら結構ヤバい状況じゃないか？

ルッツの胸に不安が立ちこめる。この先マインがここに出入りすることが増えたら、フェルディナンドの許可付きで外に出ることもあり得るかもしれない。ルッツはベンノと顔を見合わせて未来予測に頭を抱えた。

「せっかく新しい図書館を作ったんだけど、まだわたしの図書館がスッカスカで寂しいんだよね。プランタン商会には本当にいっぱい本を作ってほしいの。頑張ってね、ルッツ」

どんどん作って本棚をいっぱいにするんだ、と金色の目をキラキラに輝かせているマインにベンノは「残念ながら無理だ」と肩を竦める。

「ルッツは一年から二年くらい出張に出さんから、その辺りを配慮して計画を立てろよ。ルッツとトゥーリの結婚が控えているからな」

ルッツとトゥーリはこれまで祝福防止のために隠していたのに、ベンノにさらりと暴露されてしまった。マインが驚きに目を丸くしてルッツを見て、それからトゥーリを振り返ろうとする。

「マイン、頭は動かさないで！」

「だって、トゥーリとルッツが結婚するって言ったよね⁉　わたし、聞いてないよ⁉」

「派手な祝福をされたら困るから時期を見計らってたんだよ」

トゥーリの呆れたような声にルッツも同意する。ローゼマインに会えるのは神殿の会合だ。そんなところで報告して、文官がたくさんいる場でぶわっと祝福なんてされると困る。

「じゃあ、ホントのことなんだね⁉　うわぁ、どうしよう⁉　すごく嬉しい！　神にいの……」

「止めなさい、馬鹿者！　ここから祝福の光が漏れたら二度と来られなくなるぞ！」

「そ、それは困ります！　あ、あ、でも、祝福したいです」

「当日にしなさい。レティーツィア達への教育にもちょうど良い。それに、私も行う。君の家族の結婚式なのだから」

フェルディナンドによると、アレキサンドリアは神々に祈りを捧げるのを日常的に行えるように貴族達を教育していく方針だそうだ。そのため、マインのお祈りは特大になろうが構わないとされているらしい。そんな貴族の事情を聞いてルッツは気が遠くなった。結婚式の日はとんでもない量の祝福を浴びることになりそうだ。

……でも、そうか。マインとフェルディナンド様が結婚するってことは、トゥーリと結婚するオレはフェルディナンド様と親族になるのか。……マジかよ。

ローゼマインとフェルディナンドが婚約することはルッツもわかっていた。けれど、マインとして戻ってくることを想定していなかったし、さっき聞いた時も脳が考えることを拒否していたようだ。今になってようやくどこからどう見ても貴族のフェルディナンドと自分が親戚付き合いをすることになると気付いた。

……フェルディナンド様と親戚付き合い。オレにできるか？

ルッツがそんなことを考えている間に、酒や酒の肴を抱えたマルクとカミル、手伝いに駆り出されたギュンターがプランタン商会とこの家を何往復もしてお祝いの準備を整えていく。エーファは時折トゥーリがマインの髪を結う様子を見ながら酒の肴を作っていた。

「できた！　どう？　イイ感じだと思わない？」

トゥーリから得意そうな声が上がり、マインの髪が結い上がる。トゥーリが成人した時にも思ったが、髪を上げただけで一気に大人の女に見えるのが何とも不思議だ。トゥーリが横から後ろからとマインを見て、「うんうん、イイ感じ。可愛いよ、マイン」と嬉しそうに褒めている。

「おぉ、さすがマイン！　俺の娘！　世界一可愛い。エーファと同じくらい美人だ。一気に大人になったな。こういう姿を見られたなんて父さんは嬉しいぞ！」

「父さん、大袈裟だよ」

「いや、本当に。エーファが初めて髪を上げた時にも思ったが、女の子はほんのちょっとのことで急に綺麗になるんだ。今日のマインはとびきり美人だぞ」

マインがちょっと照れたように笑うけれど、目尻を下げたギュンターはその笑顔を含めて褒めちぎる。へへっと笑ったマインがフェルディナンドに視線を向けた。

「どうですか、フェルディナンド様？　わたし、大人っぽいですか？」

「悪くはない」

フェルディナンドが無表情で頷いた瞬間、ギュンターの目がギラリと光った。テーブルに身を乗り出し、剣呑な表情で彼を睨む。

「こら、ちょっと待て。悪くはないとは何だ？　ウチの娘は世界一だぞ」

……ちょっと待つのはおじさんだ！　何言ってんだよ!?

一瞬でルッツの血の気が引いた。いくら親馬鹿であっても貴族に対して言うことではない。さすがにあまりにも無礼な態度である。ルッツは恐る恐るフェルディナンドに視線を向けた。だが、彼は無表情のままだった。

「ギュンター、落ち着け」

「旦那様の言う通りだ。相手はフェルディナンド様だぞ？」

何か事が起こる前にギュンターを押さえようとしてルッツとベンノが立ち上がった。

「それが何だ？　こいつはマインを奪っていく男だぞ？　マインを大事にしないのは、相手が貴族だろうが、神様だろうが俺が許さん！」

完全に目が据わっているギュンターはテーブルをドンと叩く。ルッツはぎょっとして息を呑んだが、マインはその剣呑な雰囲気にもかかわらずクスクスと笑い出した。

「さすがわたしの父さんって感じ。ねぇ、フェルディナンド様？」

「あぁ、そうだな。本当に君はギュンターとよく似ている」

するりとマインの頬を撫でてフェルディナンドはギュンターに向き直った。表情が変わらないので、ルッツには彼が怒っているのかいないのかさえもわからない。

「ギュンター、エーファ」

その呼びかけに周囲で見ているルッツやベンノの方がビクッとする。だが、ギュンターは喧嘩腰の態度のままだし、エーファは普通の顔だった。

「私は其方等の深い愛情を受けて育ったマインに救われた。貴族と平民で立場を違え、契約魔術に縛られて尚、細い繋がりを大事にする其方等には尊敬の念さえ覚える。家族の在り方を私に教えたのはマインだが、正確にはマインを育て、守ってきた其方等だ」

フェルディナンドの顔には表情がない。それなのに、静かに語られる声には聞いている者の心を揺さぶるような情があった。マインの家族だから尊重しているのではなく、ギュンターとエーファに対する思いがそこにある。

「其方等が思い合い、守り合っていたように私も彼女を守る。すでに彼女には領地ごと守ると誓った。其方等にもマインを何よりも大事にすると誓う。だから、マインの家族である其方等に……私がマインの家族になることを認めてほしい」

貴族としての家族になりたいわけではなく、マインの家族になりたいのだとフェルディナンドが言い、マインはじっと両親の反応を待っている。マインの金色の瞳がフェルディナンドの言葉で幸せそうに潤んでいるのを見れば、「認めない」などと言えるわけがない。

「フェルディナンド様にマインを預けた判断は間違っていなかったということね。ちゃんとマインを大事にしてくれる人でよかったわね、ギュンター」

エーファは嬉しそうにそう言って木製の杯をギュンターとフェルディナンドの間にコトリと置いた。ギュンターは鼻の上に皺を刻みながら、エーファに渡された瓶から杯に酒を注いでいく。

酒の瓶をドンと置かれたのを見て、フェルディナンドがどうするのか問うようにマインに視線を向けたが、マインもわけがわからないように首を傾げた。

普通は酒の瓶を置かれたら注ぐものだが、側仕えに給仕されるのが当たり前の二人にはわからないのかもしれない。それとも、一つしか杯がないから戸惑っているのだろうか。ルッツは説明するために口を開いた。

「その杯にフェルディナンド様もこの瓶から酒を注ぐんだよ。平民が婚約を交わす時にすることで、オレもトゥーリとの婚約が決まる時にしたんだ。貴族のやり方は知らないけど、フェルディナンド様が平民側に合わせるなら、どうすればいいのか教えることはできる」

「助かる」

フェルディナンドは短く礼を述べると、瓶を手に取って杯に注いでいく。トクトクと音を立てて注がれる酒は約束の印だ。

ギュンターが杯を手に取った。グッと大きく一口飲んで、杯をフェルディナンドに差し出す。

「マインを頼む」

「約束する」

フェルディナンドが受け取った杯を飲み干す。平民の様式でマインとフェルディナンドの婚約が成立した。

その後はマインの成人祝いと婚約祝いで六の鐘が鳴る寸前まで皆で騒いでいた。「婚約したなら口付けくらいしてやれよ」とベンノに囃(はや)し立てられてマインが動揺したり、「フェルディナンド様の水の女神はマインだったのですね」とマルクが言ったら「私にとっては全ての女神がマインだが？」と真顔で返答されて反応に困ったり、カミルが再びマインに抱きしめられて皆に助けを求めたり、フェルディナンドがギュンターにねだられて離れていた間のマインについて語っていたり、トゥーリとマインとエーファが新しい衣装について話し合っていたり、ルッツとトゥーリの馴(な)れ初(そ)めについてマインが根掘り葉掘り聞いたり……。


楽しい時間はあっという間に過ぎた。

「またいらっしゃい。もちろんフェルディナンド様も一緒にね」

「今度はお前が酒を準備しろよ」

陽気に酔っぱらったギュンターがフェルディナンドの頭をガシガシ掻き回す。フェルディナンドは別に嫌がる素振りも見せず、されるがままで「秘蔵の酒を持ってこよう」と返した。ルッツの目にはやはり彼は無表情に見えたが、マインによるととても柔らかい表情をしているらしい。

「ここに来ることを側近達にも話せなくて連絡が難しいことはわかったから、今度からは必ずこれを着てくるのよ、マイン。こっちがフェルディナンド様の分だからね」

トゥーリは富裕層の娘が着るような平民の服をいくつかマインに渡していた。いくら他の衣装に比べるとひらひらした部分が少なくて格段に動きやすいとはいえ、貴族の服で来られると、他の人に見られた時に困るのだ。

「ありがとう、トゥーリ。季節に一度くらいは遊びに来られるように頑張ってお仕事するよ」

そう言ったマインの髪は、すでにトゥーリの手で解かれて背に揺れている。そのせいか、成人祝いをしていたこの時間が、ルッツにはほんの一時の夢に感じられた。

「……カミル、次に来る時までにマインおねえちゃんって呼べるように練習しておいてね。わたし、楽しみにしてるから」

寂しそうな声でそう言われて、最後までマインから逃げ回っていたカミルはルッツの後ろから気まずそうに顔を出す。ルッツにはわかる。カミルが逃げ回っていたのは別にマインのことが嫌だからではない。突然できた美人で可愛い姉にどう反応していいのかわからなかっただけだ。

「……オレ、もうおねえちゃんなんて呼ぶ年じゃないから、トゥーリと同じように名前で呼ぶよ、マイン」

カミルに呼ばれたマインが嬉しそうに笑いながら壁に手を当てる。その途端、今まではなかった扉が姿を現した。魔術で隠されていた扉が開く。

「またな、マイン」

「うん。またね、皆！」

そう約束して笑顔で大きく手を振ると、マインは壁の向こうに戻っていった。

あとがき

お久しぶりですね、香月美夜です。

この度は『本好きの下剋上　～司書になるためには手段を選んでいられません～　第五部女神の化身Ⅻ』をお手に取っていただき、ありがとうございます。

とうとう完結です！　「小説家になろう」で連載を始めてからちょうど十年という節目に、書籍を完結させることができました。本当に嬉しいです。これだけ長いお話なので書籍化の当初は「どこまで書籍を続けられるか」と打ち切りに怯えていたわけですが、読者の皆様の応援で無事に最後まで出版できました。心から感謝しています。


プロローグはフェルディナンド視点です。前巻の振り返りを兼ねて古代魔術の復元から始まり、ローゼマインの視点ではわからない英知の女神とのやり取りを入れました。ローゼマインには見せないフェルディナンドの焦りや言動を楽しんでいただけると嬉しいです。

本編ではローゼマインの記憶を取り戻すためにフェルディナンドの記憶を覗いていきます。同じシーンでもフェルディナンドがどのように下町の者達との関わりを見ていたのか、少しだけ間に挟まれる彼の生い立ちを含めて書きました。

記憶を取り戻したら、新領地の準備です。エントヴィッケルン、エグランティーヌの来訪、婚約式とイベントが目白押し。これらは「なろう」で書いていた文章にかなり加筆しました。エーレンフェストへの帰還から就任式は完全に書き下ろしです。

それというのも、第五部XIIに当たる部分を「なろう」で連載していた当時は、書籍化作業だけではなくコミカライズやドラマCDの仕事があり、アニメ化のお話が来た頃で、とても更新に時間を取れなくなりました。そのため、最も早く終わらせられるところで連載を終えることにしました。当初書きたいと思っていた部分をこうして書籍で書き切ることができて満足しています。エーレンフェストの懐かしい面々が勢揃いで、イラストをどこに入れるのか担当さんと悩みました。

エピローグはルッツ視点です。これは「なろう」と同じですが、このラストを書くために第一部からエピソードを積み重ねてきました。マインと下町家族の繋がりや渇望を知っていて、一歩離れた第三者として見られるルッツに「帰宅」を語ってもらいました。

今回は他者視点の書き下ろし短編がありません。本編が膨らんだ結果、入らなくなりました。でも、ローゼマインの物語として綺麗に終わったので、第五部XIIはこれで良いと思っています。椎名さんが描いてくださった5ページの漫画もありますから。他者視点の書き下ろし短編は『短編集III』に入れる予定です。そちらをお楽しみに。

TOブックスオンラインストアのお知らせです。

・【十二月九日】同時発売のグッズなど
1　ドラマCD10（https://www.tobooks.jp/booklove_dramacd10/index.html）
内容は第五部Ⅺの継承の儀式から第五部Ⅻのラストまで詰め込まれていて、キャストは過去最多。おまけSSはエーファ視点「マインの帰宅」です。
2　シュタープ（https://www.tobooks.jp/booklove/schtappe/index.html）
先が光るシュタープです。ぜひ書籍を読みながら、ドラマCDを聴きながら、アニメを見返しながら振ってください。一月に開催される朗読劇（https://www.tobooks.jp/booklove-roudoku2024/index.html）にいらっしゃる方はぜひ光らせて振ってください。
3　『椎名優画集　LiberStella～本好きの下剋上 & Other Works～』（https://www.tobooks.jp/booklove/liberstella/index.html）
「本好き」完結の今年がなんと椎名さんの25周年！　記念して画集が同時発売されます。本好きの下剋上のイラストだけで一冊、それ以外のお仕事のイラストで一冊の計二冊がまとまった画集です。第五部Ⅻで使われているイラストも入っています。
・『第三部　領主の養女』アニメ化決定！
楽しみにしていてくださった方々、お待たせいたしました！　ついに『第三部　領主の養女』のアニメ化が決定しました。続報を楽しみにお待ちください。
・今後の予定
現在「小説家になろう」で連載中の『本好きの下剋上　外伝　ハンネローレの貴族院五年生』

を書籍化する予定です。ある程度連載に目処がついてから書籍作業に取りかかるので来夏くらいになりそうかな？　と思っています。

それから、『短編集Ⅲ』。こちらには第五部Ⅻまでの特典ＳＳを収録予定なので、早くても来冬ですね。リクエストの多かった、婚約式でローゼマインやフェルディナンドが述べた誓いの言葉の全文とその解釈について書き下ろす予定です。

あとはエッセイのようなものを予定しています。以前に連載していたコラムをまとめ、ヤングアダルト向け講座「小説を書こう」の内容などを入れる予定です。

今回の表紙はアウブ・アレキサンドリアになったローゼマインです。椎名さんにお願いして第一部Ⅰの表紙と対になるイメージで描いていただきました。

カラー口絵はエピローグで帰宅した時のイメージです。カミルをぎゅーするローゼマイン、そんな二人を見るエーファ、トゥーリ、ルッツ。右側はお酒を飲む男性陣。

最後に、婚約式の衣装をまとったローゼマインとフェルディナンド。

椎名優様、ありがとうございます。

最後に、この本をお手に取ってくださった皆様に最上級の感謝を捧げます。

二〇二三年十月　香月美夜

毎度おなじみ
巻末おまけ
ゆるっとふりっと日常家族
作：しいなゆう
婚約式にて
すばらしいですわローゼマイン!!!
創作意欲刺激されまくりですわー!!
ぶんぶん
いい仕事してますわ～～！
平和だ
きゃあ
ああああ

婚約式で交換する魔石を調合しなければならないが調合できそうか？
どうしようもなければ私が代わりに作製するが…
セルフサービス
それってなんか
夜ひとりで手酌酒してるみたいな？

え？
フェルディナンド様が自分で自分用の婚約魔石を作るってこと？

不憫すぎる
婚約魔石くらいはわたくしが作ります！
ここで逃げたら女が廃ります
戦いに赴くのか？

ZEROストッパー

同類

アレキサンドリア
~ある晴天のバルコニーにて~
椎名優

君は
こんなところで
何をしているのだ
刺繍ですよ
外のほうが
明るくて
手元がよく
見えると
思ったのです
……
私はてっきり
途中で音を上げて
消えるインクで
誤魔化すのかと
思っていたが？

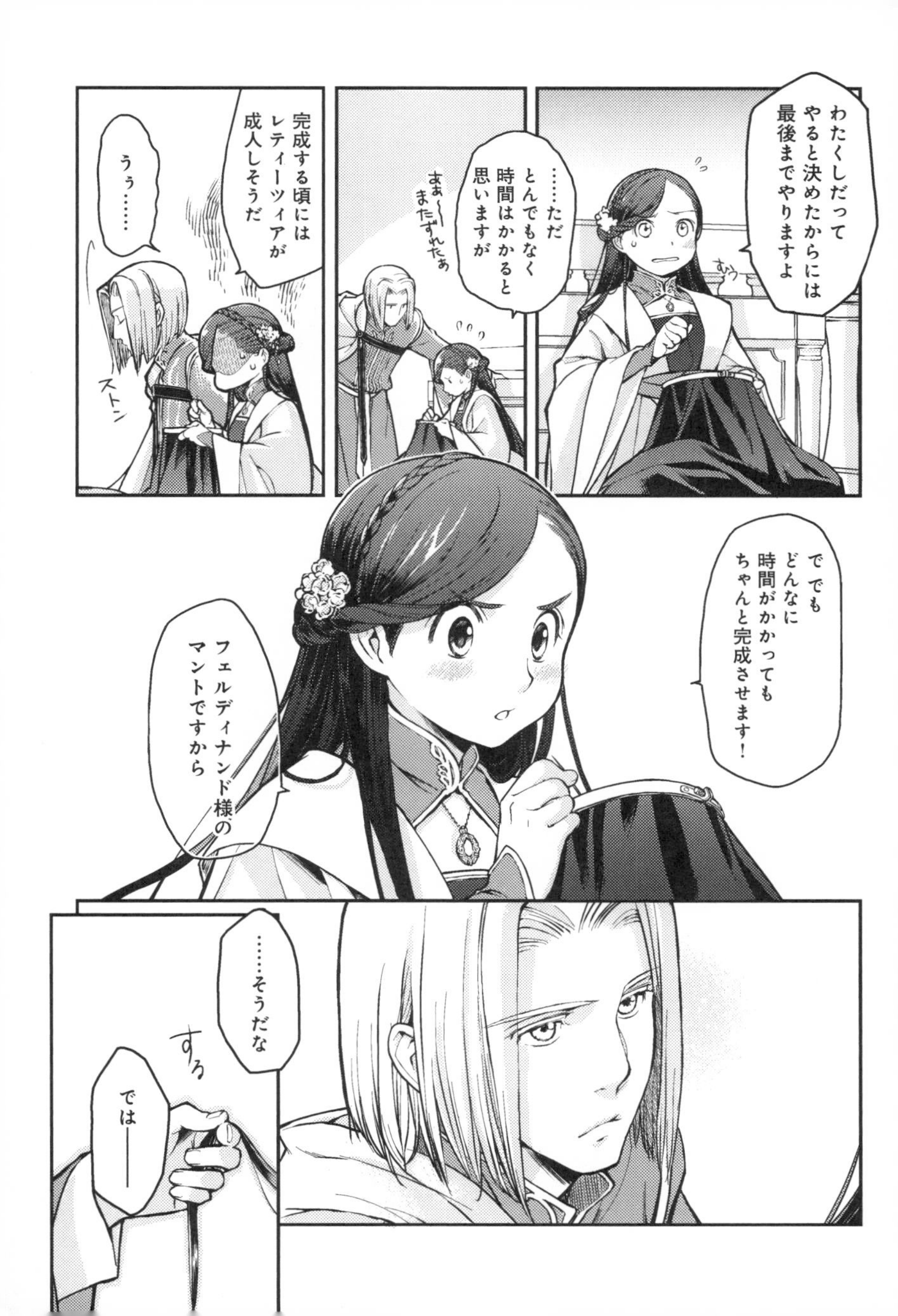

わたくしだって
やると決めたからには
最後までやりますよ
むぅ～
……ただ
とんでもなく
時間はかかると
思いますが
まぁ～
またずれたぁ
完成する頃には
レティーツィアが
成人しそうだ
うぅ……
ストン
でも
どんなに
時間がかかっても
ちゃんと完成させます！
フェルディナンド様の
マントですから
……そうだな
する
では――

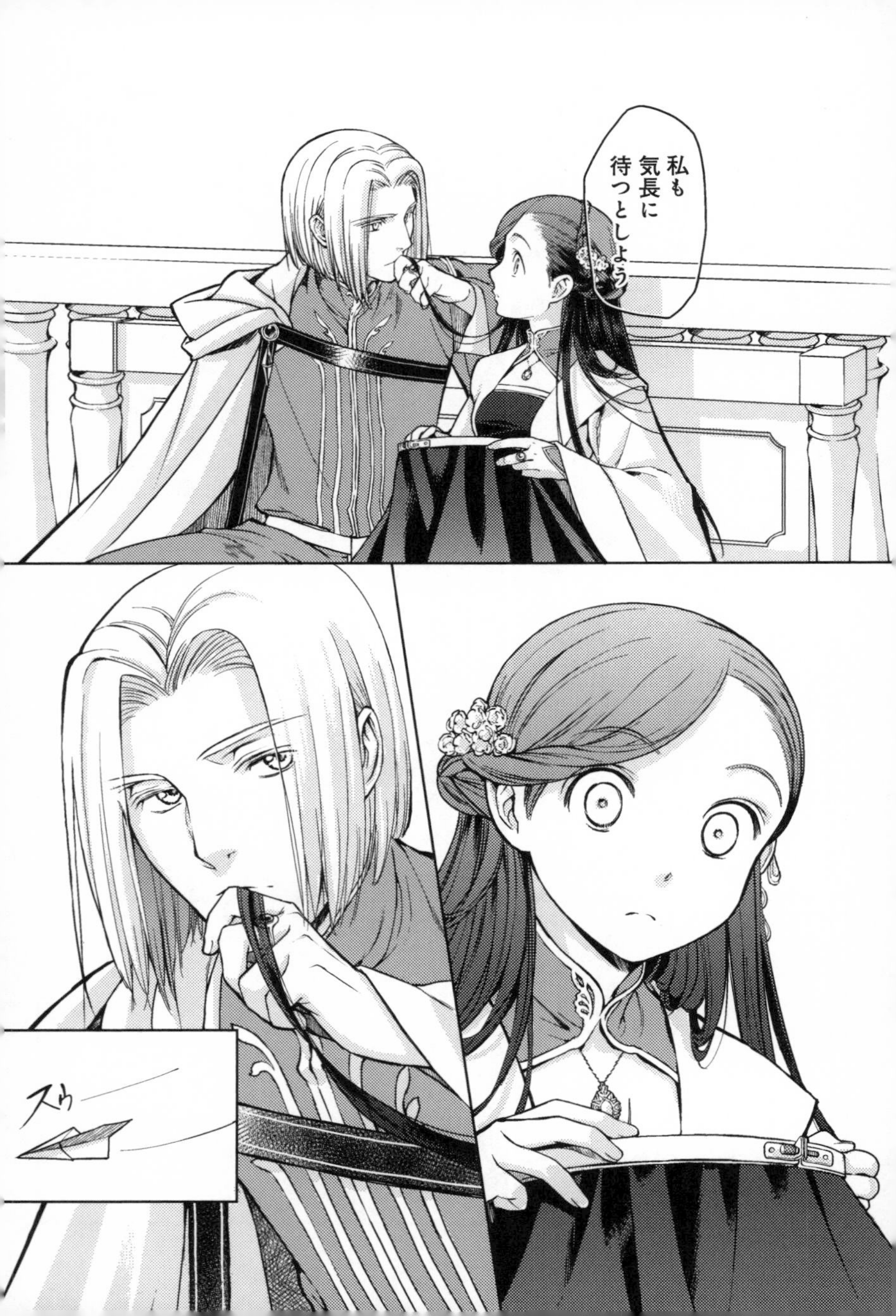
私も気長に待つとしよう
スゥ

――ローゼマイン様
ふひゃうっ！
ハルトムートです
確認していただきたい書類がありますので昼食後にお伺いします
ドキドキ
び、びっくりした…
…邪魔が入ったな
すっ
じゃ邪魔っ!?
え？え？？
では早急に昼食を終わらせるとするか
むぅ

長い長い
時間をかけて
あなたのマントへ
想いを込めて

第4回
本好きの下剋上
人気キャラクター
投票結果発表!
応募総数
16,639票!
祝「本好き」本編完結! 最後の最後に主人公を上回って、
第1位は第1回以来のあのお方が返り咲き! 通算成績は2勝2敗。
二人の人気抜きには欠かせないってことですね!
※2023年8月25日〜9月25日まで公式HP(https://www.tobooks.jp/booklove/)にて開催されました。
1位
フェルディナンド
4496票
其方等に感謝する
わ、わたくしが負け…た?
2位
ローゼマイン
3984票
オ、オレでいいのかな…
3位
ルッツ 1024票
ペチッ
おうっ

6位 アンゲリカ 545票

7位 ハンネローレ 396票

8位 ユストクス 387票

9位 ベンノ 383票

10位 リーゼレータ 341票

11位	フラン	313票
12位	マティアス	293票
13位	エルヴィーラ	271票
14位	コルネリウス	245票
15位	シャルロッテ	215票
16位	ジルヴェスター	151票
17位	レティーツィア	144票
18位	クラリッサ	139票
19位	トゥーリ	123票
20位	レスティラウト	112票

香月美夜先生より

圧倒的な差を付けて主人公を抑え、第1位に輝いたフェルディナンド。さすがの人気ですね。ローゼマインも中間ランキングよりは差を縮めたけれど、届きませんでした。残念。個人的にルッツとエルヴィーラが出番の割に予想より順位が高くて驚きました。リーゼレータの順位がすごく上がった印象ですね。コミカライズの影響が大きそうです。あと、第2回からずっと第5位をキープしているダームエルの安定感がすごい。中間ランキングより票をグッと伸ばしたのはベンノとフランですね。根強いファンがいるようです。それぞれのキャラへの応援ありがとうございました。

椎名優先生より

とうとう主人公を抑えフェルディナンドが首位に立ちましたね。さすが魔王強し。そしてルッツが3位まで上昇。最初から最後までマインを支えてくれた一途さがこの順位かもですね。

ハルトムートといいアンゲリカといい、ちょっと変人だけど能力高いお人が皆様お好きですね？　大丈夫、私も同類です。にしてもダームエルが愛されてる！　安定の5位です。

多数の御応募をありがとうございました！

ちょっと気弱で間が悪い…

ローゼマインの就任式から
季節が変わり、
貴族院へ赴く冬がやって来た。
貴族院五年生となった
ダンケルフェルガーの
領主候補生・ハンネローレは
婚約者を選ぶことに。
やがて続々と現れる候補達。
それは「縁結びの女神の握る糸」がもたらす
波乱の幕開けだった――

ジギスヴァルト
新領地のアウブがまさかの求婚!?

オルトヴィーン
私が貴女の闇の神になることを望んでもよろしいですか？

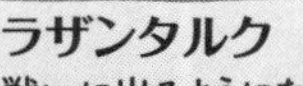

ラザンタルク
戦いに出るようになった貴女と共に戦いたい

ケントリプス
泣き虫姫を守らなければ、と思っていました

ヴィルフリート
シュルーメの花が見えるのはどこの東屋だ？

発売予定!

詳しくは原作公式HPへ
tobooks.jp/booklove

香月美夜 イラスト：椎名 優

miya kazuki you shiina

2024年夏

広がる

「本好きの下剋上」世界！

Welcome to the world of "Honzuki"

アニメ	コミカライズ	原作小説
第1期 1～14話 好評配信中！ BD&DVD好評発売中！ 続きは原作「第二部Ⅰ」へ	第一部 本がないなら作ればいい！ 漫画：鈴華 ①～⑦巻 好評発売中！ 	第一部 兵士の娘 Ⅰ～Ⅲ
第2期 15～26話 好評配信中！ BD&DVD好評発売中！ 続きは原作「第二部Ⅲ」へ 第3期 27～36話 好評配信中！ BD&DVD好評発売中！ 続きは原作「第三部」へ	第二部 本のためなら巫女になる！ 漫画：鈴華 ①～⑩巻 好評発売中！ 原作「第二部Ⅲ」を連載中！	第二部 神殿の巫女見習い Ⅰ～Ⅳ
第三部 「領主の養女」 **アニメ化決定！** アニメーション制作 WIT STUDIO	第三部 領地に本を広げよう！ 漫画：波野涼 ①～⑦巻 好評発売中！  原作「第三部Ⅱ」を連載中！	第三部 領主の養女 Ⅰ～Ⅴ
	第四部 貴族院の図書館を救いたい！ 漫画：勝木光 ①～⑦巻 好評発売中！  原作「第四部Ⅰ」を連載中！	第四部 貴族院の自称図書委員 Ⅰ～Ⅸ

原作小説

第五部 女神の化身
Ⅰ～Ⅻ 好評発売中！

著：香月美夜 イラスト：椎名優

貴族院外伝 一年生

短編集Ⅰ～Ⅱ

本好きのコミカライズ最新話がどこよりも早く読める！

https://to-corona-ex.com/

抜け駆けはいかんな
時間もお金も
争ってる場合じゃないよ…
本好きの下剋上
第三部 領主の養女 2
香月美夜・作 椎名優・絵
TO
ジュニア文庫

次巻予告
足りません！
専用の騎獣完成！
その名も「レッサーくん」
公式HPで最新情報、ぞくぞく公開中！
tobooks.jp/booklove
2024年春発売予定！

（通巻第33巻）
本好きの下剋上
～司書になるためには手段を選んでいられません～
第五部　女神の化身Ⅻ

2024年1月　1日　第1刷発行
2024年1月30日　第2刷発行

著　者　香月美夜

発行者　本田武市

発行所　TOブックス
〒150-0002
東京都渋谷区渋谷三丁目1番1号　PMO渋谷Ⅱ　11階
TEL 0120-933-772（営業フリーダイヤル）
FAX 050-3156-0508

印刷・製本　中央精版印刷株式会社

ISBN978-4-86794-022-8